SPRING

Te zijn als water, dat is het allerbeste.
Water doet alle dingen goed, zonder te wedijveren.

LAO ZI

She makes me laugh
she makes me cry
with a twinkle of her eye

She flies like a bird in the sky
She flies like a bird
Oh me oh my
I see her sigh
Now I know
I can't let Maggie go

HONEYBUS

Spring

(dagboekfragment)

25 april 1981

Wakker werd ik met een beeld. Ik moest het maken. In drie dagen was het af. Een gigant. Waarom?
De haat spreekt eruit, de liefde, het verlangen. Laat mij gaan. En ik maak, maak tot ik erbij neerval. Ik val nu. Ik wil niet vallen. Toch val ik. Alles stroomt weg.

Ze keek, uit de wind gehouden door haar man, naar de belletjes in de zwarte vlakte. Ze probeerde uit alle macht zijn slag bij te houden. Zijn zwarte maillot spande om zijn kolossale kuiten en zijn gespierde dijen. IJzers zoefden over het ijs. Rietkragen schoten voorbij.

Voorovergebogen, door de knieën, zette ze naar vermogen aan, maar het tempo lag te hoog.

'Doorschaatsen,' klonk het voor haar. Ze hoorde zacht gekraak onder zich. Ze maakte nog een paar slagen maar raakte bevangen door het geluid. De afstand tussen haar en haar man werd groter. Ze voelde dat het ijs begon te bewegen. Het kraken werd heftiger, mengde zich met een geluid van lang geleden. Het getoeter van een ijsbreker die met geweld de dikke ijslaag op de Amstel tot brokken verpulverde. De waarschuwing kwam te laat.

Ze was met haar zusje en twee vriendinnetjes aan het zwieren op de rivier. Hand in hand krasten ze kringen op het ijs. Tot hun ijzers opeens op brekend ijs dansten.

'Rennen!' riep haar zusje. Ze sprong over de wiebelende schotsen als Elisa in *De negerhut van oom Tom*. Het ijskoude water gutste in haar witte laarsjes.

'Rennen!' riep haar zusje weer. Die hing inmiddels als

een kat tegen de kaai geplakt en stak haar hand uit naar de twee vriendinnetjes. Ze wist de handen van de twee meisjes te grijpen en ze naar boven te trekken. Met z'n drieën hingen ze nu in een slinger aan de kant. De onderste hand reikte naar haar, maar ze was nog te ver weg.

'Spring!' riepen ze alle drie. Ze waren intussen wat hoger de wal op geklommen.

Spring! dacht ze ook zelf en ze sprong. Van schots naar schots.

'Spring!'

De spanning bonsde in haar hoofd. Nog een laatste sprong en ze landde met een smak tegen de kade.

Nu voelde ze weer die ijzingwekkende schotsen onder haar ijzers. De rietstengels waren te ver weg om zich aan vast te kunnen grijpen. Haar man was inmiddels uit zicht. Ze voelde zich steeds kleiner worden. De ruimte om haar heen werd onherbergzaam weids.

'Doorschaatsen,' klonk het bijna onhoorbaar.

Waarom zou ik? dacht ze, ik kan hem toch nooit bereiken.

Ze had al zoveel pogingen ondernomen zijn gelijke te zijn, maar ze had moeten accepteren dat hun fysieke krachten niet gelijk waren.

Man, vrouw.

Man, man.

Vrouw, vrouw.

Ze raakte in paniek omdat ze haar benen niet meer kon bewegen. Ze strekte haar armen naar voren maar kwam niet meer vooruit. Een eend dook op uit de rietkraag. Scheerde over het ijs en vloog omhoog. Haar blik volgde de vogel. Haar onderlichaam leek te ontdooien. Ze kreeg weer grip op het ijs, haar benen maakten weer vaart. Ze was niet gevallen. Het ijs was niet gebarsten. Haar man kwam lachend aangereden.

'Waarom schaatste je niet door?'

Hij toonde geen spoor van angst. Hoe was het mogelijk? Ze hadden op hetzelfde ijs gestaan. Op dezelfde sloot. Vlak bij die immense uitgestrekte plas met zijn schitterende, spiegelgladde oppervlak. 'Zo, dat hebben we goed geklaard. Dat was knap griezelig,' zei hij met een triomfantelijke blik.

Hoe kon hij zeggen *we*?

Ze waren helemaal niet samen. Hij had haar alleen gelaten.

Waarom *zij* als ik het zelf ben? Ben ik bang? Bang voor hem? Mijn man. Freek. Voel ik minder pijn door me in te beelden een ander te zijn? Weg van ruzie en geschreeuw. In de kast. Onvindbaar. Handen voor mijn ogen, vingers in mijn oren. Het wordt tijd die ander los te laten.

Ik liet me op de kant vallen. Ik keek niet waar ik neerplofte, als ik maar vastigheid onder mij voelde. Aarde, gras.

Mijn armen trilden en de scherpe punten van de ijzers boorden twee diepe gaten in het ijs. Ik sloeg mijn armen om mijn knieën. Laat me hier maar zitten tot het donker wordt, ging het door mijn hoofd. Ik wil niet meer met je mee. Jij liet me daarnet alleen, dan hoef ik nu ook niet meer met jou mee.

‘Kom, ga je mee, je hebt het koud.’

‘Laat me maar, ga jij maar.’

Hij trok zijn muts stevig over zijn oren. Draaide zijn rug naar me toe en zei op strenge toon: ‘Niet zeuren. Opstaan. Het ijs heeft gekraakt. Nou en? Doe je schaatsen uit.’ Hij smeet de schaatsbeschermers voor mijn voeten. ‘We gaan naar huis.’

Ik weigerde te doen wat hij zei. Hij had me vaker losgelaten. In een tunnel in Los Angeles.

We hadden van vrienden een rode open Volkswagen geleend. We waren zonder de kinderen. De zon scheen fel. We hadden niet opgemerkt dat alle parkeerterreinen, straten en huizen op elkaar leken. We waren ervan uitgegaan dat we het rode Europese autootje tussen alle lange Amerikaanse sleeën onmiddellijk zouden herkennen. Tijdens het zoeken bleek dat we al veel langer aan het lopen waren dan op de heenweg. We naderden een gebied waarvoor men ons gewaarschuwd had. Aan de overkant van de weg fouilleerden agenten een verwaarloosde, laveloze vrouw tegen een muur. Ze moest haar handen boven haar hoofd houden. Ze betastten haar groene, opengehaakte maillot met gaten. We versnelden onze pas. Onrustig keken we over onze schouder. Op elk parkeerterrein stond hetzelfde haveloze bord met de uurprijs. Een hokje zonder bewaker. Een slagboom. En heel veel auto’s, maar geen rode kever. Het was warm.

We liepen een tunnel in. Hand in hand over een smalle trottoirband. Er hing een bedompte lucht van uitlaatgassen met een sterke oliegeur. Auto’s zoefden langs. Uit beide richtingen. Plotseling hoorden we achter ons schoten.

'Rennen!' riep Freek en pakte mijn hand steviger beet. 'Harder!'

Voor ons zagen we vonken van de zwarte muur spatten. De kogels kwamen uit een aanstormende auto. 'Rennen, harder.' Het lukte me niet. Mijn spieren verstijfden. Freek sleurde me voort. 'Rennen!' Zijn lange benen deden ongelijke stappen. Weer een knal, nu vlak bij ons. Joelende stemmen resoneerden in de holle buis. Gegrom en gelach. Toen liet Freek mijn hand los, sprintte als een bezetene naar voren. Ik bleef alleen achter. De zinderende hitte plakte mijn voeten aan de tegels, het leek of ik voorover in diep zwart water viel en door een onderstroom naar beneden gezogen werd. Zijn stem galmde door de tunnel: 'Rennen.' In het donkere water verscheen een heldere streep.

Op naar het licht. Het gegrom en gelach stierf weg. Freek hing zwaar hijgend voorovergebogen in een nis aan de zijkant van de tunnel. Hij leek zo ver weg. Hij stond daar alleen. Hij had gerend voor zijn leven. Om de schoten voor te zijn. Hij had me losgelaten. Ik begon weer langzaam op adem te komen en ging naast hem staan. Mijn heup duwde tegen de zijne. We zeiden niets. Verstomd.

Ik pakte de beschermers op en klikte ze om de ijzers. Er zat geen gevoel meer in mijn vingertoppen.

Freek griste mijn schoenen bij me vandaan, smeet ze voor mijn voeten op het ijs en draaide me weer zijn rug toe. Ik keek naar zijn billen, die een halfuur eerder nog krachtig gespannen over het ijs zoefden.

'Wil je me helpen, het lukt niet, mijn vingers zijn te koud.'

Hij draaide zich om, knielde bij me neer en begon de veters te strikken. Hij nam mijn handen en hield ze tegen elkaar in een holletje en blies zijn warme adem in het gaatje.

'Ga je mee?'

Ik voelde het bloed weer in mijn vingers stromen.

'Het spijt me,' zei ik.

'Je hoeft geen sorry te zeggen. Het is niet jouw schuld dat het ijs kraakte. Je moet alleen niet zo bang zijn.'

Op het Binnen-IJ had het ijs nooit gekraakt. Ik was daar wel alleen. Ik schaatste tot het donker werd. Mijn moeder kwam me niet halen. De buurman meldde dat hij het hek ging afsluiten. 'Wegwezen, naar huis,' riep hij. En achter mij ratelde de ketting van het hangslot. Geen pirouettes meer die dag.

Toen ik verkleumd binnenkwam, was mijn moeder boos. Ik was te lang buiten gebleven en moest zonder eten naar bed. Ik sloot mijn ogen en liep op mijn sokken naar boven, beide handen aan de leuning geklemd.

Na twee trappen stond ik op de overloop. Op die etage had tante Ro gewoond. Ik liep naar binnen en probeerde met gesloten ogen het aanrecht te vinden. Als ik het blad had aangeraakt, mochten mijn ogen weer open. Ik voelde de afwasbak en miste tante.

Door het raam ontwaarde ik in het donker een silhouet. Het was Ole. Hij was verliefd op mijn zus, maar van mijn ouders mocht hij niet binnenkomen.

Ik bleef een tijdje naar hem staan kijken en sloot mijn ogen weer. Ik beklom de laatste treden en liep op de tast naar de ijzeren boekenkast van mijn zus. Op de bovenste plank had ze achter de boeken bruine pillen in een doordrukstrip verstopt. Ik had gezien hoe ze er stiekem eentje innam in ons badkamertje, niet meer dan een wasbak in een kast op de overloop. Mijn zus wilde ballerina worden. Met haar handen boven haar hoofd deed ze op haar tenen oefeningen voor de spiegel en bestudeerde zichzelf. Ik grabbelde ernaar, voelde het karton en deed mijn ogen open. Ik pakte het doosje met de tekening van een superslanke vrouw erop die een pirouette draaide, liep naar de gangkast en keek in de spiegel. Snel drukte ik op de strip en stak een pil in mijn mond. Terwijl ik hem doorslikte, vroeg ik me af waar ik mee bezig was. Op ballet werd van je verlangd dat je slank was, maar ik wilde helemaal geen danseres worden.

Dat ging weken zo door, tot op een dag de pillen niet meer op hun plek lagen. Ik spaarde een paar weken zakgeld en ging naar de drogist. Ik vroeg om de pillen. Hij haalde een doosje tevoorschijn en zei: 'Sorry, dit mogen wij niet aan vrouwen onder de achttien verkopen.'

'Maar het is voor mijn zus.'

'Laat haar ze dan maar zelf komen kopen.'

Volhardend ging ik de stad in en noemde bij een onbekende drogist zelfverzekerd het merk.

'Twee doosjes graag.'

'Dat wordt dan vijf gulden.'

Ik legde het bedrag op de toonbank en stopte de doosjes snel in mijn zak. Thuis nam ik twee pillen en slikte ze met wat water door. Met mijn lievelingsboek *Vadertje Langbeen* ging ik op mijn buik in bed liggen en begon te lezen waar ik gebleven was. Ik werd meteen weer in het verhaal gezogen. Mijn vinger gleed over de lange benen van Vadertje Langbeen en het vrolijke meisje aan zijn hand. Met mijn hoofd op het boek viel ik in slaap. Ik droomde dat ik het meisje was, Judy, en de hand vasthield van de lieve, lange man.

Het middel werkte. In de spiegel begon ik een verandering te zien. De weegschaal stond in de slaapkamer van mijn ouders. Na het douchen trok ik het ding stiekem tevoorschijn en zag tot mijn vreugde dat mijn gewicht was afgenomen. Op het doosje stond vermeld: 'Kan obstipatie veroorzaken'. Dat zocht ik op in het woordenboek. Slechte stoelgang. Ik begreep dat het iets te maken had met niet kunnen poepen, waar ik sinds enige tijd last van had. Waarom wilde ik eigenlijk slank worden? Voor wie? Voor de balletjuffrouw die telkens tegen me schreeuwde? In eten had ik nog maar weinig trek en steeds vaker kreeg ik pijn in mijn buik.

'Steek je tong eens uit,' zei mijn moeder. Als je tong wit was betekende dat bij ons dat je ziek was. En de mijne was wit. Ziek zijn was een vloek, vormde een dreigend gevaar voor haar zwaarbevochten vrijheid. Het dwong haar thuis te blijven.

Daar stond Ole weer, met zijn armen gespreid. Het leek of hij zong. Ik schoof het raam in de kamer van mijn zus open. Zelfs van bovenaf kon ik zien dat hij zijn ogen dicht had. Hij had een kalende schedel, maar ik vond hem mooi. Beneden ging de voordeur open, en mijn moeder riep: 'Ga naar huis. Schrijf daar je gedichten maar. Val ons niet lastig.'

Ondanks de flinke kramp in mijn buik bleef ik geboeid naar de troubadour luisteren. Zijn stem werd steeds zangeriger en luider. De felle stem van mijn zus, die sinds een tijdje verkering had met een andere jongen, schreeuwde erbovenuit. 'Donder nou eens op!' Hij pakte zijn fiets, sloeg zijn been over het achterwiel en reed weg. Zijn zangerige stem schalde nog even over de gracht en hij verdween voorgoed over de ophaalbrug.

Ik had weinig trek meer in eten. Mijn ongesteldheid kwam onregelmatig. Op balletles waren ze tevreden over mijn slankere postuur. Het onschuldige spel van een paar pillen slikken had me veranderd in een wandelend skelet, dat nog wel kon dansen en denken. Dat pillen slikken had ook voordelen. Hoe slanker ik werd, hoe minder pijn ik na het eten in mijn buik had. Maar het had ook tot gevolg dat ik na verloop van tijd toch niet meer echt goed kon nadenken. Ik verrichtte vele handelingen automatisch. Opstaan. Tandenpoetsen. Gezicht wassen. Mijn fiets pakken.

In de kou reed ik met een te korte rok naar school. De fietstocht duurde eindeloos. Het leek wel of ik naar het einde van de wereld reed. Mijn kleine jasje met capuchon kon me niet tegen de regen beschermen. Doorweekt kwam ik op school aan, trillend over mijn hele lichaam. Mijn vingers waren dood. Ik ging op de verwarming zitten en drukte mijn benen tegen de radiator. 'Niet doen joh,' riep een van mijn vriendinnen, 'je krijgt winterhanden.'

Mijn vingers werden paars. Toen de leraar binnenkwam zat ik er nog steeds. 'Ga op je plaats zitten,' zei hij en met mijn doorweekte rugzak schoof ik in de bank. Ik legde de natte boeken voor mijn neus en langzaamaan begon ik een branderig, stekelig gevoel in mijn handen en voeten te krijgen.

Het kon me niets schelen, als ik maar weer warm werd vanbinnen. Ik deed mijn ogen dicht en droomde weg bij de zingende dichter. Hij stond voor me met zijn armen in de lucht, terwijl hij voor mij zong: 'Ik hou van jou.' Ik kreeg een por in mijn zij. 'Doe je ogen eens open, slapen doe je maar thuis.'

Ik voelde een zacht tikje tegen mijn wang.

'Nu moet je echt opstaan. Je vingers en lippen zijn helemaal paars,' zei Freek streng.

Ik stond op en liep verdoofd achter hem aan. Legde de schaatsen achter in de auto. Tijdens de terugrit werd er niet gesproken. Dat zwijgen maakte me nog bozer.

Ik keek naar links. We reden langs de Joodse begraafplaats. Het prikkeldraad was berijpt. De donkere zerken droegen een keppeltje van sneeuw. Het slootje was bevroren.

Freek zette de auto voor de deur. De schaatsen bleven in de achterbak liggen.

De kinderen waren uit logeren. Het was stil in huis. We kookten en aten zwijgend ons bord leeg.

Ik probeerde aan mooie dingen te denken. Aan het strakke ijs. Maar mijn gedachten kwamen maar niet los van die nare verlamming in mijn benen. Freek volhardde in zijn stilzwijgen. Ik verschool me achter de krant. Mijn ogen dwaalden over de artikelen, de inhoud drong niet tot me door. Ik voelde me ellendig omdat ik met mijn verkramptheid de ander zijn plezier ontnam. Vaak had ik de kinderen tijdens hun spel ervan weerhouden hun spannende plannetjes uit te voeren. Veel te snel had ik geroepen: 'Kijk uit. Pas op. Nee, jongens, niet doen, dat is te gevaarlijk.'

Ik deed als mijn moeder, die schreeuwde ook zo als ik achter een houten stoeltje op een wak af krabbelde op mijn scheve schaatsjes. Het was haar weer eens gelukt mijn kop binnen te dringen, ook al probeerde ik haar buiten mijn systeem te houden. De beschadiging die mijn ouders aan de oorlog hadden overgehouden, had ik overgenomen. Ondanks mijn verzet.

Toen ik voor het eerst met Freek thuiskwam, keurde mijn moeder hem onmiddellijk af. 'Zoon van een dominee,' merkte ze denigrerend op. 'Niets voor jou. Hij hoort niet bij ons. Het zijn christenen, burgermensen. Hij begrijpt ons niet. Wij zijn kunstenaars. Wij zijn anders.'

Luidde haar keiharde oordeel.

Ik vond alles wat ze zei onzin en heb mijn hart gevolgd.

De keren dat mijn moeder bij ons was, lokte ze geregeld ruzie uit. Vooral tijdens de feestdagen kon ze onuitstaanbaar zijn. Een keer ging ze zo ver dat Freek haar verzocht het huis te verlaten. De kinderen zaten op de grond bij de kerstboom en zij had zich, met haar armen over elkaar, wijdbeens voor de deur geposteerd. Freek opende de keukendeur en wilde haar onder haar oksels pakken. Haar ogen spuwden vuur. Ze was op oorlogspad en beet hem toe: 'Vuile SS'er.'

Ze leek nergens voor terug te deinzen. Waarom deed ze zo waar onze kinderen bij waren? Waarom zag ze Freek als haar vijand? Hij probeerde het haar altijd, vaak met een grapje, naar de zin te maken.

Mij had ze al vaker pijn gedaan, maar waarom moest Freek het ontgelden? Iedereen was haar vijand.

Ik probeerde verder te lezen, maar mijn moeder liet me niet los. Al mijn keuzes had ze afgekraakt. Vriendinnetjes of jongens met wie ik thuiskwam, waren nooit goed genoeg. 'Katholiek.' Of: 'Maar zoon van een apotheker. Die wil ik niet bij ons over de vloer hebben.'

Op mijn achttiende zat ik op de Rietveldacademie en woonde op een zolderkamertje in de Henri Polaklaan. Vroeg in de ochtend studeerde ik mijn viooletudes. Van negen tot vijf volgde ik het vak mode en van zeven tot tien uur in de avond ging ik naar edelsmeden. Daarna had ik geen zin om alleen naar mijn dienstbodekamer op de vierde verdieping te gaan. Liever bleef ik tot laat in het café zitten, waar ik de aandacht van de mannen trok. Daar ontmoette ik een jongen, Maarten, die een paar huizen verderop in dezelfde straat bij zijn moeder woonde, die edelsmid was. Hij nodigde me uit met hem mee te gaan.

Aan een grote ronde tafel vol wijnflessen en halfvolle glazen zat zijn moeder albasten en turkooizen edelstenen aan een snoer te rijgen. Kralen rolden als dobbelstenen over de tafel. Naast haar stoel stond een fles butaangas. Met een soldeerapparaat versmolt ze zilveren plaatjes tot balletjes waar ze grillige vormen van soldeerde om die vervolgens tussen de kralen te rijgen.

Ze was klein van stuk, had hardrood geverfde lippen en haar blauwe ogen waren zwart omlijnd. Om haar hals hingen haar eigen creaties. Ze sprak met luide, opgewekte stem: 'Ik ben Leo. Wie ben jij?'

'Een buurmeisje en ik zit op de Rietveld op edelsmeden.'

Ze hield een ketting omhoog. 'Zoiets?'

'Nee, ik ben nu bezig om een jasje van vierkante aluminium plaatjes in elkaar te zetten.'

'Als je wilt, kun je gebruikmaken van mijn polijstmachine,' bood ze spontaan aan en ik ging er gretig op in. Bij Leo heerste voortdurend een opgewonden stemming. Te midden van de vrolijke chaos drukte ik met mijn volle gewicht een uitgezaagd plaatje tegen de hard draaiende borstels van de polijstmachine aan. Leo schaamde zich er niet voor opzichtig met een van de mannen de gang in te verdwijnen en na enige tijd met haar onderbroek zwaaiend boven haar hoofd terug te komen. Ze wreef met haar heup langs mijn benen. En zei met zwoele stem: 'Dat was lekker, moet je ook doen.' Ik sloeg verlegen mijn ogen neer en probeerde me op mijn werk te concentreren.

Elke dag werkte ik nu aan een van haar machines en het jasje schoot al aardig op. Ik boorde een gaatje in de plaatjes en met behulp van een punttangetje verbond ik ze met een ringetje.

Het jolige gelal aan de tafel wond me op. Leo, mannennaam, met haar heldere vrouwenstem had me slim aan haar zoon weten te koppelen. Hij had begerig naar me gekeken terwijl ik achter de machine stond en blies zijn adem in mijn nek. Hij had dezelfde helderblauwe ogen als zijn moeder. Ik had me helemaal door hun sensuele gedrag laten meesleuren. Net op tijd ontdekte ik dat hij me belazerde. Andere meisjes. Aan tafel werden vreemde plannen gesmeed waar ik geen deel aan had en vanachter de borstels probeerde ik ze te doorgronden. Er was iets geheimzinnigs aan de hand met geld. De jongste zoon werd door Leo 's avonds laat op klusjes uitgestuurd. Ik had geen idee wat daar gaande was en bleef polijsten tot het jasje af was, maar Maarten met de doordringende blauwe ogen keek ik niet meer aan.

Later bleek dat hij niet alleen mij bedrogen had, maar de hele kunstwereld. Hij werd een van de grootste zwendelaars aller tijden genoemd. Zijn excentrieke moeder, de mannenverslindster met haar dikke kettingen om, was het soort vrouw voor wie mijn moeder me waarschuwde. En uitgerekend in deze kwetsbare periode van mijn leven stelde mijn moeder mij zelf bloot aan het grote mannengevaar.

Opgewonden was ze op me afgekomen. 'Ik heb een afspraak voor je gemaakt met Karel Appel. Hij wil met je uit.'

Wat bezielde haar om mij te koppelen? Was ze niet zelf door een oude man in een schuur te pakken genomen? Moest ik dezelfde pijn doorstaan als zij? Schreeuwend had ze me duidelijk willen maken hoe gevaarlijk de mannen waren, maar opeens had ze er kennelijk geen probleem mee me een oude kunstschilder op mijn dak te sturen.

Mijn ouders kwamen hem bij hun cafébezoek regelmatig tegen. Karel was even oud als mijn vader, maar dat bleek voor mijn moeder geen bezwaar. Deze man wilde ze blijkbaar wel als schoonzoon.

'Met mij? Niet met jou?'

'Nee, met jou. Hij heeft je ooit een keer gezien op De Kring. Dat is hij niet vergeten.'

Ik ging erop in, natuurlijk vond ik dit voorstel interessant. Wie wilde niet met Karel Appel op stap? Op de kunstacademie had zijn robuuste stijl school gemaakt. Appel was wereldberoemd en op dat moment bezig met houtsculpturen.

Op de afgesproken tijd reed een lange, witroze Amerikaanse slee de Henri Polaklaan in. Eruit stapte Karel Appel, het schilderbeest. Een ritje met deze auto maakte het nog aantrekkelijker om met hem mee te gaan. We reden naar Zandvoort. Op de boulevard stapte hij uit en opende galant het portier voor me. Hand in hand liepen we over het strand. Als een verliefd stel. Hij had een fantastische kop, hij keek me vol bewondering aan, wat me een onbekend opwindend gevoel gaf. Hij had wel iets weg van mijn vader, met die snor, maar met hem had ik nooit alleen langs de zee gewandeld. Het was alsof Karel zo uit *Vadertje Langbeen* was gestapt. Van mijn hand in zijn ruwe schildersklauw kreeg ik een wonderlijk warm gevoel in mijn buik.

De wind woei in ons gezicht. De golven rolden tot onze voeten. We renden lachend weg voor de aanspoelende zee. We trokken onze schoenen uit en lieten het bruisende water over onze voeten kruipen. En we drukten onze voetsporen in het natte zand. Mijn ogen traanden. Appel gaf me zijn sjaal, die ik voor mijn gezicht bond. Hij nam de hoed van zijn wilde bos haar, zette hem op mijn hoofd en krulde de rand met zijn vingers naar beneden. Op een kiertje voor mijn ogen na was mijn gezicht bedekt. Ik ademde door zijn zijden sjaal. We stapten stevig door en praatten over zijn vak en mijn interesse voor de kunst. We gingen eten in een visrestaurant op de boulevard. Bij kaarslicht. Mijn rozige wangen gloeiden. We aten onze soep en hij vertelde waar hij mee bezig was. Hij raakte bevlogen bij de uitleg over de constructie van zijn houtsculpturen. Hij wilde weten wat ik op school zoal deed en ik vertelde dat we in het eerste schooljaar leerden te experimenteren met verschillende materialen, onder andere met papier en hout. En enthousiast nodigde hij me uit op zijn kasteel in Frankrijk.

'Kom me helpen. Ik kan wel wat hulp gebruiken.'

We dronken koffie en hij bleef maar zeggen dat hij het op prijs zou stellen als ik van de zomer langs zou komen. We wisselden adressen en telefoonnummers uit en hij bracht me terug naar mijn kamer. Voor de deur pakte hij mijn hand, gaf er met een sierlijk gebaar een ridderlijke kus op en zei vriendelijk: 'Tot ziens!'

In bed lag ik na te denken over al die aandacht van Karel Appel en begon me af te vragen waarom mijn onvoorspelbare moeder mij aan deze charmante, oudere man wilde koppelen. Terwijl ze me juist altijd gewaarschuwd had dat mannen maar op één ding uit zijn. Wat dat ene ding was, had ze me nooit uitgelegd. Maar zo langzamerhand had ik het wel door.

Binnen een week belde Karel en zei dat hij het leuk zou vinden als ik voor een korte periode zijn assistente zou zijn. In eerste instantie voelde ik me vereerd, maar toen begon ik te twijfelen. Waarom koos hij mij? Welke extra kwaliteit bezat ik om hem te mogen assisteren? Ik vertelde het aan mijn vriendje, de jongen die ik vanwege zijn katholieke geloof niet mee naar huis mocht nemen. Hij zat in het laatste jaar van de grafische afdeling. We hadden verkering.

'Je moet niet alleen gaan. Dat is onverstandig,' zei hij. Misschien had hij wel gelijk. 'Waar is dat kasteel?'

'Bij Parijs.'

'Zal ik met je meegaan?'

Ik zei dat ik het zou voorstellen en belde naar Frankrijk. De stem aan de andere kant van de lijn klonk al minder enthousiast dan tijdens de wandeling, maar Appel ging ermee akkoord.

'Hij vindt het goed dat je meekomt.'

'Wat is zijn telefoonnummer en adres? Dan kan ik mijn ouders laten weten waar ik ben.'

Zonder erbij na te denken gaf ik hem de gegevens.

De twee weken voor ons vertrek groeide mijn twijfel of ik eigenlijk wel naar Parijs wilde. Van Willy van Hemert had ik een rol aangeboden gekregen in *A Christmas Carol* van Charles Dickens, waarvan hij een televisiebewerking had gemaakt. Een jaar eerder had ik meegespeeld in *De vuurproef* van Arthur Miller. Omdat mijn voorkeur uitging naar acteren, belde ik Appel op en legde uit waarom we niet kwamen. Een week later vertelde mijn vriendje dat Karel Appel hem had opgebeld met de mededeling dat hij dringend twee jongens nodig had. Deze merkwaardige smoes beviel me niet, blijkbaar had hij zijn reisje achter mijn rug om geregeld.

Drie weken later belde hij bij me aan. Stommelend kwam hij naar boven en alleen al zijn voetstappen irriteerden mij. Halverwege de trap begon hij over zijn avonturen, over de grote mand met broodjes die zijn moeder voor de treinreis klaargemaakt had, hoeveel ze gegeten hadden onderweg. Eenmaal boven in mijn kamer vertelde hij dat Appel niet bepaald vriendelijk was geweest, dat ze van 's morgens vroeg tot 's avonds laat waanzinnig hard hadden moeten werken. Zijn verdiende loon vond ik, al zei ik dat niet.

We stonden tegenover elkaar. Ik had zijn verhaal aangehoord. Ik zag de jongens in de treincoupé zitten, op weg naar hun grote held. Met hun mannengeleuter. Hoe goed ze waren. Mand met broodjes van moeder op schoot en maar eten. Ik keek hem aan. En plotseling zei ik: 'Weet je, van mij hoeft het niet meer. Het is uit.' Ik haalde zijn tekening van het naaktmodel die hij op school had gemaakt van de muur: 'Hier, mag je terug hebben.' Ik greep hem bij zijn trui vast en voelde zijn karakterloze lichaam. Hij dacht nog even dat ik hem ging zoenen, maar ik duwde hem naar buiten. Hij stamelde iets onverstaanbaars en met een klap smeet ik de deur achter hem dicht.

De stilte in de kamer benauwde me. Ik had het goed willen maken op het ijs, maar eigenlijk ook weer niet. Dat had Freek kwaad gemaakt. Hij zweeg. Zwijgstront. Het kwam zelden voor. Maar als het er was, was het serieus.

We hadden de geleende kever van onze vrienden in Los Angeles achtergelaten en reden met de gehuurde camper verder. Via de highway langs de westkust richting Ocean Beach. Het incident in de tunnel hadden we niet met elkaar uitgepraat. In een kille stemming bereikten we de kust en zette Freek de camper op een godverlaten plek aan het strand. De kinderen sliepen boven de bestuurderscabine.

Ik keek uit het raam naar de branding. Reusachtige golven klapten op hun hoogtepunt om. Spanning, ver van huis, op de meest idyllische plek ter wereld waar ik ooit geweest was. Waar kon ik heen?

Zwijgend zaten we als vreemden tegenover elkaar. Twee mensen die dachten dat ze van elkaar hielden. We aten. Ook zwijgend. Het smaakte me niet. Eerst moest de eettafel naar beneden geklapt worden om te kunnen gaan slapen, maar we bleven allebei zitten. Freek staarde langs me heen. Ik bestond niet meer. Het zwijgen was ijzingwekkend. Ik probeerde mijn tranen te bedwingen. Schreeuwen kon niet, want er lagen twee kinderen te slapen.

We hadden afgesproken tijdens de reis eindelijk eens te gaan praten. Er was zoveel gebeurd. Het einde van Neerlands Hoop. Freeks eerste soloprogramma *De Komiek*, dat was ingeslagen als een bom. Zijn stijgende populariteit die hem benauwde. De dood van onze zoon Jork, waar we nooit werkelijk over hadden kunnen spreken.

Toen we elkaar net ontmoet hadden, eind 1969, zat Freek onder aan de trap bij de artiestenuitgang van Carré te wachten op zijn danseres. Hij zei dat hij van me hield. Dat hij verliefd was. En nu zei hij niets. Negeerde me.

Het begon te duizelen in mijn hoofd. Als ik voor hem niet meer bestond, kon ik net zo goed van deze aardbodem verdwijnen. Ik opende het portier en rende op blote voeten door het zand. Het was bijna donker. De golven sloegen met geweld op het strand. Mijn jurkje wapperde langs mijn benen. Ik liep de oceaan een stukje in en bleef staan. Ik hoorde de metershoge golven naar me toe rollen. Ik wilde me laten meezuigen naar de diepte. Het zoute water spatte tegen mijn gezicht. Ik spreidde mijn armen om de duik te maken.

Op dat moment greep Freek mijn arm en trok me naar zich toe. De golf sloeg vlak bij ons hard naar beneden. In een innige omhelzing stonden we minutenlang in het kolkende water. We waren diep gegaan. Te diep misschien. Maar het was onze enige manier om ergens uit te komen.

'Kom. Het spijt me,' zei hij, terwijl hij me nog dichter tegen zich aan drukte. 'De kinderen slapen, die kun je niet alleen laten. We moeten praten. Samen. Dat vind ik soms moeilijk, dan sluit ik me op in mezelf. Wil jij beginnen? Het is goed. Ik hou van je.'

We hadden onze vingers in elkaar gevlochten. Het zachte zand gaf mee. De kuiltjes die onze voetstappen achterlieten, werden door dunne straaltjes zand gevuld. De voetsporen werden gewist.

We klapten de tafel naar beneden. Legden de kussens op het matras en kropen tegen elkaar aan. Zeiden niets, maar voelden alles.

Boelie legde zijn snuit op mijn schoot. Na de dood van Jork, zestien jaar geleden, hadden we voor Roos, die maar weinig begreep van het verdriet van haar ouders, een hond uit het asiel gehaald. Een mankepoot. Kees. Hij ging overal mee naartoe, hij zat parmantig samen met Roos op de achterbank. Toen we hem voor een korte periode naar een boerderij hadden gebracht, ging Kees op zoek naar Roos en liep onder een auto. Weg speelmakker. Om haar te troosten haalden we uit een nest labradors een zwarte pup. Boelie. Ik aaide hem. Hij tilde zijn kop op en keek me met zijn trouwe ogen treurig aan. Hij probeerde zijn voorpoot op te tillen. Het was of het brave beest begreep dat er iets mis was en me kwam troosten. Zijn natte snuit raakte mijn wang. Ik aaide zijn zachte vacht en bedekte mijn gezicht met mijn eigen haar. Dertien jaar liepen we met Boelie een rondje voor het slapengaan. Nu was Freek alleen gaan wandelen en daarna naar boven gelopen zonder iets te zeggen. Ik voelde me alleen op de wereld. Boelie, die oud was en niet meer kon leven zonder pijn, trok zijn kop terug, richtte zich moeizaam op en strompelde met zijn sleeppoot naar de mand. Sinds zijn aftakeling had ik een paar keer gedroomd dat ik vergeten was hem brokken te geven. Wonderlijk genoeg had ik vergelijkbare nachtmerries na de dood van Jork. Soms droomde ik een vreemde combinatie, dan kreeg de baby geen pens en de hond geen melk.

Ik probeerde de krant te lezen, maar het lukte niet. Freek had gelijk. Ik wentelde me in zelfmedelijden.

Een zelfmedelijden dat fataal kon worden. We hadden het gezien bij Trix, die administratief werk voor ons had verricht. Na afloop van een van Freeks voorstellingen kwam ze in de kleedkamer en zei tegen hem dat ze in zijn verhalen haar eigen jeugd herkende. Vooral dat van de misverstane liefde had haar geraakt. De tranen rolden vrijelijk over haar wangen. Ze was klein en tenger. Ze wreef me over mijn rug en zei: 'Wat ben jij toch mooi slank.' Ze vond zichzelf blijkbaar te dik. Onnodig. Waarom was ze die bewuste avond over haar grenzen gegaan? Wat was haar overkomen? Ze moet radeloos in de auto gestapt zijn, te veel pillen genomen hebben en naar het strand gereden zijn. Ze had de sleutels in het contact laten zitten en was op blote voeten door het zand gerend. Wat had haar achtervolgd?

Ze had voldoende capaciteiten maar stelde zich toch altijd onderdanig en afhankelijk op. Vroeg telkens: 'Doe ik het wel goed?' Die behoefte aan bevestiging. Die verdomde onzekerheid.

Of was het haar in de schoot gestorven kind? Herkende ze dat bij mij? Huilde ze daarom als ik viool had gespeeld? En wilde ze me daarom aanraken?

Een schoonmaker had haar om zes uur 's morgens op haar zij onder de pier aangetroffen. Benen opgetrokken en armen om haar knieën.

De zee slaat een paar golven over de plek waar de tragedie heeft plaatsgevonden en alles is uitgewist.

Mijn haar hing in slierten voor mijn ogen. Ik zat, mijn benen opgetrokken en mijn armen rond mijn knieën, verwilderd op de bank. Het was donker in de kamer.

Ik opende mijn gordijn van haar, rende de trap op en gooide me op het bed. Pakte Freeks hand en kroop als een dier in zijn holletje. Hou op met dat verrekte zelfmedelijden. Dankbaar zijn.

Dankbaar zijn, herhaalde ik de volgende dag. Dankbaar. Het is een vreselijk woord, maar je verdriet kan erin oplossen. Je hoeft elkaar niet altijd te begrijpen. Het gaat om vertrouwen, zoals bij ijs dat wel kraakt maar niet breekt.

Liefde bestaat

(dagboekfragment)

10 december 1981

Lieve Freek, ik voel me steeds dichter bij je. In ieder geval lijfelijk, heel warm. Wat je voor mij gedaan hebt is zo goed. Als ik aan mezelf terugdenk voordat ik jou ontmoette was ik natuurlijk ook Hella, maar er was zo weinig van over. Totaal gek aan het worden. Heel langzaam vind ik mezelf nu terug.

Een ongewoon geluid wekt me ruw uit mijn slaap. Stampende voetstappen. Ik verstijf. Kerels op het dak? Ik loer door de luxaflex. De zon schijnt al. Een doordringende schreeuw van een pauw schept duidelijkheid. Een dakpan glijdt naar beneden. Ik open het raam en probeer door hun gekrijs na te bootsen de beesten weg te jagen. Met klappende wieken vertrekken de vogels naar waar ze vandaan komen. De achterburen.

Verbaasd over mijn overdreven reactie kruip ik terug in bed. Het dekbed naast mij heeft niet bewogen. Zelfs mijn onbeheerste gekrijs heeft Freek niet gewekt.

Op mijn horloge zie ik dat het nog te vroeg is om op te staan. We waren de nacht ervoor om één uur uit Zeeland thuisgekomen, waar we de onthulling hadden bijgewoond van een monument om de herinnering aan het Molukkerskamp Westkapelle levend te houden. Op de dijk hadden twee vrouwen op een grote schelp geblazen, afkomstig uit de zeeën rond de Molukken. Het geruis van de Noordzee mengde zich met het monotone gezoem en ondertussen werd de felblauw-wit-groen-rode Molukse vlag die over de gedenksteen lag, weggetrokken.

In het Polderhuis werden we toegesproken door een oud-kampbewoonster. Ze vertelde wat er destijds had plaatsgevonden in het Molukse kamp, elf jaar na de Tweede Wereldoorlog. De mannen was bij aankomst in ons land in 1951 de militaire status ontnomen en vanaf 1956 trad de zelfzorgmaatregel in. Kinderen leden honger. Er groeide verzet. Ten slotte was de zaak zodanig geëscaleerd, dat de bewakers met scherp schoten op ongewapende kampbewoners.

Iemand achter me tikte op mijn schouder en vroeg: 'Heeft u hier ook iets mee te maken of zit u alleen maar naast uw man?'

Ik draaide me om en zei zacht: 'Nee, hij zit naast mij.'

Misschien had Freek hier nooit gezeten als hij mij niet had ontmoet. Door mij was hij in een gezin terechtgekomen dat aan den lijve had ondervonden wat het betekent als je niet meer mag bestaan. Ik draaide me nog eens om en fluisterde achter mijn hand: 'Ik ben Joods. Ik voel verwantschap.'

Na afloop kon iedereen de kleine tentoonstelling bezoeken. Vitrines werden door de genodigden met aandacht bekeken. Borduursels van verstelde kledingstukken. Kinderspeelgoed. Potten en pannen. Men verdrong zich om de oude zwart-witfoto's van het kamp. Familieportretjes. Spelende kinderen. Musicerende mannen. Een jongetje in korte broek.

'Dat ben ik.' De man die op mijn schouder had getikt stond nu naast me. We waren even lang. Hij praatte hard en luid om boven het rumoer uit te komen.

'Het was mijn vader, die in zijn been geschoten werd! Negen maanden in de gevangenis gezeten heeft!' Hij werd steeds feller. 'Mijn moeder wist niet waar hij zat. De vrouwen was niets verteld. Zij bleef achter in het kamp en moest alleen voor ons zorgen. Zonder geld.' Verbeten kwamen de woorden uit zijn tandeloze mond. Zijn kale schedel glom of hij door een heilig vuur beschenen werd. 'Ik ga er een boek over schrijven,' zei hij.

'Moet u zeker doen,' zei ik na een bijna dreigende stilte en hij verdween tussen de mensen.

's Avonds zetten de festiviteiten zich voort in het dorpshuis, met liedjes en verhalen over de gebeurtenissen in 1956. De vrouw naast me haalde al snel haar zakdoek tevoorschijn en veegde voortdurend haar tranen weg.

Daarna kwam Hollandse Freek. Hij vertelde op zijn eigen komische wijze hoe hij met een verzonnen neef in het kamp verzeild raakte. Een intense lach klonk door de zaal. Weer haalde mijn buurvrouw haar zakdoek tevoorschijn. Ditmaal om de tranen van plezier weg te vegen.

Na afloop was het of er een last van de mensen afgevallen was. Uitbundig stortte men zich op het Indisch buffet.

De man die mij 's morgens aangesproken had, kwam met uitgestoken hand naar me toe. 'Mag ik u bedanken voor wat u vanmorgen tegen mij gezegd heeft. Het drong eigenlijk pas tot me door toen ik uw man zag optreden.'

'Zeker. Het heeft geen zin nog boos te zijn. Het is zo lang geleden. Wij kunnen het gebeurde niet meer ongedaan maken. We staan hier samen. Laten we het verhaal vertellen in de hoop dat het begrepen wordt. Wees trots.'

Hij pakte mijn handen. 'Ik ga erover nadenken. Ik zal het in mijn boek verwerken.' Hij kuste me op mijn wang en zei: 'We zijn broeders, zuster.'

Ik kan de slaap niet meer vatten. Toch komt er rust in mijn hoofd. Ik buig me over Freek. Hij heeft oordoppen in. Ik laat hem slapen en probeer het ritme van zijn ademhaling over te nemen. Na zoveel jaar vraag ik me nog altijd af: wie is die man die naast mij in mijn bed ligt? Hij lijkt zo onverstoorbaar. Ik bestudeer zijn gezicht. Zijn wangen zijn ingevallen en zijn hoofd zit vol rimpels. Ik bewonder zijn ontspannenheid. Ik druk een kus op zijn voorhoofd en proef zijn warme huid op mijn lippen. Wat houd ik van die ingewikkelde kop. Een zonnestraal trekt een streep over het dekbed. Ik kijk door de ruime slaapkamer van ons gerieflijke domein.

Ooit was dit een verwilderde stek in het dorp waar we al vier jaar woonden. In 1980 stond het bordje *Te koop* in de overwoekerde tuin rond een vervallen boerderij. Het erf was geplaveid met puin. We liepen om het huis heen op zoek naar bewoners. De achtergevel stond op instorten. De staldeur hing aan één scharnier. We duwden tegen de krakende deur en stapten naar binnen. De giergoten stonden droog, toch kon je de koeien nog ruiken. De deur naar de woning stond open. Bij het betreden van de woonkamer in het voorhuis ontdekten we een bedstee. De deurtjes stonden op een kier. We openden ze voorzichtig. Er lag een vrouw, half verscholen onder de dekens.

'Ik heet Truus,' zei ze schuw. Ze was een jaar of vijftig en had een eigenaardige schelle stem.

'Wij komen even kijken. Misschien willen we het huis wel kopen.'

Ze trok haar benen hoger op.

Haar vader was een paar dagen tevoren overleden en de familie verkocht nu de boerderij. Ze had zich verstopt en wilde niet naar buiten komen. Ze was verdrietig. Ze had haar hele leven hier gewoond. Haar ouders hadden haar nooit naar school laten gaan. Ze moest voor het gezin en de boerderij zorgen. Het was duidelijk dat ze niet helemaal goed was. Het deed pijn haar zo te zien liggen. Het was haar huis. Nu moest ze weg.

Toen we de boerderij eenmaal gekocht hadden, spraken we met Truus af dat ze altijd welkom was. Twee jaar later belde ze aan en stond met een brede lach op haar gezicht voor de deur. Hand in hand met een oudere man die op een stok leunde. Met haar snerpende stem zei ze dat ze op zichzelf woonde. Op Horrewaarde. Dat ze gelukkig was. Dat ze had leren lezen en schrijven. En verliefd was! Ze draaide haar hoofd naar de man met de stok en gaf hem een schalkse kus.

Haar bedstee is verdwenen. Waar ooit de woonkamer was, een keuken en een gang met een trap naar boven, heb ik nu mijn atelier. Waar eens de hooizolder was, staat nu ons tweepersoonsbed tegen de wand met aan de andere kant een bad.

Op mijn koude zolderkamertje was geen wc en geen douche. Uit de kraan kwam alleen koud stromend water. In de nacht van onze eerste ontmoeting bracht Freek me tot de deur en ik had hem impulsief mee naar boven laten komen. Hij lag met zijn grote lichaam in mijn eenpersoonsopklapbed dicht tegen mijn rood met witte bloemetjesbabydoll aan. Hij was lief en onhandig.

Ik wist niet wie hij was. Een vreemde man in mijn bed. Dat had ik nooit eerder gedaan. Hoe heb ik dat risico durven nemen?

Ik had hem voor het eerst gezien na een Neerlands Hoop-voorstelling in de aula van de Delftse universiteit, een jaar na hun opmerkelijke Camerettendebuut. Onze blikken hadden elkaar gekruist. Hij had indruk op me gemaakt door de felle discussie na de voorstelling met de televisieregisseur met wie ik naar huis zou rijden. Een week later ging een balletvriend naar de verloving van Freeks cabaretpartner Bram Vermeulen en vroeg of ik zin had om mee te gaan. Een vreemd verlangen kwam boven om die ruziemaker nog eens te ontmoeten.

Nogal dissonerend stond ik in mijn roze jumpsuit in de keuken van een Wassenaarse rijtjeswoning. Ik voelde me ongemakkelijk tussen al die keurige mensen. Eindelijk zwaaide de achterdeur open en stapte Freek binnen. Hij keek me vanachter zijn dikke brillenglazen doordringend en tegelijk guitig aan en ik lachte verlegen terug. Hij liep op me af alsof we een afspraak hadden en ik op hem had staan wachten. We hebben elkaar nooit meer losgelaten

'Wil je met me dansen?' vroeg hij, en pakte me bij de hand. Hij kon helemaal niet dansen. Hij slingerde me door de ruimte, ik moest vreselijk om hem lachen. Om zijn zwabberbenen en zijn onhandige motoriek. Ik was beroepsdanseres, toch kende ik deze dans niet.

Na eenenveertig jaar ben ik het die hem nog wel eens ten dans vraagt in de keuken. Zodra hij me vastpakt zou hij me het liefst zoals vroeger door de kamer slingeren, maar die tijd is voorbij. Geen wilde sprongen meer. Geen lift. Mijn lichaam is op vele plaatsen gebutst en dus houdt hij mij teder vast, drukt me voorzichtig tegen zich aan en danst een onhandige quickstep slow.

'Wie is de leider?' roept hij.

'De man!' zeg ik en hij lacht.

Er is bij ons geen leider. Wij zijn twee eigengereide individuen. Hij kan niet leiden, want hij kent de passen niet. Ik ken de passen, maar hij laat zich niet leiden, dus maken we ieder onze eigen passen. We zijn allebei leider.

Aan zijn vingers draai ik een pirouette. Slap van het lachen val ik tegen hem aan.

'Kom op, hou me vast,' zegt hij en ik pak weer zijn hand, zet mijn voeten op zijn voeten en geef me over. Mijn hoofd reikt nauwelijks tot zijn schouder.

'Dit wordt nooit meer iets,' vat hij ons lichtvoetig gestruikel samen.

Het bed is warm. Ik wrijf langs zijn vingertoppen. Het blijft een wonder dat ik voor deze handen gevallen ben. Zijn meesterlijke klauwen hebben mij beschermd. Ze hebben tweederde van mijn leven over mijn lichaam gereisd. Hij heeft me er met zijn vingers van leren genieten. Zijn gretigheid heeft me tot grote hoogte gestuwd. Hij heeft met zijn handen over mij gewaakt. Hij was mijn model. Mijn handen hebben voor hem meters stof verknipt en aan elkaar genaaid. Mijn vingers prikten spelden bij zijn billen. Kleiden zijn hoofd. Schetsten zijn lichaam. Kleedden hem.

Ik buig weer over zijn hoofd en aai hem over zijn haren. De rimpels zullen steeds dieper worden en het vel slapper. We gaan samen oud worden.

Onze strijd is niet gestreden, maar de noodzaak om tot het bot te gaan heb ik niet meer. Die energie kan ik me besparen nu ik me bewuster ben geworden van hoofdzaken en bijzaken. Dat heeft mijn kleindochter aan mij geopenbaard. Onze relatie heeft door haar een diepere dimensie gekregen.

In mijn leven heb ik een aantal keren rigoureuze beslissingen moeten nemen. Ik wist algauw, Freeks ambitie kennende, dat we elkaar snel zouden verliezen als ik zou blijven dansen. Ik erkende zijn unieke talent en zag dat hij voor zijn eigen carrière zou kiezen. Daarom stopte ik met dansen. Een man had meer toekomst op het podium dan een vrouw.

Dit had ik allemaal overdacht en besloten aan mijn werkbank, vijlend aan een zilveren ring. Een vreemde ontdekking. Kiezen voor je man. Een bewuste keuze. Het was het einde van mijn danscarrière. Ik heb er nooit spijt van gehad. Iets creëren met mijn handen gaf evenveel plezier als dansen.

We waren na enig gezoek op de Overtoom in Amsterdam gaan wonen. In de benedenwoning van een hoekhuis met een tuintje. De voorkamer waar ooit sigaren en sigaretten waren verkocht, werd nu mijn winkeltje. Buiten, staande op een hoge ladder, schilderde ik met een dikke kwast witte kalk HEL op mijn etalageruit.

Ik werkte bij het raam op de voormalige toonbank. Vooraan lag een kleine uitstalling van mijn ringen en kettingen. Af en toe kwam er een klant voor een bestelling. Meestal trouwringen.

’s Avonds was ik vaak alleen. Wachtend op Freek werkte ik tot laat door.

Op een koude najaarsavond ging de bel. Er stond een zwarte man met een koffer aan de voordeur.

‘I come to sleep to here,’ zei hij in gebroken Engels.

Ik keek hem wantrouwend aan. ‘This is not a hotel.’

Hij toonde me een briefje met ons adres. Het handschrift van Freek.

‘I from Biafra, your husband gave address.’

‘Then you have to wait till he is back.’ Ik sloot de deur. Weer ging de bel.

‘Can you give me money?’

Nogmaals gaf ik hem te kennen dat hij buiten moest wachten. Ik belde naar het theater waar Freek die avond speelde en kreeg hem aan de lijn.

‘Er staat een man buiten die zegt dat hij uit Biafra komt en beweert dat jij hem onderdak aangeboden hebt.’

Freek schrok, hij was deze man in de trein uit Brussel tegengekomen. De man was samen met zijn broer de hel van de Biafraanse burgeroorlog ontvlucht. Freek had hem vijfentwintig gulden gegeven voor de boot naar Zweden, waar zijn broer zat. Hij had het verhaal geloofd en medelijden met hem gekregen. De man stond erop het geld terug te betalen en Freek noteerde ons adres, de naïeve weldoener. Hij had er niet aan gedacht dat ik ’s avonds vaak alleen thuis zat.

‘Ik kom zo snel mogelijk naar je toe.’

Toen hij aankwam stond de man nog steeds buiten tegen de pui geleund.

‘I thought you were in Sweden?’

De man zei dat hij de boot gemist had en vroeg of hij nog wat geld kon krijgen.

'No,' zei mijn wereldverbeteraar onverbiddelijk.

De avonden daarop zat ik nog wel eens met een bang voorgevoel alleen thuis, maar hij is nooit meer teruggekomen.

Freek had me ten huwelijk gevraagd. We waren nog geen jaar samen. Zonder enige aarzeling had ik ja gezegd. Ik bereidde me voor op de dag die de mooiste van mijn leven moest worden. Dit keer waren de trouwringen die ik soldeerde voor ons.

We namen in de ochtend van onze trouwdag de tram naar het stadhuis. Het boeketje met paarse en witte bloemen paste mooi bij mijn zelfgemaakte blauw-witte jumpsuit met witte cape. Tijdens de plechtigheid aaide Freek me over mijn wang en sloeg daarbij onhandig de contactlens uit mijn oog. In onze trouwkostuums kropen we onder de banken, speels als jonge honden. Freek wist de lens terug te vinden en pulkte hem uit een vloernaad.

We gingen de wereld veroveren. Freek hield mijn hand vast en zei tegen de ambtenaar van de burgerlijke stand: 'Ja. In voor- en tegenspoed.' De gezichten van enkele aanwezigen konden hun twijfel aan dat ja nauwelijks verbergen. Ik ging nog rechter op staan. Voor ik ja zei, keek ik even over mijn schouder, zocht steun bij mijn trouwe vriendin Vera en mijn vioollerares, die als een moeder voor me geweest was. Beiden zagen ze mijn vragende blik en ze knikten me bemoedigend toe. En toen zei ik overtuigd: 'Ja.' Freek schoof de ring aan mijn vinger en gaf me de kus.

Het werd voor Freek geen glorieuze dag. Hij voelde

zich niet gesteund door zijn familie en vrienden. Ik was euforisch: er was iemand die van mij hield. Het mes werd in de bruidstaart gezet. De scherpe punt tikte het plastic bruidspaar aan. Bruid en bruidegom met sluier en hoge hoed vielen voorover in de slagroom. Ik schoot in de lach. Laat in de avond stonden we uitgeput voor ons huis op de Overtoom. Freek opende de voordeur, tilde me op en droeg me over de drempel.

Na een jaar hebben we het huis verlaten. Elkaar nooit. Toen ik nog één keer terugging naar de Overtoom voor de post, opende een man in een overall de deur.

Hij liet me binnen. Er werd flink verbouwd. Ik stond in de hal tussen het puin. Hij zei: 'Let niet op de rommel.' De kast waarin we voor veel geld een douche hadden laten maken, was gesloopt. Waar ik ook keek zag ik ijzeren buizen en douches met nepgouden kranen.

De werkman overhandigde me een stapel postgiro's en reclamedrukwerk en ik maakte dat ik wegkwam met mijn brommer. Een paar weken later reed ik nog een keer langs. Er waren halfronde donkerrode luifels boven de ramen opgehangen. De kozijnen waren omrand met roze neon verlichtingsbuizen. De etalageruit waar ik ooit HEL op geschilderd had, was dichtgetimmerd en vervangen door een bord waar in gouden letters op stond: CHEZ ANTOINETTE.

Wat is ons leven intens geweest. Ik kruip wat dichter tegen Freek aan. Zijn ooglid beweegt. Hij kijkt door een spleetje. Of hij de wereld nog even buiten wil houden.

'Waarom moest je lachen?' mompelt hij. Blijkbaar heeft hij me net wel gehoord.

'Om mijn overdreven reactie op de dansende pauwen boven ons hoofd. En om jouw onverstoorbaarheid.'

'Had je gedacht dat ze onder de indruk zouden raken van jouw geschreeuw. Wat heb je eigenlijk tegen die beesten?'

'Hun gekrijs gaat me door merg en been. Ik heb vioolоren. Als ze hun veren spreiden zien ze er dreigend uit. Ik vind ze gevaarlijk voor de kleintjes.'

Hij pakt zijn bril en kijkt me verwonderd aan.

'Het was sowieso niet slim wat ik gedaan heb. Ik heb niet meer kunnen slapen. Liggen denken aan ons waanzinnige leven.'

De oude opkamer in het voorhuis tegenover de kamer met de bedstee van Truus bestond uit drie verdiepinkjes. Een eerste etage van twee bij drieënhalve meter, de opkamer, begane grond van dezelfde afmeting en een kelder onder de eerste etage. Die had ooit als kaaskamer dienstgedaan. Jarenlang hebben we daar kantoor gehouden. Tot we een lang gekoesterd plan realiseerden. Het plafond van de kelder werd gesloopt en we lieten de kelder vollopen met water. We hadden ons eigen zwembadje.

Ik pak mijn badjas en doe de muziek aan.

Mijn dag begint iedere morgen in het water. Aquajoggingband om mijn middel. Trappetje af. En op de maat van de muziek draaien mijn benen, zonder de bodem te raken, rondjes in de betonnen bak. Ik mediteer. Hou mijn ogen dicht. Het water zuivert mijn lichaam en geest. Beelden trekken voorbij. De kleinkinderen pret makend in het speelhuisje. Mijn schoonmoeder scharrelend achter haar rollator bij de schommel.

Ik spreid mijn armen en sluit ze en draai mijn handen.

Door de muziek en de beweging komen de avonturen van onze reizen over de wereld langs. Van optredens onder de raarste omstandigheden. In de schuilkelders van Mao in Shanghai, die indertijd plaats boden aan vijfentwintigduizend mensen. Drie verdiepingen. Meters onder de grond.

Vanuit de hitte op de begane grond daalden we af langs eindeloze betonnen trappen. De zomerse kleding bood geen bescherming meer. In het trapportaal hing de muffe lucht van bederf. Achter dikke stalen deuren bevonden zich vochtige ruimtes, verlicht door gekleurde peertjes. Mijn taak was om tijdens de voorstelling het licht te bedienen. Er was één koordje met onderaan een balletje. Trok ik eraan, dan zaten we in het stikdonker. In de klamme kou. Plastic bomen en een roeibootje vormden het decor. Freek speelde in een net aangeschafte handgeborduurde mantel van zijde als een duivel op een houten verhoging voor honderd man. Hij was de clown in Shanghai. Ik trok aan het touwtje. Licht uit. Licht aan.

We douchten in hotels van vijf tot twee sterren. We zwommen in zwembaden, groot en klein. Meren, zeeën en oceanen. Ontdekten continenten. Azië. In Vietnam voeren we in een bootje in het groen van ontluikende dotters en kwakende kikkers. De punt sneed geruisloos door het strakke, zwarte oppervlak van de rivier. Tussen de rijstvelden door. Subtiele rimpelingen makend. Onze kleren kleefden door de verzengende hitte aan ons lijf. Van tussen de rietstengels waren jongetjes met blikjes cola ongemerkt op de voorplecht gesprongen. Ze gingen op hun hurken zitten. Het bootje bewoog niet. *One dollar, mister.* Freek kocht een blikje en nam een slok van de plakkerige warme cola. De jongetjes weken niet meer van onze zijde. *One dollar, mister.*

In Djakarta ontmoetten we een nogal verlopen Poncke Princen, de Nederlandse dienstplichtige soldaat die in 1948 koos voor het Indonesische kamp. Hij deed op een matras op de grond in een krap, bloedheet kantoortje een middagslaapje. Zijn gezicht was door de jaren getekend. Beroertes en huidkanker. Er zaten vlekken op zijn overhemd en kakkerlakken tegen de muren. Er hing een portret van Poncke als Lawrence of Arabia. Zijn vrouw kwam met thee en ging geknield naast hem zitten. Freek was erg nieuwsgierig naar Ponckes overwegingen destijds om voor de vijand te kiezen en naar zijn latere mensenrechtenactiviteiten. Er was een wonderlijke verwantschap tussen de beide mannen. Freek nodigde hem uit voor de voorstelling op de Nederlandse club.

Medewerkers van de ambassade hadden ons twee dagen later om vier uur 's ochtends uitbundig uitgezwaaid. Samen met Henny, onze technicus, gingen we om te ontspannen op een driedaagse trip naar The Thousand Islands in de Javazee, twintig mijl boven Djakarta. Om acht uur zou onze boot vertrekken. Het adres stond op een papiertje. Een taxi zette ons af op een verlaten gele zandvlakte. Geen haven of loods te bekennen. Het zand woei in onze ogen. Mijn lenzen schuurden.

We lieten het papiertje aan de schaarse voorbijgangers zien. Ze wezen steeds in dezelfde richting. De zware rugzakken maakten het onmogelijk tempo te maken. Net voor achten bereikten we een kantoortje, verborgen achter een meterslange schutting. Het leek of we aan het einde van de wereld waren aangekomen.

Toen Freek de deur van de houten keet opende, sloeg de lucht van kretek ons tegemoet en klonk een opgewonden stem: 'You mister de Young. We waiting.'

We bleken de enige passagiers voor die dag. De wind liet de metalen dakplaten vervaarlijk klepperen.

'You really want to go? Normally is very quiet weather,' sprak de bootsman in gebroken Engels. Zonder enige aarzeling antwoordde Freek: 'Yes, of course.'

We stapten aan boord van het bootje, niet meer dan een grote sloep met een buitenboordmotor. Geen kajuit. We voeren meteen uit. Schuimkoppen rolden over het water. De boot deinde mee. Iets verder uit de kust waaide het nog harder. De voorplecht klapte met harde slagen op de golven. Een van de twee bemanningsleden duwde springend van links naar rechts met een stok wrakhout, ijzeren tonnen en ander drijvend afval af. Het bruisende water klotste over de rand. Freek pakte mijn hand en keek me bezorgd aan. 'Gaat het?' vroeg hij ongerust. We hielden ons stevig aan elkaar vast en Henny waakte over de heen en weer schuivende rugzakken. Ik was eigenlijk nog herstellende van een buikoperatie. De pijn van de wond begon op te spelen. 'Als je het te gevaarlijk vindt, gaan we...'

Voor Freek uitgesproken was, spoog hij zijn maaginhoud over de reling en kreeg hij acute diarree. Zijn zorgen om mij hadden kramp in zijn lichaam veroorzaakt. Hij hing met zijn blote kont overboord en kotste over zijn schouder in de woeste zee. Henny gooide emmers water over Freeks onderlichaam. Henny en ik hingen aan zijn benen. Freek was zo slap dat hij dreigde overboord te slaan.

'We have to turn,' zei ik, maar de bemanning schudde het hoofd. Toen Freek mijn opdracht herhaalde, keerden ze de boot. Het was ook nog eens keihard gaan regenen. Hozen had nauwelijks zin, de boot liep steeds verder vol. Met de wind in de rug spoot de boot over het water. Als verzopen katten kwamen we terug bij de mensen die ons een paar uur daarvoor voorgoed hadden uitgezwaaid. Freek kroop doodziek in bed, om er pas na drie dagen uit te komen. Later legde de gastheer uit dat Indonesiërs elke vraag met ja beantwoorden ook als het nee zou moeten zijn en dat vrouwen geen orders geven. Dat zat in de cultuur. Plichtsgetrouw hadden ze ons meegenomen, met gevaar voor eigen leven. Wij kenden het spook van de zee niet. Zij wel.

Ik ga op mijn rug liggen drijven. Spreid mijn vingers. Laat mijn hoofd op het water rusten. Ik drijf bewegingloos. Paul Simon met Ladysmith Black Mambazo komt uit de luidsprekertjes. De kracht van de mannenstemmen brengt me terug naar Zuid-Afrika. Freek ging in 1992 alleen naar een theaterfestival in Johannesburg. De culturele boycot was opgeheven. Het referendum dat een eind zou maken aan de apartheid stond voor de deur. Ik kon niet mee, ik was doodziek uit Thailand teruggekomen, waar we voor Unicef een documentaire hadden gemaakt over de Karen-stam. We belden voortdurend. We misten elkaar.

'Kom naar me toe,' zei Freek. 'Dan kan ik voor je zorgen.'

Ik was hem achternagereisd ondanks waarschuwingen van de arts dat het niet verantwoord zou zijn. Ik wilde op dat moment niets liever dan bij hem zijn. In Johannesburg, in een hotelbed, dicht tegen elkaar aan, mijn hoofd op zijn schouder, praatten we de hele nacht door. De geborgenheid die we elkaar gaven, was voelbaarder dan ooit. We hoorden bij elkaar. We konden niet zonder elkaar.

We maakten een uitstapje naar een wildpark. De koorts rilde door mijn lijf. Vanuit een schommelstoel zag ik giraffes voorbijtrekken en aapjes van boom tot boom zweven. De zon ging onder. De geluiden van de savanne veranderden van dag naar nacht. Opeens werd ik overvallen door heimwee. Ik was bang. Freek hield me tegen zich aan. We waren onafscheidelijk. Niemand kon tussen ons komen.

Een paar jaar eerder in Toronto had ik hém moeten verzorgen. We hadden een serie optredens voor autochtonen en expats in verscheidene steden in de Verenigde Staten en Canada.

We logeerden in een kolossaal hotel in Toronto. Ik had net mijn baantjes getrokken in het zwembad en stond onder de douche. Freek was in bed gebleven. Nu was hij ziek, iets wat zelden voorkwam. Hij had stekende pijn in zijn buik.

De dag daarvoor waren we *downtown* naar de eerste

hulp gegaan. Een oord dat je liever zou willen mijden. Uren zat ik te wachten met mijn van pijn krimpende man. Hoopjes ellende trokken voorbij. Ik zag een bebloede kerel binnenkomen, die zijn arm bewerkt had met een kettingzaag. Een kind met een akelige hoofdwond. Een kotsende dakloze. Een vrouw die binnenrende en beweerde dat ze een kogel in haar buik had.

De wc's stonken en er zat poep op de bril. Freek, die enorme kramp in zijn buik had en heel erg nodig moest, was onverrichter zake teruggekomen. Hij zei liever dood te gaan dan op die wc's plaats te nemen en hij smeekte me: 'Laten we gaan.'

Eindelijk werd hij opgeroepen. Achter een gordijn werd hij door iemand in een witte jas onderzocht. Ik bleef erbij staan en hield zijn hand vast. Zijn buik was vurig rood en er kwam een stroompje vocht uit zijn navel. 'As long as it's draining, it's okay,' klonk het geruststellend en daarmee konden we het doen.

Een dag later stond ik na het zwemmen te douchen en vanachter het gordijn vroeg iemand: 'Are you misses de Young? Someone on the phone for you.'

Ik bond snel een handdoek om en rende naar de telefoon.

'Je moet nu naar boven komen, er komt poep uit mijn navel,' zei Freek met benepen stem.

Geschrokken schoot ik een hotelbadjas en slippers aan en spurtte naar de lift.

Freek lag trillend in zijn bed. Hij sloeg de deken open en liet mij de viezigheid zien die uit zijn navel sijpelde. Het stonk. In paniek belde ik 911. Hij werd op een brancard gelegd en per ambulance naar het ziekenhuis overgebracht waar wij een dag eerder geweest waren. Hij kwam weer tussen dezelfde gordijnen te liggen. Er hing dezelfde stank. Het wachten begon. En uiteindelijk kregen we weer te horen: 'It's okay as long as it's draining.'

Diezelfde avond speelde hij toch zijn voorstelling. Het decor bestond uit een kist waar hij met enige regelmaat in en uit kroop. De apotheose was dat hij de kist in stapte en met de klep op de muziek rook de zaal inpompte, door de knieën ging en de deksel liet vallen. Tijdens het slotapplaus wilde hij zijn been over de rand tillen, maar de pijn maakte dat onmogelijk. Met zijn rug lichtte hij de klep op, hij zette zijn handen op de grond en liet zijn benen over de rand glijden. Krimpend van de pijn verliet hij op handen en voeten het podium. Het publiek dacht dat het erbij hoorde. Maar zag hem niet meer terug voor een toegift.

De volgende dag, uitgerekend een zondag, werd de situatie onhoudbaar. Ik was de wanhoop nabij in dit vreemde land. Na de voorstelling had een vrouw mij haar telefoonnummer meegegeven om in geval van nood te bellen. Ik draaide het nummer en een onbekende stem vroeg wat hij voor me kon betekenen. Ik legde de situatie uit en binnen tien minuten reed een chique zwarte Lexus de oprit van het hotel op. Een vriendelijke Nederlander stelde zich voor: Ed. Samen hielpen we Freek de auto in en Ed reed ons naar het Veterans Hospital. Freek zat in elkaar gekrompen naar de vloer te staren. Het wachten duurde lang. Ed week niet van onze zijde.

Na een paar uur werd Freek opgeroepen. Het was de

volgende dag Labour Day en vrijwel iedereen was voor een extra lang weekend de stad ontvlucht. Freek mocht op een onderzoekstafel achter een gordijn gaan liggen en een coassistente vroeg pinnig waar de pijn zat. Ze bestudeerde zijn navel en rolde een setje instrumenten op zijn buik uit alsof ze een band ging plakken. Omdat ze alleen was, vroeg ze aan mij de schaar even vast te houden en zonder enige waarschuwing of verdoving zette ze een mesje in Freeks buik. Hij had zoveel pijn dat hij geen woord meer kon uitbrengen. De schaar trilde tussen mijn vingers. Ze nam hem uit mijn handen en knipte een paar stroken verband. 'As long as it's draining, it's okay. If it stops you can call.' Ze gaf ons een telefoonnummer. We konden weer gaan.

De stemming op de terugweg verschilde niet van die op de heenweg. Freeks benen staken recht vooruit. Tranen van vernedering en pijn rolden over zijn wangen. 's Nachts werd de pijn ondraaglijk. Het angstzweet droop uit zijn poriën. De volgende dag, Labour Day, reed de zwarte auto weer voor en even later zaten we opnieuw in de wachtkamer van het Veterans Hospital. Een arts kwam in vrijetijdskleding aangesneld. Hij stroopte zijn mouwen op en na een kort onderzoek en een mislukte poging het probleem poliklinisch op te lossen werd Freek met spoed per brancard naar de operatiezaal afgevoerd. Er zat een gezwel in de buik dat ieder moment kon openspatten. De coassistente bleek een groot risico te hebben genomen.

Freek werd onmiddellijk geopereerd. Een dag later ging ik met de vrouw van Ed, Nienke, op bezoek. De narcose en de morfine hadden Freek totaal gedesoriënteerd. Hij had last van hallucinaties en werd gek van de geluiden op de gang, het gesmijt met deuren en het rammelen van serviesgoed. Het was tegen de voorschriften de deur te sluiten. Zonder aankondiging daverde het verzorgend personeel in en uit. Naast zijn bed stond een standaard met infuusvloeistoffen die gestaag het slangetje in drupten. Nienke week niet van mijn zijde.

De kleur van Freeks huid begon te veranderen. Hij probeerde iets te zeggen, maar er kwam iets onsamenhangends uit zijn mond. Het was of ik meegezogen werd, want ook ik kon niets uitbrengen. Het leek of hij voor mijn ogen in een draaikolk naar beneden getrokken werd. Ik gaf me over en liet hem gaan. Liet hem los.

Toen pakte Nienke me bij mijn arm en trok me naar de gang. Ze keek me recht in de ogen en zei: 'Doe iets, je man gaat dood.'

Het was of ze met een steen tegen mijn hoofd sloeg. Mijn man gaat dood. In een vreemd land. De karretjes met etenswaren rammelden door de gang. Doktoren en verplegers snelden langs ons heen. Ze nam me mee naar beneden, naar het café. Bestelde een kop koffie en zette dat voor me neer. 'Drink op.'

Ze bleef recht tegenover me zitten. Na mijn laatste slok zei ze: 'En nu ga je naar boven. Je móet iets doen.'

Ze liep met me mee door de lange gang. 'Ik blijf hier wel wachten.' Ik ging naar binnen en sloot de deur. Negeerde de voorschriften. Boog me over Freek heen en zag nu pas hoe groot haar gelijk was. Freek leek niet meer aanspreekbaar.

'Lieverd,' fluisterde ik.

Hij reageerde niet. Het infuus druppelde hoorbaar. Nog een keer probeerde ik met zachte woorden contact te maken. Geen enkele reactie. Ik vermande me. Een ongekende kracht stroomde in me. Ik pakte hem bij zijn schouders en voelde zijn botten. Freek was zoveel afgevallen dat ik in staat was hem overeind te tillen. Hij zat rechtop en staarde voor zich uit. Ik trok de deken van zijn benen en liep om het bed heen. Toen sloeg ik een arm onder zijn knieën, de andere onder zijn voeten en tilde zijn benen over de rand. Daarna ging ik achter hem op bed zitten en sprak luid in zijn oor. 'Kom, we gaan lopen. Word wakker. Je hebt nog een hoop verhalen te vertellen en boodschappen te doen. Het is jouw tijd nog niet. Kom, schat.'

Hij bewoog zijn arm, greep naar het infuus en pakte mijn schouder.

'Kom maar,' fluisterde ik.

En hij liet zich van het bed glijden. Op blote voeten en gekleed in een blauw ziekenhuisjasje dat met twee touwtjes op zijn rug dicht gestrikt zat, liep hij door de gang. In trance. Op weg naar nieuwe verhalen. Het infuus duwde hij voor zich uit. Het jasje sloot niet helemaal, zijn blote billen en rug kwamen er treurig onder tevoorschijn. Het was onterend. Maar het wonder was geschied. Hij had de moed teruggevonden. Hij had me gehoord. Hij wilde weer leven.

Na zijn ronde door de gangen kroop hij zelf terug in bed. Ik sloot de deur, zette er een stoel tegenaan en postte als een waakhond opdat niemand meer zonder te kloppen binnen zou komen.

Ik probeerde me door *Madame Bovary* heen te worstelen. Zij intrigeerde mij. Haar negatieve houding, somberheid en keuzes stonden haaks op het gevecht dat in deze kleine ruimte geleverd werd. Na het lezen van de laatste pagina was Freek zo ver hersteld dat hij het ziekenhuis kon verlaten.

Het was oktober. Indian Summer. De kleuren van de bomen veranderden met de dag. Freeks kleur veranderde mee. Zijn wangen tintten van bleek naar roze, naar rood. Op een bankje staarden we in de diepte van het dal. Onze voeten staken in donkerrode en gele blaadjes. We speelden ermee met onze tenen. Ik legde mijn hoofd op zijn schouder. Een gelukzalig gevoel maakte zich van ons meester. We hadden de strijd gewonnen.

Ik doe een laatste slag tegen de stroom in, trek me op aan de metalen stangen en doe mijn laatste strekoefeningen. Dan beklim ik de drie treden en zet de douche aan. Spuit zeep op mijn hand, wrijf het over mijn gezicht en laat het schuim langs mijn lichaam stromen. Mijn hoofd hangt licht naar achteren. Water gulpt naar binnen. Een zeepsmaak trekt door mijn mond.

Waren we klaar met reizen? Werden we oud? Wat had ons doen besluiten een chalet in Zwitserland te kopen? Vijftienhonderd meter hoog in de Alpen. Ik had weinig affiniteit met bergen en was op hoogtes een onmogelijke angsthaas.

We hadden behoefte ons terug te trekken, af en toe onvindbaar te zijn. Weg van de telefoon, de media en de actualiteit. Het chalet dat we kochten kon alleen te voet bereikt worden. Via een stenen trap, die in de winter soms gevaarlijk glad werd, sjouwden we bagage en boodschappen naar beneden en vuilniszakken omhoog. Er liep een heel klein paadje langs het huis. 's Nachts lieten we het slaapkamerraam open. Ons donzen dekbed sloot de vrieskou buiten. Voorbijgangers waren er nauwelijks. Geluiden van verkeer konden er niet binnendringen. Het leek wel een geheim hol, waar we als kinderen speelden. Vanuit onze keukendeur doken we op ski's de bergen af, dwars door dennenbossen. Freek voorop. Hij zag nooit gevaar.

De keren dat Freek over de kop vloog waren ontelbaar. Hij kon zich uitstekend laten vallen. Na de wonderlijkste valpartij stond hij weer opgetogen op, sloeg de sneeuw van zich af en skiede verder. Hij ging recht in *Schuss* naar beneden. Stokken onder zijn oksels en licht voorovergebogen. Ski's dicht naast elkaar.

'Kom!' riep hij beneden aangekomen en ik liet me gaan. Over dikke hobbels manoeuvreerde ik, diep door de knieën, behendig omlaag. Vaak was ik door mijn betere techniek bij lastige bochten sneller beneden.

Voor onze eerste grote wandeltocht in de zomer hadden we een bevriend echtpaar uitgenodigd dat met de bergen bekend was. We liepen langs de *bisse*, een brede goot die smeltwater naar de alpenweide voerde en langs het pad door de bossen stroomde. Ogentroost fleurde de beddingen op. Af en toe moesten we van kei naar kei springend een breder stroompje oversteken. De geur van de dennenappels en het zweverige gevoel in mijn hoofd maakten mijn sprongen licht, mijn benen dansten over de stenen. We daalden af. Het pad werd smaller en kwam uit op een richel die langs een steile wand liep. Eronder gaapte het ravijn. Wilden we verder, dan moesten we hierlangs. Ik stond aan de grond genageld.

'Mag ik terug,' vroeg ik benauwd.

Er werd lacherig gereageerd. Niemand herkende mijn benarde gevoel. 'Dit is toch helemaal niet eng. Het is hier prachtig,' zei Paul bemoedigend.

'Kom maar.' Ik zag de richel en de diepte. We zouden ons moeten vasthouden aan een touw door ijzeren ringen die in de rotswand geklonken zaten. 'Sorry, ik ga terug.' Freek had dit al vaker met mij meegemaakt en zei streng: 'Kom, geen spelbreker zijn. Het is helemaal niet gevaarlijk.'

Als we vroeger een paar meter boven de zeespiegel stonden, gierde de hoogtevrees door de auto. Ik propte mijn vingers in mijn oren om het verhaal van mijn vaders hoogtevrees niet voor de zoveelste keer te hoeven horen. Hij had kort na de oorlog samen met de fotograaf Sem Presser in Zeeland een kerktoren beklommen. Voor de krant moest hij een stuk schrijven over Walcheren tijdens de bezetting. Hij vertelde met veel gevoel voor theater hoeveel treden hij had moeten beklimmen voordat hij naast de kerkklokken had gestaan. Om vanuit een ander perspectief te kunnen fotograferen, moesten ze boven in de toren over een balk lopen die op de klokkenconstructie rustte. Er was geen touw om je aan vast te houden. Eerst was Sem over de balk gelopen. Daarna mijn vader, armen gespreid, voetje voor voetje. Op het moment dat hij zijn voorste voet aan de overkant zette en zijn achterste voet optilde, hoorde hij gekraak, gevolgd door een doffe klap. De balk spleet uiteen en stortte in een wolk van stof naar beneden. Hij had als verlamd in de diepte gestaard. Naar de eeuwigheid, die daar in kleine deeltjes door de ruimte vloog. Een vermolmde balk die hem als laatste gedragen had. Daar was zijn hoogtevrees begonnen en ik had zijn angst overgenomen, me zo laten meeslepen dat ik zijn familieleden als verpulverd hout in de diepte zag verdwijnen. Zijn laatste stap was hun fataal geworden. Het was zijn schuld dat hij zijn familie niet met zich mee had kunnen dragen naar de overkant. Dat hij zijn zusje, dat hij had willen beschermen, boven in de toren had losgelaten. Overgeleverd aan het lot. Zijn zusje, over wie hij nooit sprak, maar dat er altijd was. Als een vlokje in een stofwolk. Die vervloekte balk. Biels van een treinrails.

Nu stond ik zelf voor een diepte. Ik vermande me en pakte het touw, kneep er zo hard in dat het in mijn vel drong en gleed, hoofd omlaag, met mijn rug langs de rotswand.

Ik keek naar mijn voorganger om te zien waar ik mijn voeten moest plaatsen en schoof behoedzaam voort. Ik slaagde er niet in van de omgeving te genieten, zoals de anderen hoorbaar deden. Na een vijftal minuten bereikten we een begaanbaar weggetje. Ik ontwaarde de paarse bloemetjes. Er was geen klap van vallend puin geweest. Er was geen stofwolk op mij neergedaald. Ik had een overwinning op mezelf geboekt. Peilloze diepten bedwongen zonder gevolgen.

We namen een korte pauze. Zittend in het gras keken we uit over het dal en dronken wat water. We waren ruim twee uur onderweg en doken steeds verder het dal in. In de winter kwamen we hier op ski's langs. Het pad eindigde op een geasfalteerde weg, waar we kort tevoren nog met de auto gereden hadden.

In de verte doemde het donkere gat van een tunnel op. Nog zo'n jeugdtrauma. Het leek wel een survivaltocht. Was één bergkam trotseren niet voldoende op één dag? Ik was in korte broek. We hadden geen zaklantaarn bij ons. Teruggaan was geen optie meer. De gedachte weer langs die wand te moeten maakte me radeloos. Dus achter man en vrienden aan, die stevig doorliepen terwijl mijn pas vertraagde. Het werd steeds donkerder in de tunnel. De kou trok in mijn lichaam, langs de wanden sijpelde water. Het werd zwart om me heen. Mijn gezelschap was opgelost in het duister. Ik wilde roepen, maar mijn keel zat dichtgeknepen. Ik bleef staan en zette een voet vooruit alsof ik de kracht van het ijs testte. Het was geen ijs waar ik op stond, het kraakte niet en bewoog ook niet, maar in paniek was ik wel. Had mijn oma door zo'n tunnel moeten gaan in de winter van 1943, in de kou? In een trein. Een gesloten wagon, waarin geen wc was, zodat ze de plas langs haar benen moest laten lopen. Ik moest plassen. Ik wilde hurken en gaan zitten. Niets doen en niet bewegen. Niemand miste me. Toen lag er opeens een hand op mijn schouder.

'Wat doe je nou?'

'Ik ben bang. Hou me vast.'

Zijn hand was warm. Hij leidde me door het donker. Hij begon te zingen. De echo gaf zijn stem diepte. Ik zong met hem mee. *Down by the riverside.* Ik werd door hem gedragen. Ik werd licht. Ik zag licht.

Na zeven jaar hebben we het chalet verkocht. De hoogte bleek niet goed voor mijn gezondheid en bovendien begon ik me te ergeren aan de houding van de Zwitsers over de Joodse tegoeden. Honderdvijftig kilometer verderop zijn we in een groot chalet in de Franse Haute Savoie neergestreken. Duizend meter lager.

In het nieuwe huis is het of we thuisgekomen waren.

Met een verrekijker bespied ik vanuit de huiskamer een vos die geniepig een mol in zijn bek vastgeklemd heeft. Hij slingert zijn kop heen en weer, terwijl de pootjes van het molletje in het luchtledige graaien. Vanuit het keukenraam zien we de kwikstaartjes met takjes gestrekt naar hun nestje in de kartonnen afvaldoos onder het raam vliegen. Later zullen ze de eitjes zorgvuldig bewaken. Op onze tenen sluipen we naar de doos en gluren nieuwsgierig over de rand. De pasgeborenen steken hun hongerende bekjes vergeefs uit het nestje. Ten slotte vallen de vogeltjes ten prooi aan de vos, die een trieste ravage achterlaat.

Door de verbouwing ontstond er een grote witte muur. Al heel lang had ik een stil verlangen ooit mozaïeken te maken. De laatste jaren werd ik fysiek nogal belemmerd bij het boetseren van beelden. Het werd me te zwaar. Ik had het idee dat het stukslaan en knippen van tegels minder kracht zou kosten. We begonnen met het verzamelen van afgekeurde tegels en serviesgoed in combinatie met resten keramiek die ik nog zelf gemaakt had.

In eerste instantie hielp Freek met sjouwen en bikte tegels schoon, maar algauw werd hij gegrepen door de techniek en begon ook een plaat te leggen. Zijn robuuste stijl stond haaks op de mijne. Wild en explosief. Maar de lijnen klopten. Hij was een natuurtalent. We verdeelden de taken en gaven elkaar de ruimte om de vakken in te vullen. Op platen van een meter bij een meter, van materiaal dat in de ruimtevaart gebruikt wordt, ieder een eigen hoekje zoekend. Onze handen gleden afzonderlijk over de stenen en raakten elkaar bij het voegen. Ik zat op mijn hurken en lijmde een slangenei, terwijl Freek een yin-yangteken van donkere en lichte spiegeltjes boven mijn hoofd plakte.

Toen de hal af was konden we niet stoppen en verzonnen een nieuw project: Water en Vuur, acht bij twee meter. Aan de linkerkant een tsunami, in het midden Boeddha en rechts de vliegtuigen die in het World Trade Center vliegen. Het natuurgeweld tegenover het menselijk geweld, bijeengehouden door het ongrijpbare.

Met een handdoek om loop ik naar boven en kleed me aan. Freek is weer in slaap gevallen. Ik ga naar beneden. Theo zit op zijn knieën met zijn rug naar mij toe, bezig het bloementuintje van onze kleinkinderen te wieden. Net als Truus hoort Theo bij het huis in Muiderberg.

Vijfentwintig jaar geleden kwam hij langsgereden op zijn fiets en sprak me aan: 'Zou ik even in de tuin mogen kijken? Vroeger als kind speelde ik hier bij oom Gerrit op de boerderij.'

Ik leidde hem door de tuin. Het puin was verdwenen en waar het verharde pad was groeide nu gras. Aan de randen van het gazon bloeiden bloemen en struiken. Achterin had ik een groentetuin aangelegd, maar na de ramp met de kerncentrale in Tsjernobyl was mij de lust tot verbouwen vergaan. De sperziebonen hingen er slap bij en er stonden nog wat vergeelde kroppen sla.

‘Mag ik je helpen?’ vroeg Theo.

‘Graag. Maar van hogerhand wordt geadviseerd voorlopig geen groente uit eigen tuin te eten,’ antwoordde ik.

‘Zal ik er bloemen planten?’

Sindsdien komt Theo iedere week met de fiets. Op zijn klompen, pet op. Hark en schoffel aan de stang bevestigd. Hij is in onze tuin in zijn eigen wereld.

Op kniebeschermers kruipt hij door de aarde om het zevenblad te lijf te gaan. We bestuderen het woekerende onkruid en schudden ons hoofd.

‘Onbegonnen werk,’ concludeert hij.

‘Het lijkt het leven wel.’

We kijken omhoog naar een vliegtuig dat boven ons hoofd buldert. Ondanks de weerbarstigheid van het onkruid blijft hij in de grond wroeten. Theo heeft er min of meer zijn tuin van gemaakt. Het zijn zijn bloemen, zijn struiken en fruitbomen geworden. Hij speelt op zijn drieëntachtigste nog iedere week in de grote zandbak van oom Gerrit.

De pioenrozen ontluiken. We bestuderen de roze bollen. Theo neemt zijn pet af, veegt het zweet van zijn voorhoofd en wrijft de mugjes van zijn wangen. ‘Moet ik ze snoeien?’ vraagt hij.

Vanuit de kamer klinkt de piano. Freeks stem schalt de tuin in. Zijn dag is begonnen. Zijn kop komt om de keukendeur.

‘Goedemorgen, Theo. Wat ziet de tuin er prachtig uit. Wat een heerlijke dag.’

Hij wenkt me en vraagt nogal dwingend: ‘Zal ik mijn moeder even in de tuin zetten?’

Hij vraagt het op een toon waarop geen antwoord wordt verwacht.

'Het klinkt alsof je een boom wilt planten. Het lijkt me niet verstandig, we hebben een vol programma,' antwoord ik afhoudend. 'Dan hebben we straks weer haast.'

'Is de krant al uit de bus?'

Ik reik hem het ochtendblad aan. Hij sluit zich voor mij af en stort zich op het nieuws.

Als Theo vertrokken is en de hortensia's in een vaas staan, kijk ik liefdevol naar Freek, die een sudoku probeert op te lossen. Het valt niet mee je statige statusbewuste moeder achter gesloten deuren te moeten zien zitten. Ik wil hem niet tegenhouden en vraag: 'Wil je haar nog ophalen?'

Er is weinig voor nodig om hem aan te sporen. Het stemt hem gelukkig als hij zijn moeder een plezier kan doen. Ook al kan ze zich nauwelijks positief uiten en laten merken dat ze het prettig vindt als hij haar bezoekt.

Freek stapt in de auto en komt even later met zijn moeder terug. Haar handen omklemmen de rollator. Hij leidt haar voorzichtig over de opstapjes, trapjes en drempels. Ze weten ongedeerd de tuin te bereiken.

'Laat maar los, mam.' Hij schuift de stoel tegen haar knieholtes. 'Laat je maar vallen.'

Ze ploft op de zitting. In de tuin tsjilpen de roodborstjes. De roze kelkjes van de magnolia liggen als veertjes over het gras verspreid. Ze zit naast het speelhuisje van onze kleintjes. Haar hand rust onder haar hoofd, de palm houdt ze tegen haar oog gedrukt, alsof ze niet wil kijken. Ik bekijk het tafereel vanuit de keuken. Haar

haar lijkt van breekbaar kristal. Haar benen zijn dunne houtjes waar de nylonkousen omheen lubberen.

Ze heeft nog altijd diezelfde strakke rug als bij onze eerste ontmoetingen. Er is een foto van haar in die houding op een bankje in het Amsterdamse Bos. De picknickmand staat op de grond. De deksel gesloten. Haar hondje Whiskey sprong om haar heen. Ze verplaatste zich niet. 'Mam, we gaan even een wandelingetje maken. Ga je mee?' vroeg Freek. 'Nee, ik wacht wel.' Haar rug bewoog niet. Ze leed. Haar man was twee jaar daarvoor aan een hartstilstand overleden. Ze keek strak voor zich uit. Freek en ik liepen richting Bosbaan. Speels trok hij me de bosjes in. We kenden elkaar een paar weken. Hij streek door mijn haar en begon me opgewonden te betasten. Lachend duwde ik zijn handen van me af, die me weer opnieuw omklemden. Zijn vingers voelden goddelijk. Zijn lippen drukten op mijn wangen en op mijn mond.

'Niet doen, je moeder kijkt.'

'Die ziet ons niet.' En hij ging door met zijn hand onder mijn kleren. We kusten elkaar, tot Whiskey ons kwispelend besprong. Ik schikte mijn kleren en we liepen terug naar het bankje, waar zijn moeder nog steeds in dezelfde onberispelijke houding zat.

Haar zoon gaat bij haar zitten. Hij is ook al een oude man. Ze spreken niet. Het is een ontroerend gezicht hem te zien zitten tegenover zijn bejaarde moeder. Ik blijf de twee vanuit de keuken gadeslaan en smeer intussen een boterham en kook een eitje. Mijn gevoel voor haar is in de loop der jaren veranderd. Ik wil nog graag voor haar zorgen, maar alleen praktisch. Zonder emotie. Haar kwetsbare gestel kan mij ontroeren, maar ik wil niet meer dat ze mijn gevoelswereld binnendringt. Ik ben niet meer bij machte een arm om haar heen te slaan. Haar aan te raken. Haar te zoenen.

Freek en ik zaten in de zomer van 2005 in Frankrijk naar het tv-programma *Hoge Bomen* te kijken. Een ongeautoriseerde documentaire uit een serie waarin bekende Nederlanders de maat werd genomen.

De hoge boom zat naast me op de bank. Men had mij benaderd om voor dit programma iets voor de camera over hem te zeggen. Het format vereiste ook dat de slechte karaktereigenschappen van de hoge boom belicht werden, vanuit het idee dat je pas dan een volledig beeld van iemands persoonlijkheid krijgt. Daar voelde ik niet veel voor. Wel werkte ik mee door een lijstje te maken van collega's en vrienden die Freek dierbaar waren en die iets konden vertellen wat het grote publiek nog niet van hem wist.

We zaten dicht tegen elkaar aan op de bank, benieuwd wie het woord zouden voeren.

Al snel bleek dat mijn inspanning voor niets was geweest. Niemand van het lijstje. Geen theatercriticus. Geen bevriende arts. Geen recente medewerker. Geen muzikant. Alleen een paar oude vrienden die hij al jaren uit het oog verloren was en die zonder terughoudendheid voor de camera Freeks negatieve eigenschappen en misstappen schetsten.

'Waarom is hij met Neerlands Hoop gestopt?'

Het cabaretduo was al ruim vijfentwintig jaar uit elkaar. De vriendschap tussen Freek en Bram was lang voorbij. Mijn hoge boom moest het flink ontgelden. Er werden nogal wat takken afgezaagd en op een hoop gesmeten. Ook ik kreeg een beurt. We keken elkaar aan en haalden onze schouders op. Gemiste kans.

De telefoon ging. Het was Freeks moeder. Over het algemeen keurde ze programma's af als haar zoon er niet in werd geëerd.

Ze had het een aardig programma gevonden, maar tante Cootje was iets te veel in beeld geweest naar haar zin. Wat betreft Hella hadden ze wel gelijk, zei ze.

'Hoe bedoel je dat?' vroeg Freek.

'Het klopt dat Hella de boel uit elkaar heeft laten vallen, en niet alleen Neerlands Hoop, maar ook de familie.'

Freek praatte rustig door. Hij had de speaker van de telefoon opengezet. Haar uitspraken leken langs hem af te glijden. Ik stond er aangeslagen bij. Zijn moeder trof me in mijn ziel. Ik werd vals beschuldigd. Freek negeerde mijn reactie. Ik opende de tuindeuren en stoof de tuin in. Rende over het gras. Bleef op het bruggetje staan. Het water stroomde onder mij door.

In 1943 was mijn moeder op de vlucht over een slootje gesprongen, nadat ze gehoord had dat de Duitsers de Joodse psychiatrische inrichting binnenvielen. Ze had haar vriend weten te overtuigen mee te gaan.

'Spring, Eef, pak mijn hand,' had mijn latere vader geroepen en ze sprong. Ze kwam aan de overkant te vallen. Ze had zich bezeerd, toch krabbelde ze overeind en rende weg. Dankzij die vlucht besta ik.

Ik stak mijn hand uit in het duister. Help me, man.

Ik voelde me in mijn bestaansrecht aangetast. Vals beschuldigd. Help me. Ik had mijn hand vaker zo naar Freek uitgestoken.

'Help!' schreeuwde ik. Mijn stem weerkaatste tegen de bergen. Maar ook de echo had geen effect. Niemand hoorde mij. Het moeras was ingedroogd. Mollen hadden de grond omgewroet. Ik struikelde over de kleine bergjes aarde. Ik zat vast. Als een mol in zijn klem. Wroetend door de donkere gangen. Mij van geen kwaad bewust. Hoe kon mijn schoonmoeder dit na dertig jaar blijven beweren? Ik had alles gedaan om haar te bewijzen hoeveel ik van haar zoon hield en dat ik dat met haar wilde delen. Ik had voor haar zijn portret gekleid. We vonden het na een jaar achter in de kast terug met een gebroken bril. Voor haar verjaardag had ik een fruitschaal gekleid. Uren had ik met een mesje hartjes uit de klei zitten snijden.

Waarom was mijn schoonmoeder zo vijandig? Was het mijn achtergrond? Het artiestenmilieu? Of was het mijn Joods-zijn?

Hoe kon ze meeheulen met de onruststokers? Ik heb altijd over de Neerlands Hoop-tijd gezwegen. De eer aan mezelf gehouden. Ik hield van mijn man. Haar zoon. Die hoge boom. Ik wilde hem steunen. Hem laten groeien en bloeien. De stilte in de tuin viel over me heen.

Toen ik mijn hoofd ophief, keek ik Freek recht in zijn gezicht. Ik had hem in het donker niet zien aankomen. Hij had me laten uitrazen. Hij pakte me beet. Hij streelde me.

'Wat gebeurt er met je?' vroeg hij zacht.

'Het doet hier zo'n pijn. Hier in mijn hart. Hou me vast.' Hij duwde zijn warme lichaam tegen me aan.

'Wees maar niet bang. Wij weten hoe het zit. Je hebt me altijd gesteund en ik sta achter jou.'

Rust keerde terug in mijn hoofd.

Freeks moeder hangt voorovergebogen in de tuinstoel. Ze is mager. Ze heeft geen hondje meer. Geen eigen huis. Haar geheugen begint gaten te vertonen. Er valt in elk geval nergens meer over te praten. Niet over haar eenzaamheid. Niet over de liefde. Niet over haar verleden. Trouwens, zij en ik hebben met elkaar nooit over die dingen gesproken.

Ze is na een operatie vanwege een heupfractuur volledig in de war geraakt van de narcose. Ze kon niet meer op zichzelf wonen. Freeks broer en zusters hadden in Zeeland een tehuis gevonden voor dementerende bejaarden dat er in de folder prima uitzag, maar dat een slecht functionerend instituut bleek en bovendien onbetaalbaar was.

Ze was daar zwaar onder haar gewicht geraakt, woog nog zesenveertig kilo bij een lengte van een meter vijfentachtig en haar geestesgesteldheid was erbarmelijk door de overdosis aan medicijnen. Ze kreeg waandenkbeelden en was in een hoekje van haar bed aangetroffen uit angst voor mannen die dreigden vreemde experimenten met haar uit te voeren. Ze viel door slapte uit haar bed en het personeel zag zich genoodzaakt er hekken rondom te plaatsen. Ze schreeuwde in nood om hulp. Maar de verpleging vond dat ze zich niet zo ordinair moest gedragen. Dat zou niet passen bij een vrouw van de dominee. Haar waardigheid was haar ontnomen. Ons was ter ore gekomen dat de kok om te besparen de bewoners alleen blikgroente voorzette, het verschil met vers zouden ze toch niet proeven. Ze klaagde met regelmaat, maar door de medicijnen raakte ze in de war en niemand nam haar meer serieus.

Freek en ik vonden het nodig haar uit die gesloten inrichting weg te halen, waar de dood op haar loerde. We slaagden erin bij ons in de buurt een plek voor haar te vinden. Ze was verzwakt en vel over been. Op eigen risico mochten we haar meenemen. Daarvoor hadden we moeten tekenen.

Toen we haar ophaalden was het of we haar ontvoerden. Honderdzeventig kilometer hadden we af te leggen. De veiligheidsriem knelde tegen haar broze lichaam. We scheerden langs bomenrijen, reden tussen de Zeeuwse wateren door. Regen kletterde onophoudelijk tegen de voorruit. Het eerste uur huilde ze met korte onderbrekingen. Ik kneep uit pure spanning in de stoelleuning, hopend dat we veilig op de plek van bestemming zouden arriveren.

'Mam, dat gaan we niet doen. Het wordt veel beter waar je naartoe gaat. Ze gaan goed voor je zorgen,' zei Freek.

Ze trok bij. En alsof zij het had afgedwongen, stopte de regen. Ze ratelde onsamenhangende verhalen, over mannen die haar kamer binnengedrongen waren, haar 's nachts met bed en al ergens mee naartoe hadden gereden en iets met haar baarmoeder van plan waren. Af en toe viel ze zichzelf in de rede met een: 'Jongen, wat een weer,' of: 'Hè, eindelijk schijnt de zon.'

Van opzij kon ik haar observeren. Heel lief had ze het handje van de kleine Roos vastgehouden toen die twee jaar oud haar broertje had verloren, wat ze wel voelde maar niet begreep. In de andere hand hield oma een zak met oud brood.

'Waar is de nieuwe baby, oma?' had Roos gevraagd. Oma hurkte, wreef over haar wang en zei: 'Die heeft mama weer teruggebracht.'

Daarna gingen ze samen op weg naar de kinderboerderij aan de overkant van de straat. Freek en ik volgden het duo vanaf het balkon van de zesde etage. Oma groot en rijzig, Roos piepklein in haar Schots geruite jasje. Ze gingen de kippetjes voeren. Na een tijdje kwamen de twee figuurtjes teruggelopen. Hand in hand. Hoe moeilijk moet dat toen voor zijn moeder geweest zijn. Zelf had ze een tweeling van vier dagen oud verloren. Te laat bloed gewisseld. Wat was ze toen lief voor Roos geweest en wat is ze bitter en boos nu.

'Kijk mam, daar is je nieuwe huis,' zei Freek.

De auto bonkte over een hobbel en zonder enig voorteken kotste ze op het dashboard en over haar kleding. Freek stuurde de auto het parkeervak voor laden/lossen in, rende naar binnen om een rolstoel te halen en assistentie te vragen. De tranen brandden weer achter mijn ogen. Ik stapte snel uit, boog me over haar heen en kokhalzend opende ik de besmeurde sluiting van de veiligheidsriem.

'Dat krijg je als je niet mag huilen,' zei ze en prompt begon ze ingehouden te snikken.

Het personeel van het tehuis kwam aangesneld met water en doekjes en boden deskundige hulp. Ontzet duwden we haar door de glazen deuren die vanuit de receptie bediend werden. Een van al haar trots en fierheid ontdane vrouw op weg naar haar laatste parkeerhaven. De kanariepiet piepte onder het dekentje. Harmpje. Het enige wat ze mee had mogen nemen.

Ik was verliefd op haar zoon geworden. En hij op mij. We hadden een leven naast zijn passie. Ik probeerde 's nachts op hem te wachten, maar meestal was ik tegen de tijd dat hij thuiskwam in slaap gevallen. Hij kroop naast me. Raakte me aan. Ik draaide me om. Hij leek nooit moe. Hij pakte het boek dat op het nachtkastje lag en begon me voor te lezen waar hij gebleven was. Zijn zwoele stem sprak zacht de woorden uit. Door de klank werd ik betoverd. Zijn hand gleed onder de deken. We vielen zij aan zij in slaap. We waren gelukkig, al begrepen we niet veel van elkaar.

Ik strekte mijn hand naar hem uit zoals mijn moeder naar mijn vader voor haar sprong over de sloot. Een vragende, hunkerende hand. Ondanks de druk die ik op hem gelegd moet hebben, kwam hij toch iedere nacht na gedane arbeid opgewekt tegen me aan liggen. Ik was zo blij met hem. Hij had zoveel kracht. Ik wilde een kind, een vriendje, omdat ik Freeks kracht in mijn eentje niet aankon. We kregen er drie. De tweede stierf na drie maanden in de kinderwagen. Ik wilde obductie, maar Freek wilde Jork ongeschonden laten. Hij vond dat Jork op Texel moest blijven, waar hij verwekt en gestorven was. Ik miste de overtuigingskracht om hem uit te leggen dat ik het voor later wilde. Voor de kinderen die nog konden komen. We kregen geen ruzie. Ik liet me leiden. Wie was ik? Ik was niemand. Ik was kapot. Freek ook, maar anders. Het was alsof mijn buik opengereten werd. De warmte uit mijn lichaam trok. De navelstreng zich om mijn nek gedraaid had en me dreigde te verstikken. Geen witte wieg meer, maar een zwart gat.

Naast onze slaapkamer sliep kleine Roos. Twee jaar oud. Een blonde schoonheid. Ze moest alles maar begrijpen van haar verwarde ouders. 's Nachts klom ze uit haar spijlenbedje, in haar teddyberengele slaappak met witte flappers onder haar voetjes. Ze tikte tegen mijn hoofd en met haar zachte handje streek ze over mijn haar. Ze huilde. Ze was bang. Ze wilde bij ons in bed. Ik liet het niet toe, streng en onverbiddelijk. Ik tilde haar op, knuffelde haar en met een slaperig hoofd legde ik haar terug in haar bedje. Ik probeerde haar duidelijk te maken dat ze niet bij ons in bed kon slapen. Dat stukje terrein wilde ik voor mezelf houden. Voor ons tweeën, 's nachts dicht tegen elkaar aan. Niet praten. Voelen onder de dekens in het donker. Zonder een kindje tussen ons in. Zonder baby aan het voeteneind.

Leunend tegen de keukentafel troostten we door de telefoon andere mensen. Zij huilden. Wij niet.

'Het gaat wel goed! Het komt wel goed. We hebben elkaar.'

We lieten ons niet troosten. We troostten elkaar niet.

En met nauwelijks overleg werd besloten dat alleen Bram en zijn vrouw met ons mee naar de begrafenis op Texel zouden gaan. Geen familie. Geen vriendinnen. Geen Roos. Alleen wij vieren.

Terug met de veerboot naar het eiland waar we Jork hadden achtergelaten. We liepen naar het duin. Freek hoopte door zijn geluk en zijn ongeluk aan zijn vriend te laten zien, hun relatie te verdiepen. Het werd niet begrepen. Na afloop gingen we in een restaurant in Broek en Waterland eten. Ik dacht dat het een gebruik was: eten na de begrafenis.

We waren jong en naïef. Het gesprek kwam op geld. Over het kleine jongetje in dat houten kistje werd niet gerept. Waar was ik in beland? Hier wilde ik niet bij horen. Duizelig zocht ik het damestoilet op. Kon nog net de bril optillen en kotste alles wat er in mijn lichaam zat tegen de randen van de pot. Een eeuwigheid hing ik tegen de muur aan. Mijn oren suisden. Wie zou mij missen?

'Lieverd, we gaan.' Freek stond over mij heen gebogen. Pakte een handdoek, veegde mijn gezicht met koud water af en wreef over mijn plakkerige haren. We reden in stilte naar huis.

De mannen waren geen hechte twee-eenheid meer. Overspoeld door het succes raakten ze nog verder van elkaar verwijderd. Ik kon ze niet redden. Hun vriendschap bekoelde. Freek sloot zich af, werd eenzaam in de groep. Hij werd gedwongen te kiezen, vond hij. Hij besloot Neerlands Hoop de rug toe te keren en alleen verder te gaan. Koos voor zijn gezin en voor zichzelf. Bij de perspremière van zijn tweede soloprogramma *De Tragiek* liep hij tijdens het applaus het trapje af, nam me bij de hand en leidde me het podium op. Ik was verrast en vereerd. Hij gunde me een plek naast zich. We wuifden met de bloemen staande op de snelweg die het decor vormde. De lege kinderwagen stond naast ons op het podium. Poppen hingen in een strop aan de galg. Allemaal door mij gemaakt. In de recensie stond de volgende dag: 'Haalt zijn Corry Vonk op het podium.'

Die opmerking deed aanvankelijk pijn, maar ik heb het uiteindelijk kunnen opvatten als een compliment. Corry Vonk leverde niet alleen een wezenlijke bijdrage aan het fenomeen Wim Kan, ze was een sterke persoonlijkheid die er niet voor terugdeinsde in een jappenkamp de commandant ter verantwoording te roepen. De verhalen over haar moedige gedrag zijn legio. Ze is meer dan een klein vrouwtje met een vlaggetje, een hoedje en een toetertje.

Publiciteit. Hoe vaak heb ik niet een camera tegen mijn hoofd gekregen van een fotograaf of cameraman. We probeerden uit te dragen dat liefde bestond. Hoogmoedig? Toen me gevraagd werd hoe het mogelijk was dat twee mensen, die dag en nacht samenwerkten, nog altijd bij elkaar waren, antwoordde ik dat als het moeilijk werd, ik altijd terugdacht aan onze eerste ontmoeting. Zijn eerste verliefde blik. Zijn verrukkelijke kus.

Bekendheid. Mijn vader had zich als een aal in het succes gewenteld. Opeens was daar het doorzichtige sjaaltje. Mijn moeder wapperde het woedend voor zijn neus. Er volgde een knetterende ruzie, waar wij kinderen beteuterd bij stonden. Zo kwaad en wanhopig had ik mijn moeder nog nooit gezien. Ik was elf en mijn been zat in het gips. Mijn moeder was met ons op vakantie naar Castricum gegaan. Mijn vader, die het geld moest verdienen, was thuisgebleven. Er was zand in de opening bij de tenen gelopen. Het schuurde en deed pijn. We keerden vervroegd terug om naar de dokter te gaan. Ze had bij thuiskomst de deur van de garderobekast geopend. Het lichtje was weer vanzelf aangegaan, een spel waar ik me lang mee kon vermaken: deur open licht aan en deur dicht licht uit. Ze had haar jas in de kast gehangen en was als een furie tevoorschijn gesprongen. Het doorzichtige sjaaltje tussen haar vingers, haar gezicht vol afgrijzen. Ik hoorde woorden die ik nooit eerder gehoord had. Succes. Lelijk wijf. Roem. Mijn moeder huilde.

Jaren later bracht Freek opnieuw ons drama op het podium, maar nu sober. Zoals het in werkelijkheid gegaan was. Zonder kinderwagen stond hij op de bühne in een kleine zaal. We spraken weinig over wat ons was overkomen. Theater was zijn vorm van verwerking. Ik zat in het lichthok achterin. Ik was zijn lichtvrouw. Hij begon te vertellen:

'We kwamen aan op het eiland...

We renden naar het hotel...

Mijn vrouw...'

Hij had me niet van tevoren verteld wat hij zou gaan doen. Geconcentreerd hoorde ik achter de lichttafel zijn verhaal aan.

'Ze draaide de dode baby ruw om...

Dood kind...

Duin...'

Ik kon de schuiven niet meer bedienen. Ik moest het hok uit. Hij stond alleen in het volle licht. Hij ging door. Ik draaide mijn rug naar het podium. Stond in het donker met mijn kop tegen de muur. Het liefst had ik mijn hoofd erdoorheen willen rammen. Een gat slaan. Ik slikte een verstikkende snik weg. Ik kon niet langer wegblijven, dat zou de voorstelling verstoren. Draaide me om en ging weer achter de knoppen zitten. Als we wilden blijven samenwerken, zou ik me deels moeten afsluiten, afstand nemen. Professioneel zijn. En ik wilde hem blijven helpen. Ook op het duin. Ik veegde mijn tranen af, ging weer zitten en werkte door. Ik gunde hem zijn verhaal. Ons ongeluk. Onze liefde.

Vanaf dat moment was het me nog helderder wat mijn taak was. De tinten van het licht laten dansen op het ritme van de woorden. Spelen met schaduwen om zijn verhaal te versterken. Er zijn genoeg technici die een lichtplan kunnen maken, maar timing en hoeveelheid lumen vallen niet uit te leggen. Dat is gevoel en betrokkenheid. Vanuit de zaal was het of ik een stuur vasthield. Als hij zijn volgorde veranderde of begon te improviseren, gaf dat geen problemen. Ik werkte immers handmatig en kon volgen.

Een lichttafel is als een schilderspalet waarop de kleuren liggen. Mijn grootste uitdaging was het licht bedienen vanuit de zaal en dan aan het eind van de voorstelling door de gangen van Carré rennen en door de deur met het gecodeerde slot naar de coulissen lopen. Viool stemmen. Omschakelen. Twee keer diep ademhalen en oplopen vanuit het donker het licht in, om dan samen met Freek het slotlied te spelen. *Wat fijn om idioot te zijn. Zo weerloos als een clown.*

Ik zie dat mijn schoonmoeder moeite heeft het lepeltje met ei naar haar mond te brengen. Door een maculadegeneratie wordt ze gedwongen de wereld vanuit haar ooghoeken te bekijken.

'Zal ik u helpen?'

'Nee, het gaat wel.'

Ik zet mijn eigen bord op schoot, ga naast haar zitten en neem een hap van mijn boterham.

'Mooi weer, hè, wat is het een zalige tijd van het jaar,' zeg ik. 'Vindt u de bloemen niet prachtig?'

'Ja.'

Opnieuw heft ze haar hand zoekend naar haar mond.

Freek noemt zichzelf altijd: zoon van een weervrouw. Als hij met haar telefoneert, komen ze niet verder dan de storm van de dag en de vooruitzichten voor morgen.

Het blijft stil. Ik neem nog een hap.

Je vrouw heeft de broek aan, heeft ze gezegd. Waarom oordeelt ze over zaken waar ze geen weet van heeft? De eerste vijf jaar heeft kleine Frekie als een stuk kauwgum aan haar been geplakt gezeten. Hij liet zich leiden. Pas later ontdekte ze dat hij nauwelijks kon zien. Hij kreeg een brilletje. De wereld ging voor hem open. Hij kon haar been loslaten. Met zijn autoped trok hij erop uit.

Het is stil naast mij. Af en toe kreunt ze achter haar hand.

'We moeten weg, mam!' zegt Freek.

'Nu al?' klinkt het teleurgesteld.

Freek schuift de rollator binnen haar handbereik en samen leggen ze dezelfde gevaarlijke weg terug af op dezelfde onhandige manier. We zijn al aan de late kant voor onze afspraak. Het kost meer tijd dan verwacht. We moeten ons haasten. In de auto wordt weinig gezegd. Er hangt een onaangename spanning. De vrachtauto voor ons kruipt voort. De tijd begint te dringen. Het uitstappen duurt weer net zo lang als het instappen.

Benen eruit, optrekken aan de rollator en schuifelend het schuine talud op naar de glazen deuren. We zwaaien haar na totdat de deur zich achter haar gesloten heeft en laten haar aan haar lot over.

De volgende dag gaan we met een boeketje van het optreden even kijken of ze heelhuids boven gekomen is.

'O, kinderen, het is hier zo vreselijk. Ik kon de hele nacht niet slapen.'

Ze zit onderuitgezakt in haar stoel, die met de leuning tegen het vogelkooitje duwt. Korrels voedsel en uitwerpselen liggen over de grond en op haar schoot verspreid. Haar hele gezicht is verwrongen tot een trieste huil. Haar rechtermondhoek hangt naar beneden.

'Er komt nooit iemand op bezoek.'

'Kom, dan lopen we naar de vijver.'

Rond de fontein, die rustgevende kleuren uitspuwt, staan gekleurde ijzeren stoeltjes. We laten haar op een lichtblauwe zakken en luisteren naar het gekletter van het water. De zon straalt. Er komt een medebewoonster met een rode wandelstok aangesjokt. Vanuit haar ooghoeken kan mijn schoonmoeder haar zien. 'Dat is de boosdoener,' zegt ze snauwerig.

'Hoe bedoelt u?'

'Die heeft de hele nacht gespookt.'

De boosdoener! De vrouw is dement en zich van geen kwaad bewust.

Ik pak een roze stoeltje en ga tegenover haar zitten.

'Mam, wat waren dat voor mannen, oom Jan en oom Frans, wat deed oom Jan eigenlijk in Berlijn?' vraagt

Freek haar. Zolang ik hem ken, blijft hij maar graven in het oorlogsverleden van zijn ooms.

Het is al zeker vijftien jaar geleden dat we zijn moeder in Bern van de trein ophaalden. Ze zou een week blijven logeren. Freek rende haar als een schooljongen over het glibberige perron tegemoet. Pakte haar tas, omhelsde haar en liep opgewekt arm in arm naar de uitgang. Sneeuw omsloot ons chalet. Boven aan de spekgladde trap had hij haar stevig bij de arm genomen en naar beneden geleid.

Overdag zat ze uren op het balkon. Met zonnebril en hoed op genoot ze van de zon. 's Avonds speelden we rummikub. Ze wilde als een fanatiek kind winnen. Moeder en zoon zaten even later op de bank. De open haard brandde. Uit het niets vroeg Freek: 'Mam, wat waren dat eigenlijk voor mannen, die oom Jan en die oom Frans?' Hij had zijn moment afgewacht. Hier, op deze plek, in volledige afzondering zou de waarheid boven tafel komen.

Nadat ze hem even stilzwijgend aangekeken had, zei ze onomwonden: 'O jongen, dat waren toch zulke aardige mannen.'

Ik zat in kleermakerszit op ons witte tapijt en keek haar strak aan.

'Nee,' zei Freek, 'dat bedoel ik niet, ik wil weten wat ze precies in de oorlog gedaan hebben.'

Opnieuw zweeg ze enige tijd en zei toen nog maar eens: 'Dat waren zulke aardige mannen.'

En Freek liet het daarbij. Ook hij zweeg. Maar ik wist dat zijn ooms flink fout waren in de oorlog en kreeg het weer eens te kwaad, ik voelde het als verraad tegenover mijn ouders. Zulke aardige mannen? Ze waren leeftijdsgenoten van mijn ouders. Ik kon dit niet verdragen.

Ik stond op, opende de deur en liep het terras op. Voor me lag een diepe, besneeuwde kloof. *Zulke aardige mannen*. Voor haar misschien, zij was ooit hun kleine zusje en vijfentwintig toen de oorlog begon, ze woonde nog thuis. Waarom hebben ze die broers niet op andere gedachten kunnen brengen? Na de bevrijding is het verhaal in de doofpot gestopt.

Ik stond in de kou. Misselijk. Ik wou mijn familie die er niet meer was verdedigen. Altijd weer. Hadden zij en haar man Joden kunnen laten onderduiken op het Groningse platteland waar ze woonden? Hoe bang was ze geweest voor haar broers? Ze moet wel alles geweten hebben. Waarom vertelde ze niet alles aan haar zoon, die het zo graag wilde begrijpen?

Spring, ging het door mijn hoofd. Ik spreidde mijn armen. De kou drong mijn longen binnen. Ik huiverde.

En nu op de stoeltjes, op het open terrein van het bejaardencomplex, wilde hij weer van haar horen hoe het zat met die twee broers. Dacht hij dat hij nu wel antwoord zou krijgen? Neef Fred had het hele verhaal verteld. Waarom moest dat door haar nog eens bevestigd worden?

De naam Fred keerde regelmatig in gesprekken terug. Hij was de zoon van de oudste broer van zijn moeder en werd afgeschilderd als een fantast. Een jongen die niet wou deugen. Als matroos had hij een tatoeage laten zetten waar schande van gesproken werd. Dertig jaar geleden was hij naar Denemarken vertrokken, waar hij zich als beeldend kunstenaar vestigde. Verkleurde reproducties van zijn werk kwam ik soms tegen in een oude schoenendoos als ik een kaartje zocht om te versturen. Rode, gele, witte en blauwe vlakken. Minimalisme met de kleuren van Mondriaan. Zijn vader, oom Frans, had ik een paar keer ontmoet. Een lange, statige man. De eerste keer dat ik hem zag, kwam hij door een draaideur, paraplu aan zijn rechterarm, alpinopet op zijn grijze haar. Voorzichtig duwde hij de draaideur met een doosje, dat hij in zijn linkerhand hield, vooruit. Hij groette zijn neef Freek met een eenarmige omarming waarbij de paraplu op de grond viel, en schudde toen mij de hand. Hij zette het doosje op de grond, haalde er antieke tegels uit en begon die op het trottoir uit te stallen. Met een brede grijns vertelde hij dat hij ze zojuist voor een zacht prijsje op de kop had getikt. Met kobaltblauw waren er molens, huisjes en kinderspelen op geschilderd, die met een transparante glazuurlaag waren afgedekt.

'Veel waard,' zei hij. Freek had me ooit verteld dat oom Frans een echte handelsgeest had.

'En voor weinig geld gekocht,' zei zijn oom nog maar eens triomfantelijk.

Later kregen we meer inzicht in de antieke-tegelhandel, doordat Jopie Huisman op ons pad kwam. Jopie was voddenboer en kunstschilder in het Friese stadje Workum geweest, waar Freek zijn jongste kinderjaren had doorgebracht. Jopie legde uit dat handige jongens in oude boerderijen tegels aantroffen, vaak achter behang of multiplexplaten, ze sloopten, voor weinig of geen geld van de naïeve boerin overnamen en voor grof geld doorverkochten. Jopie wist zich oom Frans wel te herinneren. 'Voorkomende, slimme zakenman,' was zijn oordeel.

Ik had oom Frans met zijn alpinopet op zijn strak achterovergekamde, van de brillantine glinsterende haar nooit eerder ontmoet, maar ervoer een vreemde afschuw toen ik hem gehurkt op het trottoir, zijn pas op de kop getikte waar zag strelen. Uit huizen gesloopt. Voor weinig geld gekocht.

Wie was deze man? Ik wist dat hij fout was geweest in de oorlog en dat Freek hem niet rechtstreeks durfde te vragen wat hij gedaan had. We zijn het nooit te weten gekomen. Niet veel later is oom Frans overleden.

Najaar 2009 ging de telefoon.

'Is Freek thuis? Ik heb dit nummer van de VPRO gekregen. Ik bel uit Kopenhagen.'

'Wie bent u?'

'Fred.'

Fred? De verloren neef? Ik noteerde zijn telefoonnummer. Dit werd het begin van een serie langdurige heftige telefoongesprekken, waar ik niet veel mee te maken wilde hebben.

Neef Fred was van 1938. Het huwelijk van zijn ouders had slechts een jaar standgehouden. Fred was al jong naar een internaat gestuurd. Zijn vader had bij de Waffen-SS gezeten. Op zijn vijftiende was hij door zijn vader op een boot gezet met de mededeling: 'Ik wil je nooit meer zien.' Een enkele keer had hij bij het gezin De Jonge gelogeerd.

Freek was blij dat het contact hersteld was en luisterde in trance naar zijn verhaal. Het was dramatisch, ruw en hard. Neef Fred reikte de vele puzzelstukjes aan die Freek nog miste. Na het eerste telefoongesprek had Fred in tranen gezegd: 'Nu heb ik tenminste iemand die me begrijpt.' Daarna werden we regelmatig gebeld, soms om het uur. 'Met Fred.' Ik gaf de telefoon altijd snel aan Freek, tenzij hij niet thuis was, dan luisterde ik naar een mateloze woordenstroom. Zijn verhalen waren beklemmend. Hij had het steeds over vrouwen en maakte seksistische opmerkingen. Hij wierp zich op als slachtoffer. Ik kapte het gesprek af.

Fred wist te veel, hij had dingen gezien die de familie liever niet naar buiten zag komen. Fred werd uitgestoten en als er over hem gesproken werd, werd hij afgedaan als een leugenaar. Hij werd geminacht. Een kunstenaar. Een fantast. Fred had gemaakt dat hij wegkwam en was in Kopenhagen terechtgekomen, waar hij een gezin gesticht had.

In het verleden had ik Freek wel eens voorgesteld Fred op te zoeken om het verhaal van zijn kant te horen. Het was er nooit van gekomen. Iets had Freek weerhouden. Het was bijzonder dat ze elkaar nu gevonden hadden.

Fred praatte maar door. Het verhaal werd steeds gruwelijker. De verkrachtingen op de kostschool en later aan boord. De Wehrmachtsoldaten op het stationsplein in Groningen die een in lappen gewikkelde baby overschopten. Dit had hij allemaal moeten doorstaan omdat zijn vader niet in staat geweest was de juiste keuzes te maken.

Was dit de waarheid of de fantasie waarvoor de familie gewaarschuwd had?

In die tijd dook een zekere Sacha op, de veertigjarige dochter van Fred. Ze was via de tantes, Manny en Janny, op zoek naar haar vader.

Na afloop van een voorstelling vroeg ik tante Janny: 'Wie is die Sacha eigenlijk? En wat voor man was Fred?' Ze antwoordde glashard: 'Een schuinsmarcheerder. Heeft een dochter gemaakt die hij nooit gezien heeft. Een leugenaar.'

Ik keek haar strak aan en zei: 'Wat wil je met zo'n vader?'

Janny was in de negentig. Ze zat met een zelf aangemeten adellijke grandeur in een stoel. Omdat ze als vroedvrouw Freek ter wereld had zien komen, voelde ze zich bevoegd om te oordelen wat Freek wel en niet op het podium kon zeggen. Blijkbaar had ik een gevoelige snaar geraakt. Haar lichaam en hoofd zwollen op alsof ze in een kikvors ging veranderen. Deze reactie had ik niet verwacht. Ik draaide me om voor ze uit elkaar zou ploffen en maakte dat ik wegkwam.

Inmiddels is ze honderdeneen jaar. Niet meer zo beweeglijk, maar geestelijk nog altijd even fel en weerbaar.

Over Sacha is nooit meer gesproken, tot Fred over haar begon. Hij vertelde dat hij een dochter in Nederland had die hij nooit sprak. Hij wilde met haar in contact komen. Of wij wisten waar ze woonde. We hadden er geen zin in ons daarmee in te laten.

Na de vele, lange telefoongesprekken besloot Freek Fred in Kopenhagen te bezoeken. Ik zette hem af op Schiphol, hij pakte zijn koffertje en liep zwaaiend de vertrekhal in. Toen ik hem de volgende avond weer ophaalde, zag hij er verward uit. Hij had weinig geslapen. Het weerzien met Fred en de confrontatie met de feiten hadden hem zeer aangegrepen.

'Ik heb mijn rode schoenen laten staan, die pasten niet meer in de koffer.' Fred had een aantal minimalistische plastieken laten reproduceren, die de plaats van de schoenen hadden ingenomen. Architectonische structuren van witte vierkante stokjes. Na de oorlog had hij zijn vader in Kamp Westerbork in een gestreepte pyjama achter prikkeldraad zien staan. Door orde te scheppen met rechte lijnen kwam er rust in zijn hoofd.

Speciaal voor onze kleindochter had hij zelf een klein plastic vierkantje met in het midden een stokje gemaakt. 'Voor Maggie' had hij op de onderkant geschreven.

Freds leven is door zijn vader verwoest. Hij is beschadigd en getraumatiseerd en heeft regelmatig in psychiatrische inrichtingen gezeten. Hij was blij dat hij eindelijk zijn verhaal kwijt had gekund. Bij familie en niet bij een psychiater of psycholoog. In tranen had Fred gezegd: 'Nu heb ik een vriend. Het maakt me gelukkig.'

Freek heeft zich de verhalen zo aangetrokken dat hij er lichamelijk onwel van werd. Hij heeft het uitgekotst. Hij heeft Fred begripvol omarmd. Met zijn cadeau heeft Fred willen laten zien wie hij is. De schoenen staan nog in Kopenhagen. Er komt een dag dat we ze gaan ophalen.

Mijn schoonmoeder zit zwijgend op haar stoeltje. De fontein spuwt gekleurd water de lucht in.

'We moeten gaan, mam,' zegt Freek.

Hij buigt zich over haar heen en zoent haar. Ik strijk zacht over haar verwassen bloemetjesjurk, die onder de vlekken zit. Haar hand gaat weer voor haar oog. Weert ze de zon of duwt ze haar verleden van zich af?

We stappen in de auto en gaan op weg naar het theater, waar Freek 's avonds *Neven* gaat spelen. Vanachter de lichttafel zie ik hoe Freek met zijn vakmanschap de mensen in vervoering brengt. Hij dolt met de verzonnen avonturen van neef Raf in Zeeland. Het publiek lacht. Hij neemt de toeschouwers mee naar de Molukkers in Kamp Westkapelle. Het publiek huivert. Hij duikt in Freds leven. Het publiek wordt aan een touw de wereld van Fred binnengetrokken. Naar het stationsplein, met de Wehrmachtsoldaten op hun zwarte hoge laarzen. Naar Hollandia, waar hij een man het ravijn in duwt. Dood. Het wordt muisstil in de zaal. Freek zingt *ik wil weg want mijn wereld gaat dood.* Naast mij zit een vrouw te snikken. Freds plastieken staan tien keer uitvergroot op het podium, in lappen, met touwen omwonden. De waarheid moet worden onthuld. De objecten beginnen te bewegen. Het licht schijnt over Freds leven. Freek steekt zijn kop in de strop. Het licht overstraalt zijn hoofd tot een witte stip. Doek.

We rijden voldaan over de Friese wegen naar huis. We hebben een opgetogen publiek achtergelaten en er ligt een fraai boeket op de achterbank.

'Het verhaal over de Molukkers ging goed,' zeg ik.

'Dat komt door de avond in Westkapelle.'

'Ik heb daar met iemand staan praten, die na zestig

jaar nog altijd boos was. Ik heb tegen hem gezegd dat kwaadheid weinig zin had.'

Ik denk aan mijn schoonmoeder met haar kwetsbare gestel. De blauw dooraderde handen onrustig in haar schoot. Zij kan de waarheid niet aan. Ik heb er vrede mee. Ik ga morgen het boeket bij haar langs brengen.

De auto boort zich in de nacht. Ik zie het schilderij van de twee mannen in het duister voor me. Ik verzet me tegen de slaap. Ik moet wakker blijven als bijrijder. Links en rechts scheren boerderijen voorbij. We passeren het bord 'Workum'.

In deze omgeving waren we ooit Jopie gaan zoeken na het zien van een foto in de krant van zijn zelfportret in een versleten jas kijkend naar het sjekkie tussen zijn vingers. Hij had gehurkt bij zijn tegels in een ruime opslagplaats gezeten toen we de krakende deur openden. Hij keek op, sjekkie in zijn mond, en zag Freek. Alsof hij lang op hem had staan wachten zei hij spontaan: 'Hé, ben je daar eindelijk, vriend?'

De mannen liepen op elkaar af en omarmden elkaar, als oude schoolkameraden die elkaar na jaren terugzagen.

Jopie nam ons mee naar het voorhuis. Midden in de kamer stond een vorstelijke versleten fauteuil, met ervoor een schildersezel. In het bakje lagen penselen en een doorgewerkt palet. Op de schoorsteenmantel prijkten beschadigde tegels, aan de muur hing een schilderij met twee mannen in een bootje in het duister. Op de ezel stond een klein doek. In het midden van het canvas was met dunne penseelstreken een vogelnestje met drie eitjes geschilderd. Op een tafeltje naast de stoel stond het echte nestje. Als een aartsvader nam Jopie plaats in zijn stoel. Ik keek naar zijn kolenschoppen van handen, hiermee had hij het penseel als een veertje over het doek laten dansen en het fragiele bouwwerk van takjes vereeuwigd.

Jopie vertelde, sjekkie tussen de vingers, het verhaal van zijn leven. Dat hij in 1922 in een klein armoedig huisje in Workum was geboren. Dat zijn grootvader op de strontschuit werkte. De minachtende blikken van de gegoede burgerij die hij kreeg als ze hem hun emmertjes stront overhandigden. De pesterijen die Jopie had moeten doorstaan omdat hij stonk.

Jopie kreeg een melancholieke blik in zijn ogen.

'Dat waren jouw ouders, ze sloegen de deur voor mijn neus dicht en nu zit jij hier, kerel,' zei hij met een vette glimlach.

Hij leidde ons naar een stal. Op stellingen stonden, bedekt onder stof en spinnenwebben, hobbelpaarden en kinderwagens op hoge wielen. Aan de muur hingen oude, dieprode kielen, broeken met verstelplekken op knieën en kont, hoeden en schoenen, grijs van het stof. Op kinderstoeltjes en in houten speelgoedkruiwagentjes zaten blote babypoppen.

Overrompeld door zoveel schoons zei ik: 'Dit is precies wat ik zoek voor de nieuwe show.'

'Kies maar uit wat je nodig hebt,' zei Jopie royaal. 'Je mag alles lenen.'

Zonder aarzelen kozen we een rode boezeroen, een blauwe broek, een paar hoge schoenen, Jopies zwarte hoedje en de kinderwagen. Dit zou de lege kinderwagen worden op de snelweg in *De Tragiek*. In het stroperspak zou Freek wijdbeens op een stoel fijngekauwde appels over de hoofden van het publiek uitspugen.

Handenvol sjouwden we naar de auto. We dekten de kinderwagen met kleren af.

Jopie stond te glunderen. 'Het is net of je uit de televisie mijn terrein op gelopen bent. Prachtig! Wat een kerel!' En hij sloeg Freek ferm op de schouder. 'Maak er wat moois van, knul. Ik zit straks op de eerste rij. Loop even mee, ik wil jullie nog iets speciaals laten zien.'

Hij nam ons mee het weiland in en ging bij de sloot op zijn knieën zitten. Hij stroopte zijn mouwen op, bukte zich voorover, trok aan een touw dat met een dikke pen in de grond zat en haalde een centrifugetrommel tevoorschijn. Hij opende de deksel en in de ton kronkelden een tiental dikke vette palingen. Jopie greep er een bij zijn strot en hield die triomfantelijk omhoog. 'Mag niet, maar 's nachts gaan mijn neef Jelmer en ik stropen.'

Hij lachte er smakelijk bij en het water liep hem in de mond bij de gedachte aan de gerookte vette paling. Op dat moment kwam Jelmer eraan, hij leek zo weggelopen van Jopies schilderij.

'Kom,' zei Jopie en we liepen achter de mannen aan richting stal.

Een doordringende gerookte-vislucht kwam ons tegemoet. Op een binnenplaats stond een ijzeren ton. De hitte sloeg eruit. Vlammen knetterden omhoog. Met zijn grote klauwen tilde Jopie een lange ijzeren pin op, die door de koppen van zes dikke palingen gestoken was.

'Wil je er een?' vroeg hij aan Freek, terwijl hij een gerookt slachtoffer van de pin trok.

Freek pakte hem aan, hield het beest tussen zijn vingers in de lucht, kneep eerst de kop van de romp, stroopte daar het vel van af en liet vervolgens de gerookte aal in zijn mond glijden. De graat knakte. Het vet droop langs zijn kin.

'Wil jij er ook een?' vroeg Jopie aan mij.

'Nee, dank u, het zijn lijkenvreters.'

'Daar hou ik juist van,' zei hij met een vette lach.

Paling was onrein, had mijn moeder van opa Miller geleerd. Het was een van de weinige Joodse voorschriften die ik van huis uit had meegekregen. En dat kleine stukje verleden respecteerde ik. Ik at geen varkensvlees en geen paling.

'Wil je er een paar meenemen?' vroeg Jopie aan Freek, met een blik alsof hij ze liever zelf wilde opeten. Hij pakte een krantje en rolde de donkerbruine palingen in het papier.

Tegen de stalmuur had ik een ijzeren bankje gevonden, deels overwoekerd door klimop. Van een afstand keek ik naar de drie mannen rond de brandende ton, die als stoute jongens vuurtje stookten. Dit waren echte kerels. Met hun poten in de zwarte kluiten. Wat hield ik van die woeste koppen rond de opspattende gloeiende spetters in het uitgestrekte Friese land. Ik leunde gelukzalig achterover. Opnieuw bracht Freek een paling naar zijn mond. Ik sloot mijn ogen. Het schilderij van het bootje in de nacht doemde voor mij op. De warmte trok in mijn huid. Het was of Freek het vel over mijn wangen wreef. Het vet mijn poriën binnendrong. Hij een stuk paling in mijn mond propte en zei: 'Eet maar op en slik maar door, het zijn lijkenpikkers.' Alsof ik de smaak van het vlees in mijn mond proefde, de geur in mijn neus opsnoof. Warmte door mijn onderlichaam voelde stromen. Overvloeide van verliefdheid voor mijn oervent.

Vriendschap

(dagboekfragment)

31 mei 1981

Het land der levenden en het land der doden.
Ik zie schoonheid.

Daar lag Els. Mijn vriendin. Veertig. De borstkanker was te laat geconstateerd. Het hoofdeinde van het ziekenhuisbed stond iets omhoog. Op haar bleke gezicht rustte een ontspannen uitdrukking. Haar dunne haren lagen in sliertjes op het kussen. Ik boog me over haar heen, raakte haar zachte huid.

'Zorg goed voor jezelf,' fluisterde ze in mijn oor. Hoewel ze al bijna niet meer op deze aarde was, leek ze me voor de rest van mijn leven te willen beschermen.

Voordat ik de deur sloot wuifde ik nog een laatste groet. Haar linkerarm kwam moeizaam omhoog. Ze zwaaide terug. Ik blies een handkus in haar richting.

Dag vriendin.
Heldin.

Op mijn zevende leerde ik mijn eerste hartsvriendin kennen. Mijn zus en ik verhuisden van de buurtschool naar de ASVO op het Frederiksplein. Er werd veel creatiever lesgegeven, had mijn moeder van vrienden op De Kring gehoord, dat zou beter voor onze ontwikkeling zijn. Het hoofd, meneer Meijlink, was een bekende poppenspeler.

De juf stond me bij de deur op te wachten en gaf me een hand.

'Ik ben juffrouw Bethlem. Daar is een fijn plaatsje voor jou,' en ze wees naar de vierde bank. 'Zij heet Vera.'

Het meisje, blond, lang en spichtig, tikte met haar hand op het lege plekje naast haar in de bank. We keken elkaar onderzoekend aan. Ze schikte op en gaf me meteen haar pen.

'Dank je,' zei ik verwonderd.

'Mag je houden, ik heb er toch nog drie. Komen uit onze winkel.'

Vanaf die allereerste minuut werden we de beste vriendinnetjes. Allebei droegen we een geruite plooirok. De mijne was door mijn moeder gemaakt, die van haar gekocht bij de Bonneterie. We vonden dezelfde jongen leuk. Dat hielden we geheim voor elkaar.

Tijdens het speelkwartier deden we een zelfbedacht

soort verstoppertje. We mochten niet voorbij het hek met de scherpe punten komen en verdeelden ons in groepjes. Samen met Vera zat ik de jongens achterna. Als we ze dicht genaderd waren, draaiden ze zich opeens schreeuwend om en renden op ons af om ons te pakken. Dan vluchtten wij het dichtstbijzijnde portiek in, want daar was je vrij.

Ewoud en Kareltje waren de voorsten en probeerden Vera en mij te pakken. Wij daagden de twee uit door ze heel dichtbij te laten komen en daarna heel hard weg te rennen. Eigenlijk wilden we ons best laten vangen. Vooral door Kareltje. Op hem was ik nu eenmaal verliefd. Met Vera praatte ik daar niet over. Ik had wel door dat ze dezelfde gevoelens voor hem koesterde. Vera was iets daadkrachtiger en wist steeds in Karels buurt te blijven. Bij een stoeipartij op de stoep had hij haar jurk gegrepen en daarna haar hand. Hij had haar meegetrokken naar de overkant van de straat, waar het volgens de schoolregels verboden terrein was. Ze had het gedurfd. Was niet bang. Ik had staan toekijken hoe ze overstaken en zich in de bosjes verscholen. Ik bleef op de stoeprand zitten wachten. Het duurde lang.

Eindelijk kwamen ze tevoorschijn. Vera's tengere gezicht, dat meestal witjes was, was rood. Ze lachten. Ik lokte ze terug door te zwaaien en net te doen of de juf eraan kwam. Om indruk te maken rende ik voorbij het hek met de scherpe punten en verstopte me in het eerstvolgende portiek.

'Ik heb je!' Om het hoekje verscheen het olijke hoofd van Kareltje. Ik glipte langs hem en rende hard weg, want hij mocht me niet pakken. Ik wilde geen rood hoofd. Hij kwam me achterna en toen hij me bijna te pakken had, struikelde ik en viel voorover in de punt van de afrastering. Net iets onder mijn oog. Ik bloedde.

Kareltje schrok zich kapot en hielp me overeind. 'We moeten naar de juf,' zei hij, nam me voorzichtig bij de hand en bracht me naar haar toe. De juf keek me aan, haalde een pleister uit de verbandtrommel en plakte die op mijn oog. Het bloeden stopte.

'Waar is dat gebeurd?' vroeg ze en schuldbewust keek ik haar met mijn ene oog aan. Ik kon niet vertellen waar het gebeurd was, anders zou ook Kareltje straf krijgen en het was mijn fout geweest. Ik had hem uitgedaagd. Ik wilde laten zien hoe stoer ik was. 'Tegen de rand van het portiek daar,' loog ik en begon hevig te blozen. Maar dat merkte de juffrouw niet. Ze dacht waarschijnlijk dat het bloed was. Kareltje gaf me een knipoog, wat ik niet kon met mijn afgeplakte oog. Indruk had ik vast en zeker op hem gemaakt. Ik ging naast Vera in de bank zitten. Ze pakte mijn hand en wreef erover.

Na schooltijd speelden we veel buiten bij ons in de straat. Vera woonde om de hoek. Ik kwam vaak bij haar thuis, maar mijn moeder vond het niet prettig als ik vriendinnetjes meenam. Op zaterdag mocht ik blijven eten. Dan aten ze brood, met allerlei lekkers. Garnaaltjes, leverworst, hardgekookte eitjes. Daarna gingen we naar haar kamertje en praatten over Ewoud, die een paar banken van ons vandaan zat. Hij schilderde dikke poezen met een lange krulstaart. Zijn handen en haar zaten altijd onder de verf.

Bij hoge uitzondering mochten ze alle drie op mijn

verjaarspartijtje komen. We deden blokje happen, wat ik voor het eerst had gedaan in Hopsy Topsyland, het kinderkamp waar ik die zomer geweest was. Ik had bedacht om de wedstrijd in het bad te doen. We hadden de kuip vol laten lopen en de blokjes erin gegooid. Door het gewicht waren ze naar de bodem gezonken. We gingen in de kleine ruimte met onze rug tegen de muur staan.

Ewoud sprong en nam een volle duik in het bad, pakte met zijn mond een paar blokjes tegelijk, schudde zijn haar en dook weer over de rand. Toen mijn moeder op de plons af kwam en ons zag, was het feest gauw over. Ze pakte een handdoek en gaf Ewoud wat droge kleren uit mijn kast. De kinderen werden naar huis gestuurd en ik moest de badkamer dweilen.

We wandelden vaak naar de open velden achter de Utrechtsebrug, waar werd gebouwd. Uitgestrekte zandvlakten, hier en daar afgepaald met prikkeldraad, lagen voor ons. Als we naar het buitenterrein liepen, gingen onze oudere zussen wel eens mee. Het bordje met *Verboden te betreden. Gevaarlijk! Drijfzand!* had ons nieuwsgierig gemaakt.

Op een zondag gingen we met zijn vieren op onderzoek uit. Het leek op het strand waar je zandkastelen kon bouwen. Op onze knieën maakten we een hoge toren. Hand voor hand klapten we het zand ertegenaan. Het was vochtig, het plakte goed. Ik tekende met mijn vinger ramen in de toren. Mijn zus deed de deuren. Ze had een stokje gevonden en kraste daarmee reliëfs in het zand. Op de top van de berg zetten we een stokje met een zakdoek als vlag. Het bouwwerk was voltooid. We hadden natte knieën en koude handen. Het was tijd om naar huis te gaan. Of zouden we toch nog even proberen hoe het zand verderop voelde? Na kort overleg besloten we hand in hand in een slinger erop te gaan. Vera voorop. Zij leek het meest zeker van de zaak. Daarna ik, dan haar zus Heleen en als laatste mijn zus. We zagen onze voetafdrukken steeds dieper worden. We hielden even stil toen het zand van kleur begon te veranderen. Ik kneep Vera nog steviger in haar hand. Voetje voor voetje gingen we voort.

'Laten we teruggaan,' stelde mijn zus voor.

'Even proberen.' Vera stak haar been uit, wilde haar andere been ernaast zetten en slaakte een gil. Haar voet was helemaal weggezakt in het zand. We begonnen aan haar arm te trekken, maar ze zat vastgezogen. Hoe harder we aan haar rukten, des te dieper werd haar been naar beneden getrokken. Mijn zus kwam naar voren en pakte Vera kordaat onder haar oksels. Heleen en ik grepen mijn zus bij haar middel. Ze telde tot drie.

'Trekken!' schreeuwde ze na de derde tel en met veel gekreun vielen we achterover. Vera plofte boven op ons.

'Mijn schoen,' gilde ze. Ze stak haar natte been met een vuil bruin sokje in de lucht en begon onbedaarlijk te huilen. 'Ik ga niet naar huis, ik kan niet thuiskomen zonder schoen,' jammerde ze.

Ik moest haar helpen. Ik zou met haar mee naar huis gaan en aan haar moeder uitleggen dat het niet alleen haar schuld was. Ik wilde ervoor zorgen dat haar moeder niet kwaad op haar zou worden. Dat was wat Vera en ik gemeen hadden, moeders die heel vaak boos waren. Haar moeder had in het concentratiekamp Auschwitz gezeten, daar had je niet eens schoenen. Hoe durfde je op één lakschoen thuis te komen?

Nu begonnen we allemaal te huilen. Hinkend op één schoen deed Vera haar best ons bij te houden. We ondersteunden haar bij het oversteken. We belden aan. Haar moeder stond boven aan het trapgat en riep ontdaan: 'Wat hebben jullie uitgespookt?'

'We zijn het drijfzand op gegaan achter de brug,' antwoordde ik.

We hielpen Vera de trap op. Haar moeder spreidde haar armen, sloot Vera tegen haar zware boezem en zei lachend: 'Gelukkig leef je nog.' En vervolgens troostte ze ons. Tegen Vera zei ze: 'Morgen gaan we nieuwe schoenen kopen, daar zijn er genoeg van. Van jou hebben we er maar één.'

Het liefst had ik bij Vera willen blijven. Haar zusje zijn. Samen met haar in een warm bad zitten en daarna naar bed. Maar ik moest met mijn zus mee naar ons eigen huis. Wij waren niet echt vies geworden en vertelden niet wat we beleefd hadden.

Hartsvriendinnen vanaf de eerste minuut. Was het de onschuldige kinderblik die ons bond?

'Ga maar naast haar zitten.'

We waren zeven jaar. Tijd van witte sokjes, lakschoentjes en wisselende tanden. Buitenspelen met de diabolo, kijken hoe je vriendin behendig de stokjes op en neer beweegt, waardoor de kleuren van het ronddraaiende plastic op je netvlies gaan dansen. Zij staat met haar linkerheup tegen mijn rechter, blijft haar handen op en neer bewegen en geeft een stokje behoedzaam over aan mij. Zij beweegt haar rechterarm op en neer en ik mijn linker. We wiegen tegen elkaar aan. Een Siamese tweeling. We nemen het stokje over in onze andere hand en met de lege grijpen we elkaar ruggelings vast. Op één, twee, drie, trekken we het touw met een zijwaartse beweging strak. De diabolo vliegt de lucht in. We kijken hem geconcentreerd na en strekken onze armen. Dan vangen we het draaiende rood-blauw-gele ding behendig op en laten het touw weer op en neer wiegen. Vera geeft me haar stokje, ik ben tegenover haar gaan staan en nu heb ik de diabolo alleen in handen.

Zou de juffrouw geweten hebben dat we voor elkaar bestemd waren? Of heeft haar keus ons die bestemming gegeven? Wist zij dat meisjesvriendschap totale liefde kan betekenen? Dat ik over mijn vriendin droomde en me weken van tevoren op haar verjaardag verheugde?

Uit de lappenmand van mijn moeder verzamelde ik restjes. Het moesten zwarte en witte lapjes zijn. Ik wilde de allermooiste poes voor haar maken, die ze naast haar hoofdkussen zou kunnen leggen. Ik pakte de schaar en knipte de vorm van een grote liggende kat en vroeg mijn moeder of ik achter haar naaimachine mocht. Een elektrische. Door telkens over haar schouder mee te kijken als ze plooirokken voor ons aan het maken was, had ik geleerd hoe ik daarmee om moest gaan. Ze vertrouwde me de machine toe. Ik legde de stof eronder en stikte heel voorzichtig een paar naden, met mijn handen uit de buurt van de naald. Mijn moeder had me verteld dat de buurvrouw zo'n naald ooit dwars door haar duim had gekregen. Op haar geschreeuw was mijn moeder naar beneden gerend. Gelukkig was haar deur niet op slot. De buurvrouw zat met een van pijn vertrokken gezicht vast aan haar naaimachine. Mijn moeder wist haar te bevrijden door het knopje van de naald los te schroeven.

Ik kon met moeite bij de pedaal die de machine in beweging bracht. Voorzichtig zette ik mijn voet erop want als ik te hard drukte vloog de stof onder de naald vandaan en dan klopte de vorm niet meer.

Van wol borduurde ik snorharen, van kralen maakte ik ogen. Daarna verdwenen mijn handen in de poes. Bolletjes zachte, warme kapok propte ik in de buik. De poes was onverzadigbaar. Voordat ze enigszins begon op te zwellen was een halve zak kapok leeg. Tot slot naaide ik met naald en draad de pootjes dicht, terwijl kleine vlokjes er nog stiekem probeerden uit te piepen. Het was een weerbarstige poes, maar uiteindelijk kon ik hem afwerken door er teentjes en nageltjes op te borduren. Voorlopig mocht ze op mijn bed slapen, want het zou nog vele nachten duren voordat de verjaarspartij was. Ik knuffelde ermee alsof het mijn vriendin was.

Alle meisjes van de klas zaten op Vera's bed. Een voor een maakte ze de pakjes open en zette het cadeautje op haar cadeautafel. Toen scheurde ze het papier van mijn geschenk, legde de poes naast haar nieuwe pop en zei netjes: 'Dank je.' Haar moeder kwam binnen en keek naar de cadeaus.

'Goed zo kinderen, gaan jullie nu maar lekker buiten spelen.'

's Avonds voor het slapengaan vroeg mijn moeder:

‘En, vond ze de poes mooi?’ Ik dacht even na en zei toen maar: ‘Ja.’

De week daarop was ik jarig. Vera kwam op mijn partijtje zonder pakje. Ik mocht de volgende dag bij haar ouders in de winkel een cadeautje komen uitzoeken. Opgewonden ging ik na school mee naar de Weteringschans. Op de voorgevel van het pand stond met grote letters: ‘Kantoorboekhandel De Clerk’. Als je de deur opende, rinkelde er een bel. Haar moeder stond ons op te wachten achter de toonbank, haar kolossale boezem stak precies boven de potloden uit. De winkel stond vol glazen bakken. Als ik op mijn tenen ging staan, kon ik in de vakken kijken. Ik zette mijn handen op de randen en bekeek de kleuren van de potloden. ‘Zoek maar wat uit,’ zei Vera vrolijk, en kwam naast me staan. Ik pakte haar hand en dacht: is dit allemaal van jou? Al die mooie pennen, potloden en stiften? Zou ze die poes eigenlijk wel goed genoeg gevonden hebben? Ze had wel heel erg weinig gezegd toen ik hem gaf en me niet eens geknuffeld. De volgende keer zou ik goed opletten of hij wel op haar bed lag. Ik zou hem best zelf ook nog een keer willen aaien en aan zijn snorharen trekken.

‘Die vind ik mooi, die blauwe ballpoint.’ De pen lag in een prachtig rood doosje waar Parker op stond en rustte op blauw fluweel.

‘Kijk maar verder. Er is nog veel meer waar je uit kunt kiezen,’ zei Vera’s moeder onrustig.

Ik kwam bij de schriften met harde kaft en gemarmerde omslag, wreef er met mijn hand over en keek haar vragend aan.

‘Loop nog maar even door.’

In het midden stonden bakken met pennen en daaromheen ordners, schriften en tekenpapier. Bij alles zei haar moeder: 'Kijk nog maar even verder.'

Vera trok me aan mijn hand rond de bakken. Na twee rondjes door de winkel bleven we bij de puntenslijpers staan. Ik bekeek een apparaatje met aan de voorkant een laatje. Haar moeder pakte een potlood, kneep de twee greepjes van het apparaatje in waardoor voorin een opening ontstond. Ze stopte het potlood in het gaatje en draaide aan een hendeltje. Opnieuw kneep ze in de greepjes, trok het potlood eruit en liet mij de scherpe punt zien. Toen gaf ze me het potlood en zei: 'Teken er maar mee, hier heb je een vel papier.' En ik tekende een poes, met snorharen en spitse oren. Ze moest lachen: 'Hou maar, dan kan je goed poezen tekenen.' Ze gaf me er een gummetje bij. 'Hier, die mag je ook houden. Die kun je mooi gebruiken om die poes weer mee uit te vlakken. Zal ik alles voor je inpakken?'

Ze scheurde een papiertje doormidden, rolde het potlood en het gum erin en gaf het pakje aan Vera.

'Voor jouw verjaardag, en nu naar huis,' zei haar moeder en stapte af op een klant, die de blauwe ballpoint aanwees. Vera gaf het cadeautje aan mij en zonder het uit te pakken stopte ik het in mijn jaszak.

Onze vriendschap werd hechter. In de klas kwebbelden we te veel en in de vijfde werd ik regelmatig op de gang gezet. Vera ontsprong meestal de dans. Als ik juffrouw Breemer van de zesde aan zag komen, verschool ik me achter de jassen. Er werd gezegd dat ze heel streng kon zijn. Ik wilde niet dat ze me zag. Ik greep de kapstokken, trok mijn knieën op en bleef net zo lang hangen tot ze verdwenen was. Juffrouw Breemer droeg altijd een gele blouse waar je dwars doorheen kon kijken, eronder zat een grote bh met kanten randjes. Op haar kin zat een wrat met drie haren. Haar grijze haar zat in een strakke knot en haar bril aan een touwtje rustte op haar boezem. Ik was met goede cijfers naar de zesde overgegaan. Toen ik bij haar in de klas kwam, bleek ze heel vriendelijk. Als ik zat te tekenen kwam ze naast me staan om te zeggen dat ze het prachtig vond. 'Blijf maar even na schooltijd, dan mag je nog wat knutselen.' Ze gaf me een paar kwasten en verf en met veel kleuren schilderde ik poezen en beren. Ook mocht ik op een geruit lapje waarvan ik een jurk voor mijn pop wou maken met kruissteekjes borduren en smokken.

Het maakte me rustig. Van het geduld waarmee ze me begeleidde werd ik vrolijk.

Op een dag zei ze: 'Vanavond is er schoolavond, dat weten jouw vader en moeder toch? Jij mag ook mee, we gaan kleien.'

'Ik zal het vragen,' zei ik. Toen ik thuis vertelde dat we gingen boetseren bleek dat mijn ouders de schoolavond waren vergeten, maar mijn vader beloofde dat hij met me mee zou gaan.

De moeder en vader van Vera waren er die avond ook. De ouders mochten naast ons in de bankjes zitten en we kregen allemaal een bonk klei. Mijn vader ging onmiddellijk aan de slag. Hij zat te neuriën, lette nergens meer op en begon steeds harder te zingen. Ik keek gegeneerd naar hem. Ik kneep in de klei, maar mijn vingers deden het niet.

‘Dit wordt een olifant,’ tetterde mijn vader door het lokaal. Vera was met haar ouders aan een asbak begonnen en vroeg de juf om advies.

Mijn vader begon grapjes te maken. Juffrouw Breemer ging naast hem staan. ‘Kijk, een olifant met tieten,’ zei hij, het gedrocht omhooghoudend. Hij moest erg om zichzelf lachen. En nog een keer: ‘Een meisjesolifant met tieten.’ Hij had een zittende olifant gemaakt met enorme borsten. ‘Lijkt wel een beetje op u,’ grapte hij tegen mijn juf, waarop zij zich resoluut omdraaide en naar de bank van Vera en haar ouders beende, die aan een tweede asbak waren begonnen.

‘Iedereen mag wat hij gemaakt heeft mee naar huis nemen,’ zei juffrouw Breemer. De poes die ik geprobeerd had te kleien was volledig mislukt en teleurgesteld plette ik hem met een paar rake klappen. Mijn vader nam trots als een pauw zijn meisjesolifant mee naar de auto. Onderweg bleef hij maar herhalen: ‘Mooi hè, wat ik gemaakt heb!’

‘Ja,’ zei ik met afgewend hoofd, blies mijn adem tegen het raampje en tekende met mijn vinger een poes.

Vera’s vader was heel aardig en geïnteresseerd. Hij kwam uit Zuid-Afrika en sprak met een speciaal accent. Hij was niet Joods en had een volledig andere achtergrond dan haar moeder. Misschien dat er daardoor bij hen thuis meer ontspanning heerste, de stemming was daar minder beladen. De oorlog hing niet de hele dag in de kamer.

De zus van meneer De Clerk, Hetty, was een aparte vrouw. Ze droeg vaak hetzelfde rode vest en een slonzige bruine rok. Haar grijze haar was recht afgeknipt en er zaten restjes eten op haar kin. Ze woonde in een zwakzinnigeninrichting, maar eens in de drie weken kwam ze een weekend logeren. Dan liep ze de hele tijd rondjes rond de tafel en verzette de kopjes en schotels en stopte suikerklontjes in haar mond. Als haar broer televisie keek, ging Hetty met haar brede lichaam voor het beeld staan en probeerde met pruttelende geluiden de poppetjes te pakken. 'Opzij, Hetty,' snauwde hij dan, maar ze trok zich er niets van aan.

Soms mocht ze met haar schoonzuster mee om boodschappen te doen. Vera's moeder was altijd netjes gekleed in een mantelpak, dat strak om haar boezem en heupen sloot. Hetty was zeer beweeglijk en wilde graag weglopen.

Op een middag gingen we met z'n allen naar de Bonneterie, de winkel waar Vera's plooirokken vandaan kwamen. Mijn moeder was ook dol op die zaak, in haar ogen het toppunt van chic. Als er geld genoeg was, ging ze er flink opgetut dure kleren voor zichzelf kopen. Vera's moeder zocht tussen de bh's tot ze er een had gevonden die ze wilde passen. Hetty stond achter haar en draaide in het rond.

'Letten jullie even op Hetty,' zei ze tegen ons en verdween een pashokje in. We keken onze ogen uit in de indrukwekkende winkel. Er hing een enorme kroonluchter met glazen pegels en er stonden levensechte paspoppen met kleren aan. Plotseling begon Hetty rond de rekken te rennen en kleding op de grond te smijten. Om haar tegen te houden pakten we haar bij haar rode vest. 'Rustig maar, Hetty,' riep Vera, maar ze was niet te stuiten.

Het personeel kwam op het kabaal af. Vera's moeder schoof het gordijn opzij, overzag de situatie, rende met ontblote borsten en in haar hand de nieuwe bh het pashokje uit. Hetty werd alleen nog maar wilder toen Vera's moeder haar probeerde te grijpen.

'Ze is niet helemaal goed!' zei Vera tegen de verkoopsters. De bekakte dames stonden stomverbaasd naar de malle scène te kijken, terwijl ze zich af leken te vragen: wie van die twee is nou niet goed?

Eindelijk had Vera's moeder Hetty beet. Ze nam haar met een ruk mee het pashokje in, trok haar mantelpak weer aan en met opgeheven hoofd, schoonzuster aan de hand, na veel excuses en zonder nieuwe bh, verliet ze de winkel. Toen we achteromkeken, zagen we het personeel met de hand voor hun mond staan lachen. Wij moesten zelf ook giebelen. In de tram hield Vera's moeder Hetty stevig vast en propte haar naast zich op de bank. 'Zitten,' zei ze streng en we deden of we er niet bij hoorden.

Bij thuiskomst was haar pa net terug uit de winkel en Vera vertelde hem giechelend wat er gebeurd was. Hij moest er vreselijk om lachen en zei dat Hetty maar beter snel terug naar haar tehuis kon gaan. Vervolgens ging hij achter het bureau zitten dat midden in de kamer stond en begon onverstoorbaar aan de boekhouding.

Hij had een beroerte gehad en de rechterkant van zijn mond hing naar beneden. Thuis zat hij achter zijn bureau op grote vellen ruitjespapier rekensommen te maken. Was er wielrennen of schaatsen op de televisie, dan verruilde hij de vellen voor een schrift en zat met één pen achter zijn oor en één in zijn hand hard tegen de buis te schreeuwen. Hij was een groot sportliefhebber, die trouw de tijden van de schaats- of wielerrondjes noteerde.

Vanwege zijn gezondheid kon hij zelf niet aan sport doen. Misschien koesterde hij daarom wel de wens dat zijn dochter er carrière in zou maken. Vera zat op Sagitta, de Amsterdamse atletiekclub, en soms mocht ik met haar mee naar de sintelbaan op het Olympiaplein. Ze kon heel hard rennen. Wij deden ook wel eens een wedstrijdje, maar ik verloor altijd. Haar lievelingsonderdeel was hoogspringen. In het gras, op mijn handen achter me steunend, keek ik trots naar haar, hoe ze een aanloop nam, haar prachtige lange slanke benen over de stok gooide en in het zand neerplofte. Als haar vader haar op kwam halen, ging hij in het gras naast mij zitten en moedigde haar aan. Hij schreeuwde met zijn handen als een toeter rond zijn mond: 'Je kunt nog hoger!' Vera nam een aanloop, sprong en de lat bleef liggen.

Ieder jaar gingen haar ouders met het voltallige personeel naar de TT in Assen. Dan waren ze de hele dag op stap. Vera kreeg de sleutel en wij konden onze gang gaan. 's Avonds keerden ze voldaan terug, haar vader had de rode zakdoek met vier knopen nog op zijn hoofd. Toen hij die van zijn hoofd haalde, kwam er een vurig glimmende schedel onder vandaan. 'Te laat opgezet,' zei hij spijtig.

Bij ons werd over sport niet gesproken. Het leven was geen wedstrijd, dat zeiden mijn ouders tenminste. Maar als er gepokerd of gescrabbled werd waren ze bloedfanatiek. Motorraces vonden ze stuitend en wielrennen volstrekte onzin. Een paar keer had ik mijn moeder gevraagd of ik ook op atletiek mocht. Geen sprake van. Wij waren kinderen van artiesten, die behoorden zich creatief te ontwikkelen.

Gelukkig mochten Vera en ik wel samen naar dezelfde middelbare school. Het Barlaeusgymnasium, waar mijn vader ooit op gezeten had. Als we bij Vera huiswerk maakten, overhoorde haar moeder ons. In het monumentale gebouw tegenover het Barlaeus hadden we aan het eind van ons eerste schooljaar, wachtend op harde houten banken, in spanning gezeten. Vera zat dicht tegen me aan. De zon gaf de figuren in de glas-in-loodramen extra kleur. Een streep licht streek over ons hoofd. Zou de rector ons noemen? Na lang wachten en schuiven op de bank galmde mijn naam door de ruimte. Ik stond op en liep naar voren, de rector gaf me een hand en overhandigde me mijn rapport. Daarna werd Vera opgeroepen. We waren allebei met mooie cijfers over.

In de tweede klas liepen we, met de rugzak vol boeken om onze schouders, naar het biologielokaal. We hadden veel te bespreken. Meneer Doornik was onze biologieleraar. In de deuropening stond hij zijn leerlingen te verwelkomen. Toen hij ons zag aankomen, stak hij zijn hand op ten teken dat wij moesten stoppen. Tegen Vera zei hij vriendelijk: 'Loop jij maar door,' en liet haar passeren. Daarna verkondigde hij op luide toon tegen mij: 'Asser, wíj gaan iets leuks doen, ga jij maar naar de rector en vraag of hij ergens een plekje voor jou heeft.'

Ik ging op mijn tenen staan en zag in het lokaal op

zijn tafel de microscoop staan. Over zijn schouder zocht ik Vera, die verbouwereerd naar me keek. Ze deed alsof ze een haar uit haar hoofd wilde trekken. Ze wilde me duidelijk maken dat Doornik weer eens een haar uit zijn vrijwel kale schedel onder de microscoop zou leggen. De leerlingen mochten daarna om beurten door het glaasje kijken om het haarzakje te bestuderen. Een gebeurtenis waarbij niet zomaar iedereen naar binnen kon. Dit keer was ik de pineut. Doornik ging wijdbeens staan en versperde me de ingang. Zijn wijzende vinger ging resoluut naar rechts. Achter zijn uilenbrilletje kneep hij de ogen samen en hij trok de mondhoeken op tot een valse lach. Zijn gezicht kreeg een duivelse uitdrukking.

Ik draaide me om, wachtte tot de les begonnen was en liep terug de lange gang in. Het gewicht van mijn boeken drukte zwaar tegen mijn botten. Wat had ik misdaan? Mijn fiets stond in de stalling. De schooltelefoon hing in de gang. Wat zou ik doen, naar huis fietsen of bellen? Ik koos voor het laatste en zei stotterend tegen mijn moeder dat ik om niets de klas niet in mocht. 'Hij gaat iets leuks doen. Ik heb echt niets fout gedaan, mam,' zei ik half huilend, waarop ze me sommeerde onmiddellijk naar huis te fietsen en me niet bij de rector af te melden.

Mijn ouders namen het incident hoog op. Rector Hoek belde, verontwaardigd dat ik me niet aan de regels had gehouden door zomaar naar huis te gaan. Mijn ouders scholden hem door de telefoon uit. De rector bleef onverstoorbaar en deelde mee dat ik voor drie dagen geschorst was. Op hoge poten gingen mijn ouders naar school, ik moest met ze mee tot aan de rectorskamer. Op de gang probeerde ik op te vangen wat er binnen gezegd werd. Er vielen woorden die ik gehoord had na een conflict dat mijn vader met de krant had gehad over zijn laatste column. 'SS'er,' siste mijn moeder en mijn vader schreeuwde: 'Die leraar is een vuile antisemiet!'

Het liefst had ik de deur willen opengooien om dwars door hun gevloek heen te roepen dat ik het niet erg zou vinden om strafregels te schrijven als ik daarmee het probleem kon oplossen. Voor rector Hoek. Voor meneer Doornik. Voor mijn vader en mijn moeder. Tranen prikten in mijn ogen. Slijm bleef achter mijn beugel plakken. De ijzeren draadjes sneden in mijn gehemelte. Ik zou het ding van mijn tanden willen rukken en mijn beslagen, lelijke bril door de ruimte willen kwakken. Ik voelde me schuldig over iets wat ik niet gedaan had. Ik kreeg medelijden met mijn moeder, die door mijn toedoen volledig uit balans was geraakt en totaal buiten zinnen in een tierende furie veranderde.

Ik schaamde me tegenover de rector, die het jaar daarvoor zo hartelijk tegen mij geweest was. Als klassenvertegenwoordigster mocht ik hem een aantal keren op diezelfde kamer op de hoogte houden van de voorbereidingen voor het toneelstuk *Kort Amerikaans* van Jan Wolkers, dat we met een deel van de klas zouden opvoeren. Toneel was facultatief en viel buiten de schooltijden. We praatten samen over de ingewikkelde inhoud en hij zou naar de repetities komen kijken, aan de overkant van de straat in de voormalige kerk van de Vrije Gemeente, die was omgebouwd tot aula. Eerder dat schooljaar had ik daar deelgenomen aan een declamatiewedstrijd voor alle Amsterdamse middelbare scholen, waarvoor ik het gedicht 'Het huwelijk' van Willem Elsschot had uitgekozen. Op het podium probeerde ik zo helder mogelijk zonder te slissen te articuleren, terwijl de akelige ijzeren beugel tegen mijn gehemelte drukte:

Hij vloekte en ging te keer en trok zich bij de baard
en mat haar met de blik, maar kon niet meer begeren,
hij zag de grootse zonde in duivelsplicht verkeren
en hoe zij tot hem opkeek als een stervend paard.

Ik begrijp niet hoe ik op dat ingewikkelde gedicht gekomen was. Waarschijnlijk kwam de toon ervan overeen met het geschreeuw bij ons thuis en had het te maken met het lijden van mijn moeder: *en hoe zij tot hem opkeek als een stervend paard.*

Vanuit de rectorskamer hoorde ik diezelfde woedende onmacht. *Hij vloekte en ging te keer.*

De rector, die mij na afloop van de declamatiewedstrijd een bemoedigende hand had gegeven en zei dat ik door mocht naar de finale, werd nu belaagd door twee op hol geslagen paarden, die rondjes draafden in de arena van hun oorlogskwetsuren. De deur werd wild opengegooid, mijn ouders pakten me bij mijn jas en stampvoetend en mopperend verlieten ze het Barlaeus. Mijn vaders trots. Hij had er tijdens de oorlog niet mogen afstuderen omdat hij Jood was, maar uiteindelijk had hij wel bij rector Pasen thuis zijn eindexamen gedaan en zijn diploma gehaald. Ik mocht niet meer terug naar deze beladen school. Had de rector me van school verwijderd of wilden mijn ouders niet meer dat ik les kreeg van een antisemitische leraar? Was Doornik wel een Jodenhater of wilde hij mij er gewoon niet bij hebben zoals wel vaker met andere meisjes?

De vragen bonkten in mijn hoofd. Nu zou ik nooit meer naast mijn lieve vriendinnetje Vera in de klas kunnen zitten. Achter de hand giechelen tijdens de Engelse les, briefjes doorgeven en stiekem loeren op elkaars proefwerk. Het was of mijn leven instortte. Hoe moest ik verder zonder Vera?

Er werd besloten mij naar het Joods Lyceum, het Maimonides in de Stadstimmertuinen, te laten gaan. Daar waren in ieder geval geen antisemieten. Voor een dertienjarige een ingewikkelde, tegenstrijdige oplossing. Thuis waren we niet bezig met het Jodendom. Na de oorlog hadden mijn ouders de rituelen en de feestdagen afgezworen. Ons was over het Joods-zijn slechts angst ingeprent. Het betekende dat er ieder moment een deur open kon gaan en iemand je weg zou slepen. We moesten zwijgen over onze identiteit. Niets laten merken. Ons verstoppen. En nu zat ik opeens in een klas met Joodse jongetjes met keppeltjes, die elkaar in intelligentie probeerden af te troeven en bij iedere vraag van de meester al bij voorbaat hun hand opstaken.

Mijn tot dan toe behoorlijke cijfers gingen omlaag. Aan het eind van het jaar stond ik gemiddeld een vijf. Voor Duits had ik niet meer dan een twee. Ik weigerde mijn proefwerken te maken en leverde telkens een leeg vel in, alleen ondertekend met mijn naam. Bij teruggave stond er een grote krul op en een nul. Ik bleef zitten. Ik had mijn ondergang zelf getekend.

De tweede keer in de tweede verliep redelijk, hoewel ik Duits bleef weigeren. De afschuw van mijn ouders voor Duitsers had zich bij mij omgezet in weerzin tegen hun taal.

Na schooltijd stond mijn vriendje David van het Barlaeus geleund op zijn fiets op mij te wachten.

'Heb je het al gehoord?' zei hij.

'Wat bedoel je?'

'Rector Hoek is dood.'

Ik moest me vasthouden aan zijn fiets. Ik dacht weer aan zijn bemoedigende hand. Aan mijn krijsende moeder: 'SS'er. Antisemieten!' Doornik was geen antisemiet. Ik wist het zeker. Hij vond mij gewoon niet aardig. Nou en? Hij vond wel meer meisjes niet aardig. Hij was maf. Rector Hoek was een vriendelijke man. Zouden de verwijten hem te veel aangegrepen hebben? Was het mijn schuld dat hij dood was?

'Wat is er?' vroeg David geschrokken.

Ik kon het niet uitleggen. 'Laat maar, ik ga naar huis.'

Ik fietste nog een stukje met hem mee. Hij woonde vlak achter mijn school en zwaaide me na toen ik alleen verder reed. Thuis zei ik niets. Ging naar mijn kamer, stak een kaars aan en bleef naar het vlammetje turen.

Ik belde Vera, die vertelde dat de hele school in rouw gedompeld was. Zachtjes zei ze: 'Ik mis je.' En hoewel ik hetzelfde tegen haar wilde zeggen, kwam er geen geluid uit mijn mond. Ik zat op een stoel en het leek of een ijskoude hand mijn schouder vastpakte, me langzaam in een bad onder water dompelde en me tegen de bodem aan drukte, terwijl mijn ogen geopend bleven en uit mijn mond bellen naar boven bubbelden waaruit gezichten tevoorschijn kwamen. Ik zag rector Hoek opdoemen. Mijn vader. Meneer Doornik. Mijn moeder. Ik kon geen woord uitbrengen. Van beneden schreeuwde een stem: 'Leg neer die telefoon, we gaan eten.' Wezenloos deed ik wat me opgedragen werd.

De volgende dag zat ik tijdens Frans afwezig voor me uit te staren. Zelfs mijn lievelingstaal interesseerde me niet, ik dacht onophoudelijk aan Vera. De bel ging. De leraar Frans, in zijn zwarte, slobberige pak met hoed, stond met zijn krijtje in zijn hand. Hij wilde nog iets opschrijven, maar niemand luisterde meer. De jongens graaiden hun boeken bij elkaar en smeten ze in hun tas. Hun keppeltje, moeizaam vastgehouden door een haarschuifje, balanceerde op hun achterhoofd.

De gang was smal, iedereen botste tegen elkaar op.

Ik stond recht tegenover een meisje, dat me op mijn schouder tikte en zei: 'Je stond gisteren met David te praten, die ken ik ook. Zijn ouders zijn patiënt bij mijn vader. Ze zijn niet Joods, het zijn communisten volgens mij.'

Dat woord had ik vaker gehoord, als mijn ouders het over oma Lientje hadden, die voor de oorlog communistische vrienden had. Mijn moeder moest op een matras op de grond slapen als die mensen bij Lientje logeerden.

'Ik heet Jet. Hoe heet jij?'

Ik noemde mijn naam. Ze vertelde dat ze David ook kende. 'Hij heeft alleen altijd hoofdpijn,' verklapte ze.

We bleken allebei verliefd op dezelfde jongen te zijn. Hij was mooi maar wel wat zwakjes.

'Zullen we hem chocola brengen, hij woont hier vlak achter,' zei Jet.

We pakten onze fiets, kochten een reep en belden aan op de Sarphatistraat. Op een koperen plaatje stond: prof. K. van het Reve. Die achternaam kende ik. 'Op mijn vorige school heb ik net *De Avonden* van Gerard van het Reve moeten lezen voor Nederlands,' zei ik tegen Jet.

'Wij ook. Dat is zijn oom.'

De deur werd opengedaan door een stevige mevrouw in een zwarte jurk. Achter haar stond een meisje, waarschijnlijk Davids zusje. Met haar dikke zwarte vlechten met grote strikken leek ze precies op het grootste poppetje van de vijf dikke ronde houten Russische stapelfiguurtjes, de matroesjka's die tante Ro voor mij had meegebracht van haar laatste reis. Ze droeg een jurk met verschillende geborduurde lagen, en daaroverheen een schort met een strik.

'We komen voor David, is hij thuis?'

'Hij is ziek. Kom maar even binnen.'

Ze bracht ons naar zijn slaapkamer. Daar lag onze droomprins, verstopt onder de dekens. De gordijnen waren gesloten. We namen allebei een krukje en gingen naast zijn bed zitten. Hij zei niets. Ook toen Jet hem de reep gaf zei hij nog steeds niets. We keken elkaar aan en onderdrukten een lach. 'Nou, dan gaan we maar,' zei Jet. Nog steeds verroerde hij zich niet. Ze stond op, zwaaide naar hem en verliet zijn kamer. Ik erachteraan.

'Dank u wel, mevrouw,' zeiden we tegen zijn moeder. Achter in de kamer zagen we zijn vader in een zwart pak achter een bureau zitten met stapels boeken.

'Hadden jullie niet een kopje thee willen hebben?' vroeg ze, maar we zeiden: 'Nee, we moeten naar huis.'

Buiten proestten we het uit. Onze prachtige prins was even heel zielig. Jet vroeg waar ik woonde. 'Op de Zandhoek.' Ze stelde voor om samen te fietsen. 'Ik woon vlak bij het Centraal Station. Dat is volgens mij op jouw route.'

Elke dag na schooltijd wachtten we elkaar op in het fietsenhok. We reden onder het poortje van de Stadstimmertuinen door en terwijl we flink doortrapten, vertrouwden we elkaar onze hartsgeheimen toe. Jet vertelde dat ze een broer had die twaalf jaar ouder was dan zij en dat hij haar vaak plaagde. Hoe hij als driejarig jongetje tijdens de oorlog bij verschillende gezinnen ondergedoken had gezeten en dat waarschijnlijk nu op haar afreageerde. Hij was vijfentwintig jaar en woonde nog thuis.

Ik vertelde dat ik een zus had van bijna twee jaar ouder die me pestte omdat ze niet kon uitstaan dat ik viool studeerde. Dat ze mijn deur expres keihard open- en dichtsmeet en krijste dat het op kattengejank leek. Ik had daarop mijn blokfluit gepakt, was haar kamer binnengestoven en had keihard in haar oor gefloten. 'Dat is pas kattengejank.'

We waren elkaar te lijf gegaan en hadden als idioten aan het ding staan rukken. Uiteindelijk had ze me de fluit weten te ontfutselen en me er keihard mee op mijn kop geslagen. Daarna viel er niet meer op te spelen, er kwam alleen nog gepiep uit.

Jet begon over haar moeder, hoe dapper ze geweest was tijdens de oorlog, en dat ze streng maar heel lief voor haar was. Dat kon ik van mijn moeder niet zeggen. Ze was ook dapper geweest en ze was ook streng. Maar de rest klopte niet. Ik vroeg hoe haar ouders door de oorlog gekomen waren.

'Ze zijn in 1935 getrouwd. Mijn broer hebben ze laten onderduiken. Zelf wisten ze uit de Hollandsche Schouwburg te ontsnappen. Later heeft mijn moeder de Duitsers om de tuin geleid. Ze had de oude dienstbode van haar ouders weten over te halen te verklaren dat mijn moeder haar kind was. Uit een korte relatie met een dronken zeeman.' Jet moest lachen. 'Een dokter heeft mijn moeder geholpen door te bevestigen dat hij de baby gehaald had.' Weer moest ze lachen. 'Snap je er nog wat van? De Duitsers hebben het verhaal geloofd.'

'Ingewikkeld,' zei ik.

'Ja, hoe het allemaal precies zit weet ik zelf ook niet. Er werd wel vaak over gesproken, maar het werd nooit goed uitgelegd. Ze hadden het over een dronkenlap, een dode zeeman en een christen. Maar mijn moeder hoefde voortaan geen ster meer te dragen, mijn vader kon bij haar onderduiken en mijn broer kon weer bij zijn ouders wonen. Na de oorlog hebben ze wel heel veel moeite moeten doen om het hele verhaal weer terug te draaien.'

We fietsten door de Jodenbreestraat en ik begon over het verdriet van mijn moeder. Hoe ze na de oorlog aangebeld had in de Weteringstraat bij het huis van oma Lientje, die niet was teruggekeerd uit Auschwitz. De deur was opengegaan, boven aan de trap stond een van de vrienden naast wie mijn moeder op de grond had moeten slapen. Ze had naar boven geroepen: 'Ik ben het, Eefje, de dochter van Lientje, ik leef nog, ik kom haar spullen halen.'

Uit het trapgat werd geroepen: 'Ga weg. Alles is nu van ons.' Terwijl ik het vertelde, voelde ik me misselijk worden. Jet legde haar hand op de mijne. Onze sturen raakten elkaar bijna. 'Dat heeft mijn moeder veel pijn gedaan, niet alleen was ze haar mama kwijt, maar ook haar spulletjes. Volgens mij is toen het woord *lief* uit haar verdwenen,' zei ik met een brok in mijn keel.

We waren inmiddels bij haar huis aangekomen. Jet kwam naar me toe om me een knuffel te geven. Ik stapte weer op, draaide me om en zwaaide.

'Tot morgen.'

's Morgens op de afgesproken tijd stond Jet in het steegje naast haar huis me op te wachten. Zodra ze me zag, sprong ze op haar fiets en reden we samen verder. Meteen hadden we het weer over David. In de weet dat mijn ouders niet thuis zouden zijn had ik hem drie weken geleden mee naar huis genomen. Hij had zijn gitaar bij zich en tegen de muur geleund had hij voor mij gespeeld. Op de muziek danste ik een paar net geleerde passen. Al spelend stond hij geboeid naar me te kijken en overmoedig begon ik aan een driedubbele pirouette met gestrekt been. Bij het uitstrekken na de derde draai was ik met de punt van mijn voet tegen de muur geknald. Een paar dagen eerder had ik de muur rood geverfd. Bloed druppelde naar beneden. Rood op rood, dat zag je gelukkig niet. Een scheurende pijn trok door mijn teen. David hield op met spelen en vroeg bezorgd: 'Gaat het? Laat zien.' Ik verbeet me. 'Nee, niks aan de hand.' En hij begon weer zacht te tokkelen met zijn mooie lange vingers.

'Doet het nog steeds pijn?' vroeg Jet.

'Heel erg.'

'Ben je niet naar de dokter gegaan?'

'Nee, ik durfde het niet aan mijn moeder te vertellen, omdat ik David stiekem had meegenomen.'

'Had je toch een smoes kunnen verzinnen. Kom vanmiddag met me mee, dan kun je je teen aan mijn vader laten zien. Hij is dokter.'

Jet stelde me die middag als eerste voor aan haar moeder. Een statige mevrouw met rood haar. Even later kwam haar vader de kamer binnen. Hij was een kop kleiner dan zijn vrouw. Hij had een scherpe neus en een brede vriendelijke lach op zijn gezicht. 'Pap, dit is mijn nieuwe vriendinnetje, wil je even naar haar teen kijken die doet zeer?'

De dokter hield praktijk aan huis. 'Ga maar vast naar de spreekkamer,' zei hij.

In de kleine ruimte stond een wit tafeltje op wielen, met spuiten, gaasjes, scharen en handschoenen. Jet ging erachter staan, trok een serieus gezicht en reed ermee door de kamer. 'U mag even op de behandeltafel gaan zitten,' zei ze als een volleerd verpleegster. Ze pakte dreigend een grote injectiespuit. We kregen de slappe lach. Op dat moment stapte haar vader de spreekkamer binnen. Hij glimlachte om onze lol en trok zijn doktersjas aan. 'Klim maar op de behandeltafel en trek je sok maar uit.' Er lag een wit papier over de tafel, dat knisperde onder mijn billen. Hij schoof zijn bril op het puntje van zijn neus en keek naar mijn teen. 'Ben je er al mee bij een dokter geweest?'

'Nee,' zei ik aarzelend en hij vroeg waarom niet. 'Dan wordt mijn moeder boos.'

'Hoe lang geleden is het gebeurd?'

'Drie weken.'

'Hij is nog flink dik en blauw. Je hebt je teen waarschijnlijk gebroken. Het is te laat om er nu nog iets aan te doen.' Jets vader plakte een stokje onder mijn voet. Ik trok mijn sok weer aan en wrong mijn voet ondanks de pijn in mijn schoen.

Jet opende een deur en zei: 'Dit is de wachtkamer.' We gingen op een stoeltje zitten en snuffelden door de blaadjes. 'Zullen we samen huiswerk maken?' stelde Jet voor.

'Dan moet ik eerst mijn moeder bellen.'

'Je mag vast wel bij ons blijven eten.'

Vriendjes meenemen na schooltijd en blijven eten was er bij ons niet bij. Ik kreeg altijd te horen dat mijn moeder daar niet op gerekend had en er niet genoeg in huis was. Toen ik haar belde vond ze het prima dat ik bij Jet bleef eten. Als ik maar voor het donker thuis zou zijn. 'Lekker rustig,' voegde ze eraan toe. We maakten ons huiswerk. Jet pakte een grote pot vol dropjes uit de kast en zette die voor ons op tafel. Dicht bij elkaar tuurden we in onze boeken en schreven onze schriftjes vol. Af en toe verdween onze hand in de glazen pot. Om de zoveel tijd kwam haar moeder binnen en boog zich over ons huiswerk. Ze zag me ploeteren met Duits, pakte een stoel en ging naast me zitten. 'Lukt het niet?'

Ik schudde mijn hoofd.

'Kom, laat me je helpen.'

Sindsdien ging ik vaak met Jet mee om samen huiswerk te maken. Mijn cijfer voor Duits begon gestaag te stijgen. Ze woonden bij de Wallen. De dokter was erg geliefd in de rosse buurt en veel van de vrouwen die daar werkten behoorden tot zijn patiënten. Tijdens het eten werd er veel gelachen om de malle, vaak pikante verhalen die hij van zijn dagelijkse huisbezoeken meebracht. Dan sprak hij plat Amsterdams met een Jiddisch accent. Hij had het over *platjes*. Geen idee waar het over ging, maar we lagen dubbel om zijn grappige krabbewegingen. Het was of je vieze beestjes over je lijf voelde kruipen. Ze hadden pret met elkaar. Mijn vader had pret om zichzelf, daar werden wij niet in betrokken. Naast Jet zat haar broer, die haar voortdurend uitlokte. Dat geklier kende ik, dat deden mijn zus en ik ook onder het eten, alleen niet met woorden. Want we moesten ons mond houden. Mijn zus zocht met haar voet mijn been onder de tafel en trapte geniepig tegen mijn enkel, die ik twee jaar eerder gebroken had. Ze wist de pijnlijke plek altijd feilloos te treffen. Dan zette ik mijn nagels diep in haar vel. Mijn ouders lieten ons begaan en bleven onverstoorbaar praten over het werk van mijn vader. Uiteindelijk draaide het erop uit dat ik onder luid geschreeuw en gevloek met mijn bord naar boven kon vertrekken en voor de rest van de avond niet meer beneden hoefde te komen, terwijl mijn slimmere zus de dans ontsprong.

De ouders van Jet waren streng maar rustig, en de maaltijden verliepen in harmonie. Na het eten keken Jet en ik twee etages hoger tussen de gordijnen door naar de rode lampjes aan de overkant. Giechelden om de halfblote vrouwen in hun kolossale bh's met glitters en kantjes en hun tot de heup opgetrokken rokken. Dan gingen we tegenover elkaar op bed zitten en trokken onze rok ook op.

'Dat zijn hoeren,' zei Jet op volwassen toon. 'Zie je al die mannen, die gaan op visite bij die dames.'

'Wat doen ze daar dan?' vroeg ik geïnteresseerd.

'Ze hebben seks. Daar betalen ze voor. De vrouwen komen vaak bij mijn vader. Soms hebben ze verwondingen, of een blauw oog. Dan zijn ze geslagen door een klant of hun eigen vent.'

'Doet seks pijn?'

'Weet ik niet. Mijn vader moet de vrouwen regelmatig controleren op geslachtsziektes.'

'Mijn moeder heeft wel verteld dat je van seks ziek kan worden,' zei ik. 'Ze heeft me een keer voor hoer uitgescholden, toen ik bloot in de gang langs mijn vader liep. Ze begon vreselijk te schelden. Ik begreep er niets van.'

Jet leerde me nieuwe woorden. Ze vertrouwde me intieme details toe die ik niet kende. Ze liet zien wat ze bij zichzelf deed. Het was opwindend. Ik had het in de bioscoop door een vriendje laten doen. Stiekem in het donker onder mijn rok. Zelf durfde ik er niet aan te komen. Ik had geëxperimenteerd, maar als ik mijn hand onder de dekens over mijn buik liet glijden, was het of mijn moeder in het donker pal voor me stond en iedere beweging controleerde. Vast van plan me streng te straffen als mijn vingers lager en dieper zouden gaan. Mijn nagels uit zou trekken. Mijn handen zou ketenen, zodat ik nergens meer bij kon. Me bang zou maken door te zeggen dat ik heel ziek zou worden.

Een keer had ik aan mijn moeder gevraagd waarom ze een lapje bij haar bed had liggen. Razendsnel verborg ze het onder haar kussen. 'Gaat je niets aan,' zei ze vinnig. 'Dat is voor grote mensen. Wegwezen uit mijn slaapkamer.'

Was ze bang? Was het vies? Wilde ze me beschermen, omdat ze veel pijn gehad had? Was het uit liefde of bezorgdheid? Of was het simpel jaloezie nu mijn lichaam veranderde en ik een jonge vrouw werd? Vormde ik een bedreiging voor haar als ik bloot over de gang liep? Ze legde niets uit. Er werd nergens over gesproken.

Ik moest lachen om Jet. Ze was zo vrij. Ik bewonderde haar. Ik durfde het niet. Omdat het donkerder werd kon je de neonletters 'Sex' aan de overkant beter zien. Ik schrok, bang om te laat thuis te komen. Ik zei gauw 'tot morgen', sprong op mijn fiets en trapte met een opgewonden hoofd naar de Zandhoek.

David bleef onze gemeenschappelijke vriend. Jet had hem uitgenodigd om naar de platen van haar broer te komen luisteren. In het kleine kamertje naast de wachtkamer stond een pick-up. Jet spreidde wat kussens uit op de grond en zette 'Take Five' van Dave Brubeck op. David en ik lagen dicht tegen elkaar aan. Onhandig wiegden we op het ritme. Haar moeder, die eerder thuisgekomen was dan verwacht, kwam op het geluid van de muziek af en deed de deur met een ferme ruk open. Jet was juist naar boven om wat te drinken te halen. Ik trok snel mijn benen bij mekaar en streek mijn rok glad.

Jets moeder keek afkeurend op ons neer en wachtte geërgerd tot we waren gaan zitten. 'Sta op. Ordinair artiestenkind. En jij ook!' commandeerde ze. 'Dit wil ik niet in mijn huis. Zo heb ik mijn dochter niet opgevoed. Maak dat je wegkomt.' Ze rechtte haar rug en wachtte tot we onze jas aangetrokken hadden. Jet stond bedremmeld boven aan de trap met drie glazen cola.

Na de middelbare school, waar ik op mijn zeventiende voortijdig van af ging om aan de Rietveldacademie te beginnen, groeiden onze werelden uiteen. Jet maakte de school wel af, werd vroedvrouw, trouwde een arts, kreeg twee kinderen en verhuisde naar de Verenigde Staten waar haar man professor kon worden. Omdat zij als vroedvrouw geen werkvergunning kon krijgen, is ze daar opnieuw gaan studeren en psychologe geworden. We bleven contact houden via de post en een heel enkele keer de telefoon. De vriendschap bleef, maar werd minder intens.

Haar broer had, net als zijn vader en grootvader, medicijnen gestudeerd en was later psychiater geworden. Hij trouwde meerdere keren. Zijn eerste vrouw kwam in Israël om door een bermbom. Zijn dochter liep hierbij een zware verminking aan haar gezicht op. Zijn tweede vrouw overleed op jonge leeftijd aan kanker en liet een dochtertje achter. Zijn leven kende een droevig einde. Hij heeft zich opgesloten in een hotelkamer, een handvol pillen genomen en een zak over zijn hoofd getrokken. De oorlog had zijn hoofd leeggevreten. Een bijzondere, intelligente, ondoorgrondelijke man.

Door die gebeurtenis is waarschijnlijk onze vriendschap veranderd. De wanhoopsdaad van haar broer bleef onbespreekbaar. Brieven schrijven werd mailen en zodra ze in Nederland was, zagen we elkaar en deden we ons best terug te grijpen naar dat ouderwetse vriendinnetjesgevoel.

'Heb je je moeder als pin-upgirl gezien?' vroeg ik haar toen ze een paar jaar geleden op bezoek was. Ik pakte het dikke boek van Erwin Olaf en liet de foto van haar negentigjarige moeder zien met een golfclub in haar hand. Ze stond er uitdagend bij in een nogal bloot rood jurkje. Ik riep: 'Ordinair artiestenkind, maak dat je wegkomt.' Ik proestte het uit, maar Jet schaamde zich zichtbaar. Erwin Olaf had me verteld dat haar moeder door zo te poseren wraak had willen nemen op haar verleden. Rok opgetrokken. Ordinair.

In 2008 waren Freek en ik in New York, om een voorstelling op de Hollandse Club te spelen. Ik sprak in Jets antwoordapparaat in dat ik de volgende dag in het Anne Frank Center in het Engels een lezing zou houden over mijn boek *Los van de wereld.*

'Jullie zijn van harte welkom, hoop dat je komt.' Ze sms'te dat ze er zou zijn.

In Soho, in een van die West Side Story-achtige panden, liepen we een smalle trap op. Het zaaltje zat al vol met Amerikanen. Joodse mannen en vrouwen van mijn leeftijd en ouder.

Op de eerste rij zat prominent de initiator, geldschieter en motor van dit centrum, Jaap Polak. Een kleine, kromgetrokken man met stok, een overlevende van Bergen-Belsen. Zijn persoonlijkheid was onontkoombaar. Hij wilde de Joodse geschiedenis gedurende het nazi-tijdperk ook in Amerika levend houden. Vergeleken met hem had ik niets meegemaakt. Hoe durfde ik hier in deze beladen omgeving met mijn verhalen naar buiten te komen? Hooguit was ik een slachtoffer van ouders die onder de oorlog geleden hadden.

Terwijl ik zo naar Jaap Polak keek vanachter de katheder, werd me duidelijk dat ik er niet voor mezelf stond. Ik stond er voor hem. Ik stond er voor mijn familie. Ik zag zijn indrukwekkende kracht en uitstraling en werd erdoor opgetild. Ik zweefde door de Engelse woorden. Het leek of de geest van Anne rondwaarde. Ik zag de boekenkast, in mijn idee dezelfde boekenkast waarachter tante Ro zich verstopt had. Ik las het verhaal over mijn vader voor. Die in 1942 van het Barlaeus was afgestuurd omdat hij Jood was. En hoe ik twintig jaar later in vredestijd van diezelfde school gestuurd werd omdat mijn ouders volhielden dat de leraar een antisemiet was. Maar was dat wel zo? Of waren mijn ouders bij de minste tegenslag te overgevoelig geweest en te snel in hun eer aangetast? Heb ik moeten boeten voor hun onmacht?

Tijdens het aansluitende vraaggesprek kwam het op het achttienjarige Kosovaarse meisje Taïda dat eindexamen in Nederland had willen doen, wat onze minister van Vreemdelingenzaken niet had toegestaan. Ze was twee weken in vreemdelingenbewaring genomen en moest daarna het land uit. In 2006! Prikkeldraad rond gebouwen, kleine kinderen die in gevangenschap in asielzoekerscentra moesten leven. Waren we de nazi-doctrine vergeten? Dat was een van de redenen waarom ik mijn boek had willen publiceren. Staande in mijn atelier wist ik dat ik moest opschrijven dat mijn vader in 1942 geweigerd was zijn eindexamen te doen, omdat hij Jood was. Dit meisje werd op dezelfde manier in haar bestaansrecht beperkt.

Er viel een korte stilte. Ik keek de ruimte in, foto's van uitgemergelde gevangenen, schoenen, brillen. Huiveringwekkende beelden.

Er ging een hand de lucht in. 'Hoe was de relatie met uw moeder?'

'Ingewikkeld. Pas na haar dood durfde ik te gaan schrijven. Drie keer eerder was ik aan een opzet van een verhaal begonnen. Maar angst bekroop me zodra ik mijn pen over de lijntjes liet gaan. Je moet niet denken dat je dat kunt, liet mijn moeder me merken. Het is het vak van je vader. Zij heeft ervoor gezorgd dat ik niet op zijn terrein kon komen. Ik heb nooit echt met mijn ouders kunnen praten. Niet over de taal. Niet over het leven. Niet over religie. Niet over de dood. Via mijn pen wilde ik haar dicht bij me halen en haar proberen te troosten met wat ik geleerd had door de dood van onze eigen zoon. Mam, de doden zijn voor altijd bij je. Je mag gelukkig zijn. Je hoeft je niet te schamen. Mam, ik hou van jou.'

De oude man op de eerste rij knikte me bemoedigend toe. Het was of hij me met zijn tere kwetsbare hand beetpakte. Of hij me wilde leiden.

'Hoe kon je het uithouden thuis?' vroeg iemand uit het publiek. Ik voelde de oude knokige vingers in mijn hand. Zijn armen beefden. Hij had geleden. De verschrikkingen gezien die hier aan de muur hingen. Ik klapte dicht. Ik had niet in een kamp gezeten. Ik was wel eens geslagen. Maar niet door mannen in zwarte pakken die mij haatten. Mijn ouders ook niet. Ze waren ondergedoken voor de haat van die mannen in zwarte pakken. Haat die zich had vastgezet in hun hoofd. Ze waren gekraakt door de oorlog, en konden de rust en de liefde niet vinden, wat de ouders van Jet ondanks hun beschadigingen wel was gelukt. Bloed steeg naar mijn hoofd. Mijn slapen bonkten. Ik zocht steun bij de katheder. Ik kon nog steeds geen woorden vinden.

Alsof ze voelde dat ik niet in staat was de vraag te beantwoorden, stond Jet op. Ze stelde zich voor en vertelde dat we elkaar al een heel leven kenden. Vanuit het diepst van haar hart beantwoordde ze de vraag: 'Door haar creativiteit, haar onstuitbare creativiteit.'

Wat was ik haar dankbaar. Dit had ik nooit over mijzelf durven zeggen. Maar ze had gelijk, de creativiteit had mij gered. Zittend op mijn bed uren met viltstiften van diverse kleuren punten en stippen zetten op Chinese rijstlampen. Eindeloos vioolspelen om de ellende niet te hoeven voelen. Dansen tot ik erbij neerviel.

Mijn lichaam kalmeerde. Ik bedankte meneer Polak. Het publiek. En tot slot Jet, dat ze er voor me was.

De hoge stem van Jet klinkt: 'Wat hebben we elkaar lang niet gesproken.'

'Ik ben blij je stem weer eens te horen,' zeg ik en ver-

tel haar hoe dankbaar ik ben voor die ene zin.
'Welke zin?' vraagt ze.
'Toen in het Anne Frank Center.'
'Wat heb je verder over me geschreven?'
'Ik zal het je sturen.' Met één druk op de knop vliegt het document met die ene zin over de oceaan.

Lange tijd hoor ik niets, tot er een mail komt. 'Ik ben blij dat je me zo waardeert, maar ik wil niet dat je mijn naam gebruikt.'

Ik pak mijn computer en door een paar eenvoudige commando's worden de drie letters in het bestand vervangen door drie andere. Maar niet alleen haar naam, ook vele woorden waar de letters van haar naam in voorkomen. Even lijkt het of het mijn tekst niet meer is. Het stemt me treurig. Maar ik zal er geen traan om laten, dit noem je geen zorgen.

Ik mail terug dat ik van alles veranderd heb. Haar naam. Die van haar broer en de naam van de straat waar ze woonde. De rest van de dag kan ik niet meer denken. Het is alsof ik mijn jeugd verminkt heb.

Haar naam verschijnt weer in mijn mailbox: 'Ik zal je stuk nog een keer lezen en doorgeven wat eruit moet.'

Haar creativiteit, haar onuitputtelijke creativiteit, spookt het in mijn kop. Ik kan niet slapen. We delen onze geheimen niet meer, de oceaan heeft ons uit elkaar gedreven. Of is het mijn tekst. Het zweet breekt me uit. Ik trap het dekbed van me af.

Ik denk aan Jet die Jet niet is. Aan onze vriendschap. Aan haar broer de psychiater, met wie ik op Jets advies ben gaan praten. Zijn grote spreekkamer met uitzicht op de Amstel. Ik herkende zijn vader in hem. Uiteindelijk bleek hij voor mij niet de geschikte persoon te zijn. Hij straalde uit dat zijn verdriet vele malen groter was dan het mijne. Ik kreeg medelijden met hem. Ik denk aan Jets boosheid na zijn zelfmoord, omdat hij een jonge dochter zonder vader en moeder achterliet. Hoe ze vanuit Amerika probeerde een lieve tante voor het meisje te zijn, maar zich machteloos voelde.

De televisie zendt een speelfilm uit over de Tweede Wereldoorlog. Een gezin wordt bij een razzia door de Franse politie weggevoerd. De dochter heeft voordat ze in haar dunne jurkje het huis uitgeduwd werd, haar jongste broertje in een kast weten te verstoppen en gezegd: ‘Ik kom je zo halen.’ Ze had de deur op slot gedaan en de sleutel in haar schort verborgen. Ze wist uit het concentratiekamp te vluchten en keerde terug bij haar ouderlijk huis. Toen ze de kastdeur opende sloeg ze onthutst de handen voor de mond. Geschokt door de stank en de aanblik. Het jongetje leek op Jets broer met zijn goudblonde krullen.

Jongetje van drie bij vreemde mensen. Niet in een speelfilm, maar echt. Weg van zijn mama. Het onvoorstelbare verdriet, uiteindelijk een zak over zijn hoofd. Ik word overvallen door melancholie. Jet en ik, twee dertienjarige meisjes op de fiets van school naar huis. Op haar bed stiekem loeren naar de overkant en naar elkaar. Geen drama, kinderspel in vrijheid.

De brieven van tante Ro die net boven water gekomen zijn en die ik heb gelezen. Handgeschreven met doorgelopen inkt, van pa Miller uit Westerbork. Mijn overgrootvader. Voorzien van stempels: *Zenzuriert.* Wel drama.

Vertaald: gecensureerd, ongunstig beoordeeld, afgekeurd. Ik voel me door Jet afgeremd. Ik wil ons verhaal vertellen. Omdat we staan voor alle meisjes. Wij zijn alle vriendinnen.

Jet was trots op mijn creativiteit en durfde voor me in de bres te springen door dat publiekelijk uit te dragen. Ik wilde haar smeken: Gun me die nu ook. Laat me vrij.

Opeens kijk ik met andere ogen naar haar. Ze is een vreemde voor me geworden. Hoe weinig hebben we de laatste jaren over wezenlijke dingen gepraat. De zelfmoord van haar broer was taboe. Ook haar immuunsysteemziekte was geen onderwerp. Ik kampte al jaren met datzelfde probleem en zou haar misschien kunnen helpen, maar daar wilde ze niets van weten. Zij kwam uit een doktersnest. Zij had verstand van ziektes. Zij had ervoor gestudeerd. Zij was psychologe. Voor haar waren pillen de oplossing. Ik bleef dat onverantwoordelijke artiestenkind.

Ik doorzag de rolverdeling van onze vriendschap. Ik had veel over mijn kant laten gaan en met me laten spelen uit angst dat ze me niet lief vond en in een intens verlangen naar vriendschap.

Vera had in de klas op de plaats naast haar getikt, Jet in de schoolgang op mijn schouder. Jet was de oceaan over gevlogen. Vera en ik waren al langer geleden blijven steken. We hadden gedacht dat we voor altijd vriendinnen zouden blijven, maar onze werelden zijn uit elkaar gedreven. De stoere Vera die vooropliep over het zand, is schichtig geworden. In het theater stapte een kleine dame met stok op me af.

'Weet je nog wie ik ben?'

'Natuurlijk,' riep ik opgetogen, 'de moeder van Vera.'

Ze had dezelfde lach en droeg een mantelpak dat nog even strak om haar heupen en forse boezem sloot.

Ik omhelsde haar en vroeg: 'Waar is Vera?'

'Die is er ook, maar het is een beetje moeilijk.'

Wat is er nou moeilijk? dacht ik en zag haar als een schim de toiletten in schieten. Ze oogde eenzaam. Nog steeds niet los van haar moeder? Dat was wat ons indertijd bond. Onze moeders. Hun oorlog.

Op de begrafenis van mijn moeder zat ze opeens één rij achter me. Om me te helpen? We hadden elkaar jaren niet meer gezien. Zij kneep in mijn kuit toen mijn zus me publiekelijk beschuldigde van de dood van mijn moeder. Dat begripvolle kneepje deed me de schijnheiligheid van de hele situatie inzien. Ik kon mijn gevoelens niet meer beheersen en vluchtte de aula uit.

We hadden zoveel gedeeld, ze had zoveel voor mij betekend. Ik hield van haar. Iedere snorhaar van de poes die ik ooit voor haar maakte hield een liefdesverklaring in.

Na de zelfmoord van een vriendin belde ik haar maandenlang iedere avond voor het slapengaan. We konden uren praten, maar de lol die we vroeger hadden, was voorbij.

Het touw is gebroken, de diabolo in de lucht blijven hangen.

Zou de vriendschap met Lia nog bestaan hebben of hadden wij elkaar ook allang uit het oog verloren?

In de deuropening stond een struise vrouw. Lang krullend bruin haar en lieve ogen. Ze sprak me aan.

'Ik zie je de laatste tijd vaak je brommer tegen ons huis zetten.'

Uit het studentenhuis klonk luide muziek. Freek had me na onze eerste nacht de sleutel van zijn kamer gegeven. Ik kon er binnengaan wanneer ik wilde, maar het was nog vroeg, ik had geen zin hem te storen. Ik liep wat te dralen voor de deur. Verschoof de hengsels van het foedraal van mijn vioolkist.

'Ik ben Lia,' zei ze en gaf me een hand.

Ik liet mijn viool van mijn rug glijden en noemde mijn naam. 'Ik heb verkering met een jongen in het huis hiernaast.'

'Dat weet ik toevallig. Mijn man kent Freek al een paar jaar, ze zitten in hetzelfde dispuut. Hij is een vriend van Bram en Freek, hij is fotograaf. Hij gaat vaak met ze mee op stap. Wil je binnenkomen, als je toch staat te wachten?'

Ik ging met haar mee. In de kamer hingen foto's van Bram en Freek in allerlei wonderlijke poses. Een met hoge hoed op, een samen in bed en een als cowboys. Haar dochtertje huppelde rond.

'Volgens mij hebben we een gemeenschappelijke vriendin. Elly. Haar dochter gaat naar dezelfde crèche. Ze heeft me over jou verteld. Dat je bij haar op kamers hebt gewoond, dat je 's morgens vroeg viool studeerde en haar wakker speelde met klassieke muziek.'

Ze bood me een kop thee aan. Het was of we elkaar al heel lang kenden.

'Hoe kwamen jullie daarachter?'

'We hadden het over kleren maken. Ze vertelde dat jij zo goed kan naaien en jurken maakt die je verkoopt aan boetieks in de P.C. Hooftstraat. Ze zei dat ze blij voor je was dat je een vriend had, over wie we het bij toeval hadden gekregen.'

Steeds als ik bij Freek langsging, belde ik eerst bij Lia aan. Ze was altijd blij me te zien en de manier waarop ze met haar dochtertje omging, prentte ik in mijn hoofd. Zo wilde ik later ook met mijn kinderen omgaan. Toen we naar de Overtoom verhuisden, bleven we elkaar bellen en opzoeken. Het was heerlijk haar te spreken. Haar opgewektheid en optimisme inspireerden. Na de geboorte van Roos kreeg ik haar babykleren, zij had inmiddels drie kinderen, en ze werd mijn steun en toeverlaat bij luiervragen en opvoedkundige probleempjes. Na de dood van Jork was ze een van de weinigen die me dagelijks opbelde. Het was moeilijk voor moeders om met mij te communiceren, maar zij toonde begrip en steunde me.

Lia ging op vakantie naar Las Palmas met de jongens, haar zusje en het kind van haar zusje. Ze keek ernaar uit, even weg. Haar oudste bleef bij haar vader.

'Hoe lang blijf je weg?'

'Een weekje. Gaat het goed met je?'

'Prima. Jelle begint te praten en Roos gaat naar de kleuterschool. Die is altijd lief. Heb een goede tijd. Geniet van je vakantie.'

Jelle speelde op het witte tapijt. Ik had net zijn luier verschoond en hem met zijn bolle buik in een zelfgehaakt pakje gehesen. Zijn blonde haren piekten alle kanten op. Hij had de afstandsbediening te pakken gekregen en zette onbedoeld het geluid van de televisie harder. Een omroeper zei: 'We onderbreken het programma voor het journaal.'

Er was iets gebeurd in Las Palmas of Tenerife, hoorde ik in de keuken. Ik liep naar het toestel en zag beelden van een neergestort vliegtuig. Las Palmas. Tenerife.

Lia! dacht ik meteen. Lia met de kinderen.

Ik belde Freek, die aan het repeteren was.

Freek ging naar het huis van zijn vriend, die nog van niets bleek te weten. Freek legde hem uit wat er gebeurd was en nam hem mee naar het KLM-gebouwtje op het Museumplein. Daar was nog weinig bekend. Ze werden doorverwezen naar het hoofdgebouw in Amstelveen. Tijdens de rit door de stad drong het langzaam tot Gijs, die tot dan toe alles voor onmogelijk had gehouden, door dat Lia en de kinderen wel eens in dat neergestorte vliegtuig zouden kunnen zitten. Zijn angstig vermoeden werd in Amstelveen bevestigd. Freek kwam ontdaan thuis. Lia, onze lieve vriendin. Drieëndertig jaar. Dood, met haar twee jongens.

Freek ging zonder mij naar de begrafenis. Mij was te verstaan gegeven dat ik niet welkom was.

Thuis, alleen, begroef ik Lia in mijn hoofd.

Dat ik niet aanwezig mocht zijn bij de begrafenis joeg me terug in een oude kramp. Het besef niet te mogen bestaan kwam weer boven. Wat had ik misdaan? Ik wilde de reden weten. Lia was ook mijn vriendin. Dat had ik die begrafenisdag met de anderen willen delen. Maar die mogelijkheid werd afgesneden. Freek en ik konden er niet over praten. Ik werd gezien als indringer in hun mannenvriendschap. Was die belangrijker dan de vrouwenvriendschap tussen Lia en mij? Door Gijs werd ik gemeden. Waarom begreep ik niet. Hoe belangrijk vond ik mezelf? Was het omdat ik de boodschapper van het slechte nieuws was geweest? Hoe durfde ik het drama naar me toe te halen? Gijs was slachtoffer, niet ik. Hij bleef achter met zijn dochtertje van zeven.

In trams en treinen met veel mensen kreeg ik het benauwd. Steeds moest ik aan Lia denken, hoe ze had vastgezeten met een riem aan haar stoel, met haar jongens naast zich. De onvoorstelbare klap. Het helse vuur. Ze konden niet weg. Ik begon in de tram te hyperventileren. Ik moest eruit. Wrong me door de mensen naar de deur en sprong bij de eerstvolgende halte naar buiten. Het overkwam me een paar dagen later in de bus en voortaan nam ik uit voorzorg een plastic zakje mee om in in- en uit te ademen. Aan vliegen moest ik al helemaal niet denken.

Dit obsessieve gedrag kon zo niet langer doorgaan. Lia was dood. Haar kinderen waren dood. Jork was dood. Ik leefde.

Als ik dat onaangename verstikkende gevoel in de tram voelde opkomen verzette ik me ertegen. Ik sprak mezelf toe en lette extra op mijn ademhaling. Ik wilde leven. Ik wilde reizen. Ik wilde vliegen. Ik wilde van Lia blijven houden. Mijn verzet tegen de paniekaanvallen had zijn uitwerking. Ik stapte in de tram, of de bus, keek zonder angst naar de mensen en naar buiten. Mijn ademhaling sloeg niet meer op hol. Lia keek me met haar lieve ogen aan, de armen om haar mooie jongens geslagen. Hoe moest het verder met haar dochter en met haar man? Ik probeerde hem te begrijpen.

Ik zou weer gaan vliegen. Ik moest wel. Freek wilde met het hele gezin drie maanden door de Verenigde Staten reizen. We hadden er net zo lang over gepraat tot ik er ook zin in kreeg. De vlucht van Amsterdam naar Dallas bezorgde me nog buikpijn. Ik durfde niet naar buiten te kijken. We hadden een passe-partout weten te regelen waarmee we een maand ongelimiteerd door de States konden vliegen. Van Seattle naar New Orleans. Van Boston naar Orlando. Als we honger kregen, boekten we een vlucht.

Alles is een samenloop van omstandigheden. Als Lia niet toevallig buiten had gestaan, had ik haar misschien nooit ontmoet. Als ze niet met Elly bevriend was geweest, was ik voor haar niemand. Als Gijs me had toegelaten op de begrafenis waren we misschien nog vrienden. Als het toestel een paar seconden later vertrokken was, had Lia nog geleefd.

Lia is voor mij die mooie lieve vrouw gebleven met de sprankelende ogen. Optimistisch en vol vertrouwen. Ze heeft me laten zien hoe je op een natuurlijke manier met kinderen om kunt gaan.

Ik keek uit het raampje. We vlogen boven de wolken. Het deerde me niet. In de verte trok een vliegtuig ter grootte van een stip een witte streep. Links en rechts in een stoel zaten onze kinderen te slapen met een veiligheidsriem om.

Freek bestudeerde de kaart van de Verenigde Staten. Ik pakte zijn hand en gaf hem een knipoog. Mijn vliegangst was overwonnen.

Ik wilde me blijven ontwikkelen, mijn eigen geld kunnen verdienen. Op de Rietveldacademie was ik in aanraking gekomen met klei. Ik ontdekte dat ik met deze materie mijn verhaal kon vertellen. Ik schafte een draaischijf aan. Vanuit de ronde vorm zette ik beelden op. Dikke vrouwen met baby's in hun buik. Ik wilde me verder bekwamen in het draaien en boekte een pottenbakkerscursus van twee weken op een landgoed in Noord-Frankrijk. Freek zou met de kinderen, die zes en drie waren, doorreizen naar vrienden in het Zuiden.

Op de heenreis zetten we ergens in Luxemburg onze tent op. De kinderen zaten al in de tent om de stokken rechtop te houden. De haringen gingen lastig de grond in.

'Hou nou vast,' riep Freek streng tegen de kinderen.

'Rustig,' snauwde ik.

'Doe jij dan ook eens wat, je staat alleen maar toe te kijken.'

Ik raapte de stok van de grond en trok de punt aan de voorkant omhoog. Boelie had een andere hond gespot waar hij dwars over de half opgezette tent naartoe rende.

Chagrijnig liet Freek de touwtjes los. Kindergehuil. Roos had de andere stok op haar hoofd gekregen. Freek begon te vloeken. De kinderen kropen de tent uit en ik smeet mijn stok neer. Ik was woest dat hij zich afreageerde op de kleintjes. We liepen scheldend achter elkaar aan om de tent. Freek wilde de hamer afpakken, die ik dreigend naar hem opgestoken had. Boelie dacht dat het een spelletje was en rende met ons mee. De kinderen stonden allebei te huilen.

Een plek verderop zat een Engels echtpaar op hun campingstoelen stilzwijgend het schouwspel gade te slaan. Er kwam iemand langsgelopen, die Freek herkende en luid riep: 'Hé, Neerlands Hoop. Thuis ook de leukste!'

Freek kromp in elkaar.

'We beginnen opnieuw,' zei hij beheerst. 'Jij houdt de stok vast en Roos en Jelle de touwtjes.'

'Waar is Boelie?' vroeg Roos.

We gooiden het hele zootje neer en vonden de hond vrolijk kwispelend drie tenten verderop bij de Hollander die net langsgelopen was. Hij had Boelie een stukje worst gegeven.

'Gaat het?' vroeg de man lachend aan Freek. 'Hier, neem een biertje.' Freek nam het aan. Boelie kreeg nog een stuk worst. 'Ik loop wel even mee,' bood de man aan.

De Engelsen zaten met een bordje op schoot nog even onbewogen toe te kijken. De man pakte de hamer en jaste de haringen de grond in. De tent stond in twee minuten overeind.

Hoe dichter we in de buurt van het landgoed kwamen, hoe minder zin ik kreeg alleen achter te blijven. We reden de oprijlaan van een armoedig kasteel op.

'Mama, ga je hier wonen?'

'Nee, twee weken maar.'

We kwamen in een koude hal en in een kleine ontvangstruimte moest ik mijn paspoort afgeven als borg voor de rest van het cursusgeld dat al voor de helft was overgemaakt. Een dame met geitenwollen sokken, open sandalen en lange rok met een besmeurde schort ging me voor om me mijn slaapvertrek te tonen. De kinderen en Freek liepen nieuwsgierig achter ons aan. Stenen trappen voerden ons naar een torentje, en met een ferme zwaai opende de vrouw de deur van een soort cel waar een ijzeren opklapbed stond met spiraal. Het matras stond rechtop tegen de muur. Het rook er muf en er was geen raam. De ruimte was niet veel groter dan het bed. Ik wierp een blik in het donkere hok en werd door paniek overvallen. Een opklapbed. De ijzeren rand. Die had ik op mijn kop gekregen toen ik anderhalf was. Nee, hier wil ik niet blijven! Niet die deur achter me dicht. Laat me niet achter. Sluit me niet op. Ik draaide me om naar Freek en zei bijna smekend: 'Mag ik met jullie mee?'

Hij begon te lachen: 'Jij wilde hiernaartoe. Van mij hoef jij hier niet te blijven. Je wilde zelf vrij zijn.' Met zijn hand duwde hij tegen de spiraal, die met een piepend geluid terugsprong. 'Heerlijk bed.'

We liepen terug naar het halletje, ik stond in dubio. Wilde ik dit wel? De helft van het cursusgeld was al betaald.

'Kom, ga mee,' zei Freek resoluut. 'Je leert het heus nog wel een andere keer.'

'Ik vrees dat we het geld niet terugkrijgen.'

'Wat maakt het uit. Ik wil niet dat je hier voor je verdriet zit.' Liefdevol streek hij over mijn wang.

Hij bedankte de dame en liep alvast met de kinderen

naar buiten. Ik was blij dat hij voor mij de beslissing had genomen. Ik legde de vrouw uit dat ik van gedachten veranderd was en met mijn gezin meeging. Ze wreef haar handen over haar schort, dacht even na en zei dat het haar speet, maar het geld kon ze niet terugboeken. Zo waren de regels nu eenmaal.

Ik liep naar de auto en deelde opgetogen mee dat we naar de centen konden fluiten.

'S Avonds bij het inschrijven op de camping ontdekten we dat we in de haast vergeten waren het paspoort terug te vragen. Dat maakte me een stateloze vluchteling. Ik belde, de vrouw van de geitenwollen sokken nam op. Met bitse stem meldde ze dat het paspoort gevonden was. Ze zou het nasturen.

Door mijn onverwachte beslissing om niet in het kasteel achter te blijven, deelden we met onze vrienden twee bijzondere weken. Met de vrouw, die bijna twintig jaar ouder was, had ik een speciale band. Ze was een lotgenote. Haar peuter was van een woonboot gevallen en verdronken. Zij was een van de weinigen die kort na de dood van Jork 's avonds mijn hand had vastgehouden. Niets zei, maar er was. Zij wist waar ik behoefte aan had.

Overdag trokken we met het gezin erop uit. We reden langs een rustig strandje, parkeerden de auto en liepen naar de trap. Het bleek het enige nudistenstrand in de omgeving te zijn. Op een bordje stond dat het verplicht was de zwembroek en bikini uit te trekken. Eigenlijk waren we helemaal geen naaktlopers, maar we hoopten daar geen opdringerige Hollanders tegen te komen. We deden onze kleren uit en spreidden de handdoeken. We hielden de kinderen in de gaten, die iets verderop met hun schepjes een kuil groeven. Boelie hielp met zijn achterpoten en rende even later de zee in. Freek ging erachteraan.

Een badgast met verrekijker in de aanslag riep: 'Hé, Neerlands Hoop in zijn blote reet.'

Freek wist niet hoe gauw hij bij de handdoek moest komen. 'Voyeurs! Wegwezen hier!'

We raapten snel de spullen bij elkaar, kleedden ons aan en gingen aan het drukke strand verderop liggen. Freek verstopte zich achter de parasol.

Onze vriendin was een goede gastvrouw. 's Avonds zaten we met z'n allen op het terras. Op tafel stond wijn, stokbrood met kaas en sla. De kinderen en ik dronken druivensap. We hieven het glas en proostten op het leven.

Vanaf het balkon zagen we in de verte op het plein de paardjes van de carrousel op en neer deinen. We hadden de kinderen beloofd dat ze na het eten naar de kermis mochten. Met muntjes in hun hand renden ze vooruit. Het werd al donker. De lampjes brandden. De bel klingelde. De draaimolen zette zich in beweging. Wij bleven achter het hek staan. Zwaaiend kwamen ze op hun paardjes langs. Uitbundig wuifden we terug. Een dikke rode pluim werd door de kermisbaas aan een touw op en neer getrokken. Roos wist staande op het paardje telkens opnieuw de pluim te grijpen. Ze mocht een gratis rondje draaien. Ze wist de pluim nog vier keer te bemachtigen voor de draaimolen ermee ophield. De baas deed het licht uit en de kinderen renden euforisch voor ons uit naar ons vakantiehuis.

Toen de kinderen in bed lagen, kwam het gesprek op mijn verlatingsangst en mijn besluit om uiteindelijk die twee weken niet voor mezelf te kiezen. Mijn bedoeling was geweest te bewijzen dat ik op eigen benen kon staan. Mijn oudere vriendin, een stoere feministe, had zich van mooie omroepster ontwikkeld tot geducht journaliste. Aan haar wilde ik me spiegelen. Hoewel nooit erg spraakzaam over wat ze zelf had meegemaakt, sprak ze die avond over haar worsteling en maakte me duidelijk dat er tijd voor nodig was om je levensdoelen te realiseren. De volgende dag kwam de post met mijn paspoort. Ik had mijn identiteit terug.

Op het dorpsplein in Muiderberg kwam ik Wim voor het eerst tegen. Hij stond bij een groep bejaarden die dik ingepakt in hun rolstoelen in een kring rond het dorpsmonument zaten. Ze waren door vrijwilligers bij het bejaardentehuis opgehaald. Ze dronken koffie en chocolademelk met gebak, aangeboden door de plaatselijke supermarkt. Wim had daar boodschappen gedaan, ik moest ze nog doen. We raakten in gesprek over de liefdevolle inzet van onze dorpsgenoten. Hij vertelde dat hij theoloog was en zojuist aan een proefschrift begonnen was met als thema 'troost'.

Na dit eerste contact kwamen we elkaar bijna wekelijks tegen. Staande met onze tassen vervolgden we onze gesprekken. Hij vertelde dat hij de inkopen deed, omdat zijn vrouw daarvoor te zwak was. Ze had aan kinderreuma een ernstige hartafwijking overgehouden waardoor zware inspanningen voor haar niet mogelijk waren, maar ze had het geluk dat ze van lezen hield. Trots liet hij weten dat ze al ruim vijftig jaar samen waren.

Werkend aan zijn proefschrift merkte hij dat troost een ingewikkeld begrip was. Troost bieden viel niet mee, maar troost ontvangen was misschien nog wel moeilijker. Ik zei dat toen onze zoon tien jaar geleden overleden was, ik erg naar troost verlangde, maar moeite had het te ontvangen. Dat ik de trooster vaak wegduwde. Hij pakte me zacht bij mijn schouder en kneep er vriendschappelijk in en zei: 'Nu niet? Wil je misschien een keer langskomen, dan kunnen we er verder over praten en kun je ook mijn vrouw Marie ontmoeten.'

Op de fiets reed ik naar ze toe. Wim deed met schort voor open. 'Welkom. Ga maar vast naar boven. Marie ligt op bed. Wil je thee?'

Marie lag in haar kleren op de dekens. Haar haar was wit, ze droeg een bril en was klein en tenger. Door de hele slaapkamer lagen boeken en op de vensterbank stonden foto's van haar kinderen en kleinkinderen. Ze legde het boek dat ze aan het lezen was opzij. Al pratend kwamen we erachter dat onze smaak overeenkwam.

Wim kwam binnen met een dienblad met verse verveine-thee en krachtige bouillon voor Marie. Hij ging aan het voeteneinde van het bed zitten. We praatten over het leven. Marie vertelde dat ze niet bang was voor de dood en ondanks de pijn gelukkig was. Ze probeerde zo min mogelijk pijnstillers te slikken en scherp te blijven om te kunnen lezen. Volgens haar was een mens in staat zijn grenzen telkens bij te stellen en zich aan de omstandigheden aan te passen.

Vanaf dat moment ging ik regelmatig bij haar op bezoek. We voerden gesprekken over Krishnamurti en andere spirituele geesten en we ruilden boeken. Hoewel ze zo zuiver mogelijk leefde, ging haar gezondheid gestaag achteruit. Wim verzorgde haar toegewijd en kocht iedere zaterdagochtend eten op de biologische markt. Ze liet zich antroposofisch behandelen en vermeed als het enigszins mogelijk was medicijnen.

Ik vertrouwde hun toe dat ik bezig was met een boek. Het lege schrift dat Jelle me had gegeven bij de begrafenis van mijn moeder had ik volgeschreven. Het gesprek met Wim over troost had me bij het schrijven geholpen. Ik vroeg aan Marie of ze het wilde lezen en me daarna eerlijk zeggen wat ze ervan vond, omdat ik zelf nog heel erg twijfelde of ik het zou publiceren. We praatten over de inhoud en ze liet merken dat die haar bijzonder aansprak. Ze zei dat ze ernaar uitkeek. Toen ik haar de volgende morgen het manuscript overhandigde, realiseerde ik me dat haar oordeel wel eens doorslaggevend kon zijn.

Een paar dagen later kwam ik haar slaapkamer binnen, Marie zat glunderend en opgefrist in haar ochtendjas op een stoel.

'Je hebt me ontroerd.' Ze pakte met haar broze vingers mijn hand en drong erop aan mijn plan door te zetten. Het gaf me een enorme stimulans van deze belezen vrouw zo'n compliment te krijgen.

Vers van de pers bracht ik haar enkele maanden later een boek. Ze nam het in dank aan. Voorin schreef ik: 'Voor mijn lieve vriendin, Marie. Dank voor jouw intense steun en vriendschap!'

Haar conditie ging snel achteruit. Ze was al niet meer in staat te lezen wat ik voor in het boek geschreven had. Toen ik het haar voorlas, zei ze: 'Insgelijks.'

Ze viel nog meer af en woog op zeker moment minder dan veertig kilo. Ze kwam haar bed niet meer af en had vreselijke jeuk. Ik was getuige van haar strijd. Hoe ze die opgewekt aanging. Hoe de grenzen van de aanvaarding van het lot verschoven. Dat ontroerde me.

'Marie, zal ik je komen voorlezen?' stelde ik voor. Ze keek me blij verrast aan.

'Kies maar een boek uit, dan kom ik twee keer in de week langs.'

Wim stond beneden klaar met de thee als ik kwam. Hij stommelde achter me aan naar boven en verdween naar zijn studeerkamer om ons samen te laten genieten. Ik zat op een krukje naast het bed, rug tegen de muur, leesbril op. Toen we het eerste boek uit hadden, zei Marie dat het voelde alsof ze zelf las. 'Zou je nu *Het jaar van magisch denken* van Joan Didion willen voorlezen?' Ze reikte me het boek aan, met op de omslag een wazige zwarte figuur. Ik las de gecursiveerde regels van het eerste hoofdstuk voor mezelf:

> Het leven verandert snel.
> Het leven verandert van het ene op het andere moment.
> Je gaat aan tafel en het leven dat je kent houdt op.
> De kwestie van het zelfmedelijden.

Uit de samenvatting op de achterkant maakte ik op dat het een zwaarmoedig boek was. Didion beschreef een jaar van rouw. Het ging over de coma van haar dochter en een maand later de dood van haar man, met wie ze veertig jaar getrouwd was geweest.

Ik kon niet om Maries wens heen en worstelde me door de tekst. Die was somber, maar als ik opkeek, viel me op dat er een intense rust over haar kwam. Ze luisterde aandachtig. Al na twintig bladzijden moest ik ophouden omdat ze te vermoeid was, toch bleef haar lust om voorgelezen te worden onverminderd.

Elke keer na het bezoek ging ik vol energie naar huis. Het boek had tweehonderd pagina's. Maries uithoudingsvermogen werd minder. Ze had 's nachts veel pijn en kon niet slapen van de jeuk. Ze had zich voorgenomen niet in het ziekenhuis te sterven.

Toen we honderd bladzijden gelezen hadden merkten we dat tien bladzijden per keer genoeg was. Meer kon ze niet opnemen. Toch bleef haar aandacht ook naar mij uitgaan. Ze vroeg zacht: 'Is het niet te zwaar voor je?'

'Het is geen fijn boek,' antwoordde ik. 'Is het niet te zwaar voor jou? Wil je niet liever iets anders horen?'

'Nee, ik vind het prachtig, ik geniet van je stem. Kom je volgende keer weer?'

'Zeker,' zei ik, en boog me over haar heen om haar een kus te geven. 'Ga lekker slapen.'

Wim deed open. Hij stond er verslagen bij. 'Marie ligt in het ziekenhuis. Ze is gisteren gevallen en heeft haar heup gebroken. Haar botten zijn te broos. Ze heeft enorme pijn, maar ze wil per se terug naar huis. Kom volgende week alsjeblieft.'

Nu was ze helemaal een schim. Ze nestelde zich in haar holletje en luisterde. De woorden klonken zacht door de kamer. Huwelijk. Kinderen. Kansen. Geheugen. Verdriet.

Het einde van het boek hebben we gehaald. Daarna heeft ze niet lang meer geleefd. De kaarsjes rond haar bed, de foto's van haar kleinkinderen en spiritueel leider gaven haar steun. Haar pacemaker tikte door. Ondanks haar fysieke tekortkoming is ze achtenzeventig geworden.

Het was een voorrecht Marie gekend te hebben. Ze klaagde of mopperde nooit. Haar positieve instelling was een voorbeeld. Haar dood had Wim bevrijd van de zorg om elke dag met het dienblad de trap op te moeten en in de buurt van zijn huis te blijven. Hij kon zijn vleugels uitslaan, maar binnen een jaar begon ook hij te vermageren. We kwamen elkaar tegen op het dorpsplein bij de pomp. Kinderen renden rond, drukten op het knopje en lieten het water stromen.

'Hoe gaat het, Wim?' vroeg ik verontrust.

'Ik ben erg moe de laatste tijd. Ik ben naar de dokter geweest en wacht op uitslagen. Verder gaat het goed. Het leven lacht me toe. Ik heb een nieuwe vriendin, met wie ik veel uitga.'

'Ik kom binnenkort bij je langs.'

We groetten elkaar en hij slofte met zijn tas met boodschappen de andere kant op.

Na een week stond ik bij hem voor de deur. Toen hij me binnenliet, zag ik dat zijn gezicht grauw en vermagerd was. Hij had geen schort om. 'Wat fijn dat je langskomt.'

Aan de kamer was niets veranderd, alleen de boeken stonden nu *in* de kast. De Afrikaanse kop van gepolijst speksteen in het groen van de tuin straalde oerkracht uit. Alsof de geest van Marie in die kop huisde.

'Ik heb kanker,' zei Wim plompverloren.

Het was een agressieve kanker. De chemokuren hadden een verkeerde uitwerking op hem, en hij wilde er niet mee doorgaan. Regelmatig fietste ik even bij hem langs. Ik vertelde hem dat ons eerste kleinkind op komst was. Dat onze dochter inmiddels acht maanden zwanger was en nog steeds kotsmisselijk. Ik zei dat ik me zorgen maakte omdat ze nog nauwelijks een buik had.

'Komt goed.' Ondanks zijn slechte conditie wist Wim me op te beuren.

'Mag ik je wat vragen?' zei hij. 'Zou je *Het jaar van magisch denken* van Joan Didion willen voorlezen?'

Ik zag het plaatje van de zwarte figuur voor me en het gelukzalige gezicht van Marie bij de hartverscheurende tekst.

'Natuurlijk. Nu?'

Zijn gezicht fleurde op. Hij haalde het boek uit de boekenkast, liep langzaam de trap op en nestelde zich in het bed aan dezelfde kant als waar Marie gelegen had en trok het kussen onder zijn hoofd. Hij maakte dezelfde bewegingen met zijn handen. Ik ging weer op het krukje met mijn rug tegen de muur zitten, zette mijn leesbril op en begon:

Het leven verandert snel.

Het leven verandert van het ene op het andere moment.

Je gaat aan tafel en het leven dat je kent houdt op.

De kwestie van het zelfmedelijden.

Ik worstelde me door de eerste twintig pagina's. Didions dochter in coma. Het ziekenhuis. De ritjes met de auto. De plotselinge dood van haar man. Ik sloot het boek. Wim sliep. Stilletjes verliet ik zijn slaapkamer en trok de huisdeur achter me dicht.

Twee dagen later was ik er weer. De buitendeur stond aan. Met een draai van de knop stond ik in een stil huis. Ik liep de trap op en Wim zat rechtop in bed.

'Ik was op je aan het wachten. Lezen we verder?'

'Ik moet je eerst het nieuws vertellen.'

Ik wilde verder praten, maar het lukte niet. Tranen rolden over mijn wangen.

'De baby is geboren. Een nieuwe Marie.'

'Wat bedoel je, hebben jullie een kleindochter?'

'Ja, maar ze is wel heel erg klein en er is iets met haar hartje.'

Wim vouwde de dekens open, legde zijn benen over de rand van het bed, deed zijn pantoffels aan en liep met open armen op me toe. 'Het komt goed. Marie is achtenzeventig geworden en had de mooiste spirit.'

Hij kuste me op beide wangen. 'Gefeliciteerd. Hoe heet ze?'

'Maggie.'

Marie was een goed voorbeeld. Ze was zo zuiver en haar interesse voor de ander was oprecht. Het troostte me.

Wim kroop terug in bed, vol verwachting tot ik verder zou gaan waar we gebleven waren.

Het ritueel voltrok zich bij Wim als bij Marie. Door de morfine die hij kreeg, kon ik hem nog maar tien pagina's voorlezen per keer. Zijn blik bleef open. Telkens verliet ik opgewekt het pand waar de dood op de loer lag.

Bij het aanhoren van de allerlaatste regel sloot Wim zijn ogen. Hij schijnt daarna niet meer gesproken te hebben. Drie dagen heeft hij roerloos naar boven gestaard, toen is hij gestorven.

Marie had het boek beluisterd, nieuwsgierig hoe Wim zich zou voelen als zij er niet meer was. Wim heeft het verhaal aangehoord omdat hij wilde weten wat er de laatste dagen van haar leven door Marie heen gegaan was. En ik heb het voorlezen ervaren als het toppunt van vriendschap.

Voor de school van de kinderen en op het dorpsplein leerde ik nieuwe vriendinnen kennen. Een van hen werd onze secretaresse en met een ander ging ik jarenlang wekelijks naar Blijwater in Weesp om te zwemmen, te aquajoggen en vooral te lachen. Het werden andere vriendschappen dan met mijn jeugdvriendinnen. Minder verplichtingen, meer ongecompliceerde lol.

Het was winter 1995. Het IJsselmeer lag eindelijk sinds lange tijd dicht. Het ijs was strak en glad. We wilden onze kans grijpen, want de weersvoorspellingen gaven aan dat het zou gaan dooien. We zaten op de stenen rand van het strand, snoerden de veters van onze noren aan en lieten schoenen en schaatsbeschermers achter aan de kant. Het eilandje in de verte was ons doel. Daar wilden we voor het donker snel naartoe schaatsen en weer terug. Het was bewolkt. Dunne druppeltjes spatten tegen ons gezicht. Gerda, de langste van ons drieën, ging voorop. We hadden ons goed aangekleed. Kranten onder de trui. Het voelde door de snijdende oostenwind flink koud en vochtig aan. Geconcentreerd volgden we elkaars slagen. Af en toe stopten we even om om ons heen te kijken en te wisselen van koploper. Er was verder niemand op het ijs. Naarmate we dichter bij het eiland kwamen, daalde er een dichte mist over het meer. Ons doel lag pal voor ons. We speelden geen enkel moment met de gedachte om terug te gaan.

'Ik ben moe, zullen we even uitrusten,' zei Lenie.

'Laten we omkeren en niet gaan zitten, het zicht wordt beroerd,' zei ik achteromkijkend.

Gerda wilde haar schaats even losmaken vanwege pijn aan de hiel. We wisten het eiland te bereiken en ploften op het koude, vochtige gras neer. Lenie vertelde hoe ze vroeger met het gezin met elf kinderen gingen schaatsen en we lagen dubbel. Gerda had een flinke blaar. Ze liet haar sok zakken en propte er een stukje papier van mijn krant in en bond de veters weer dicht. We groeven de achterste punten van onze schaatsen in het ijs en stretchten onze benen. We besloten terug te gaan, niet vermoedend dat we uit koers geraakt waren door onze rustpauze op de kop van het eiland te nemen.

We zagen geen hand voor ogen meer. Gerda sloeg hard tegen het ijs doordat haar schaats in een scheur kwam. Ze krabbelde overeind en vermande zich. We passeerden een grote rode boei. Het ijs werd zwarter en gladder. Hier was niemand ons voor geweest. Geen kras te zien. Wel enorme scheuren en spleten. En dikke stukken ijs die op elkaar gevroren waren. Hier moest een ijsbreker doorheen zijn geweest. Het zicht werd abominabel.

Ik ging op kop. 'Bij elkaar blijven,' riep ik naar achteren. 'Aan deze kant van de schotsen blijven. En kijk uit dat je niet met je schaats in een scheur terechtkomt.' Ik had het nog niet gezegd of mijn schaats zakte diep weg. Ik probeerde op de been te blijven, maar viel voorover en schoof op mijn buik over het ijs. Een stekende pijn trok door mijn knie. Mijn handschoenen liepen vol water.

'Doorschaatsen,' riep ik, terwijl ik onhandig overeind kwam. Lenie hield in, pakte me bij mijn heupen en duwde me vooruit. Gerda duwde Lenie. We vormden een rijtje. Mijn knie klopte. We waren al langer dan een uur onderweg en zagen nog steeds geen strand. Onze ijzers zwoegden over het krakende ijs. In mijn hoofd gonsde de stem van Freek. Doorschaatsen. Waar blijf je nou? Waarom ben je weggegaan? We moeten straks optreden.

Het was of er een dot watten voor mijn ogen hing. Ik keek achterom. 'Bij elkaar blijven,' riep ik weer. We passeerden een blauwe boei. We waren op de vaargeul beland. Daar moest je niet zijn. Ik zag luchtbelletjes onder me door glijden, de paniek maakte dat ik harder ging. Ik bleef op kop. Mijn trui was door de val nat geworden en ik trok de doorweekte krant eronderuit en liet hem achter op het ijs.

Opeens doemde door de dikke mist land op. Ik hoorde Gerda kreunen. 'Ik moet even stoppen, mijn blaar.'

'Nee, doorschaatsen,' riep ik, alsof de stem van Freek in me gevaren was. 'Doorschaatsen, niet stoppen.'

We pakten elkaars hand en schaatsten verder naast elkaar. We stuitten op een stenen wal. Op basaltblokken lagen dikke ijsklompen.

'Waar zijn we in hemelsnaam?'

Er was geen mens te zien. Er lagen geen schoenen of schaatsbeschermers. Het was alsof ik weer op de Amstel stond, mijn vriendinnetje en zusjes tegen de kade aan geplakt zaten en naar mij riepen: 'Spring!'

Een ongekende kracht kwam in me boven. Ik klauterde tegen de keien op en stond op een spiegelgladde asfaltweg, zo glad dat je er bijna op kon schaatsen. Er kwam een auto aan. Ik begon wild met mijn armen te zwaaien. Mijn vriendinnen stonden nog onder aan de wal. Ze hadden me niet meer kunnen volgen. De auto stopte. Een vrouw met een hoofddoek draaide het raampje naar beneden.

'Waar zijn we?' vroeg ik.

Ze zei niets en keek me schuw aan. De man boog zich over zijn vrouw heen en zei: 'In Almere.'

Ik keek hem verbijsterd aan. 'Dan zijn we verdwaald. We komen uit Muiderberg. We zijn met z'n drieën, zou u ons terug kunnen brengen?'

Het was bijna donker en het ijzelde. Door de beslagen ruit zag ik vaag twee kinderen op de achterbank. Ik keek de man smekend aan. Hij bestudeerde mij van top tot teen en antwoordde in accentloos Nederlands: 'Alleen u.'

'Nee, onmogelijk. We zijn met z'n drieën. Ik kan mijn vriendinnen hier niet achterlaten.' Ik rilde over mijn hele lichaam. Langzaam begon ik te beseffen welk risico we genomen hadden.

'Dan spijt het me,' zei de man.

Ik wilde me omdraaien, maar inmiddels stonden Gerda en Lenie naast me. Lenie deed het achterportier open, kroop op haar schaatsen de auto in, nam een kind op schoot en beval ons kordaat in te stappen. Zodra we zaten zei ze resoluut: 'Kunt u ons naar Muiderberg brengen, mijn vriendin moet vanavond nog werken.'

De man volgde haar instructies, startte de auto en reed ons behoedzaam door de mist. Op de snelweg was nauwelijks verkeer. De ijzel had de weg spiegelglad gemaakt. Terwijl we heel langzaam via de Hollandse Brug terugreden, vertelde de man dat hij rij-instructeur was en slipcursussen gevolgd had. Dit weer vond hij spannend. Zijn vrouw zei niets. De kinderen zaten braaf op schoot. Hij had ze voor het eerst sneeuw en ijs willen laten zien.

Op de Brink zette hij ons af. We wisten met moeite onze dankbaarheid in woorden uit te drukken en beseften dat we ongelofelijk geluk hadden gehad met onze rij-instructeur. Nog op onze schaatsen staande bleven we zwaaien tot het gezin in de mist verdween. We kusten elkaar en kluunden naar huis.

Klappertandend belde ik aan.

'Wat zie jij eruit,' zei Freek.

'Je had het vanavond bijna zonder mij moeten stellen.'

'Ik stond op het punt om weg te gaan. Waar waren jullie?'

'In Almere.'

Freek keek me verbaasd aan. 'Hoe heb je dat voor elkaar gekregen?'

'Een raadsel. We zijn over de vaargeul gereden. Dit keer heb ik jouw advies gevolgd. Ik was niet bang, heb doorgeschaatst en Gerda en Lenie aangespoord dat ook te doen.'

'Waar zijn je schoenen?'

'Die liggen naast mijn schaatsbeschermers bij het strand. Wil jij ze halen?'

'We hebben haast. We hebben uitzending straks en het is spiegelglad op de weg.'

'Ja, dat weet ik.'

'Kleed jij je snel om. Dan loop ik wel naar het strand.'

Ik liet me op de deurmat zakken, schopte mijn schaatsen uit, had het te koud om overeind te komen. Ik wreef over mijn knie en wachtte gelaten tot hij terugkwam. Tien minuten later reden we over de gepekelde snelweg richting Amsterdam naar de radiostudio. De ijzel tikte tegen de ruit.

Freek las zijn oudejaarsconference *De Brand* voor in een radiostudio aan de Amstel. Met een koptelefoon op zat ik in de ruimte ernaast naar zijn verhaal te luisteren. Mijn vingers tintelden. Ik zat er werkeloos bij. Mijn gedachten gleden naar het ijs. Mijn vriendin moet vanavond nog werken, had Lenie gezegd. Ik had nooit moeten gaan schaatsen.

'Brand,' hoorde ik Freek schreeuwen. 'Brand, riep het kleine clowntje.'

Het was of ik de hitte voelde. Ik barstte in lachen uit terwijl er op dat moment niets te lachen viel. De mensen in de controlekamer draaiden zich naar me om. 'De wereld staat in brand.' Wat was ik trots op mijn man. Ik was bij hem. Het was twaalf uur. Freek trok de koptelefoon van mijn hoofd en gaf me een klinkende zoen. Ik ging op zijn tenen staan en we maakten een vreugdedans.

Er bestaat geen ander woord voor pijn

(dagboekfragment)

Het Dagboek en Ik (Hella Asser) 7 april 1967

Een nieuw hoofdstuk

In dit nieuwe hoofdstuk zal ik een dramatisch hoogtepunt uit mijn leven moeten beschrijven. Het is natuurlijk niet leuk met een droeve geschiedenis aan te vangen, maar er zit op het ogenblik niets anders op. Ik wil er wel bij vertellen dat ik deze affaire altijd toch met een vrij goed humeur blijf bekijken. Ik ben namelijk voor ongeveer twee maanden naar het Academisch Ziekenhuis overgebracht, want ik was in zo'n labiele toestand, dat ik nauwelijks op mijn benen kon staan. Wat ik nu uiteindelijk mankeer weet ik eigenlijk nog steeds niet. De een spreekt over een ziekte, de ander over een psychische stoornis, ik weet uiteindelijk niet goed raad met mezelf.

De arts staart naar mijn papieren. 'De uitslagen zijn onveranderd sinds uw vorige controle bij mijn collega. De ANF-factoren zijn nog steeds positief, ook het anticardiolipine en het lupus-anticoagulans zijn zwak positief, dat wijst op een auto-immuunsysteemziekte. Dit zou eventueel een reumatische aandoening lupus erythematodes kunnen verklaren. Verder is uw cholesterol nog altijd te hoog.'

De arts spreekt snel en ik onderbreek zijn betoog: 'Begrijpt u het, terwijl ik nauwelijks vet eet, dat mijn cholesterol te hoog is?'

Hij kijkt me aan. 'Er zijn niet veel verklaringen voor, het zou in de genen kunnen zitten.' En hij vervolgt zijn opsomming: 'Uw bezinking is licht verhoogd, maar op hetzelfde niveau gebleven als bij de laatste meting.' En daarna bezigt hij snel nog een aantal medische termen.

'Rookt u?' vraagt hij.

Ik denk: is het abnormaal als je niet rookt?

Op mijn veertiende hingen we na afloop van school nog wat rond in de fietsenstalling. Er werden sigaretjes doorgegeven. De meeste kinderen namen een trekje. Ik dacht aan de bruine vingers van mijn vader en deed niet mee.

Eén keer op een feestje heb ik me door mijn vriendje laten verleiden. 'Kom neem een trek, kan je lachen.' Ik zoog hard aan een stick en begon te hoesten. Dat vond iedereen heel leuk. Ik trok nog een keer en de rook drong mijn longen binnen. Na enige tijd begon het spul te werken. De kamer waarin we ons bevonden werd opeens groter, de gesprekken en de muziek vormden een brij van geluid en dansende mensen zweefden rond mijn hoofd. Om alles moest ik lachen. Na afloop bracht mijn vriendje mij, achter op zijn fiets, naar mijn huis. We zwalkten over de weg en ik hing slap van het lachen met mijn armen rond zijn middel. Alles wat hij zei was geestig. Er liep een warme stroom langs mijn blote benen. Mijn plas drupte dwars door de spijlen van de bagagedrager langs de spaken. We stapten af en gierden het uit. Achteraf schaamde ik me dat ik me had laten verleiden en vond het helemaal niet geestig dat ik in mijn broek geplast had. Dat was eens maar nooit meer.

Het vriendje heette Wouter. Hij was een ongelofelijk slimme, intelligente jongen. Hij kwam uit eenzelfde soort getraumatiseerd gezin als ik en bleef dat spul wel gebruiken. Hij isoleerde zich meer en meer en onze vriendschap ging voorbij. Vanaf zijn zeventiende is hij gaan zwerven. Van zijn zusje, voor wie hij op dat feestje heel lief en zorgzaam was geweest toen zij zich verwondde aan een kapotte fles, hoorde ik dat hij aan de heroïne verslaafd was geraakt en in kraakpanden leefde. Hij had niet alleen bij zijn oma geld en juwelen gestolen, maar ook de spaarpotten van haar kinderen geleegd om te kunnen scoren. Twee keer ben ik hem nog tegengekomen.

De eerste keer lag hij languit op een bank in de tram. Zijn voeten staken het gangpad in. Hij had een zwarte lange jas aan die hij al op de middelbare school droeg. Hij kleedde zich toen altijd extravagant. Mensen die langsliepen werden door hem geschoffeerd. Niemand durfde in zijn buurt te gaan zitten. Geschrokken door zijn verschijning draaide ik me om en liep naar voren, ik wilde niet dat hij me zag.

De tweede keer kwam hij met gestrekte arm op me af, noemde mijn meisjesnaam en vroeg om vijfentwintig gulden. Met zijn kapotte muts over zijn oren was het een verlopen oude man geworden. Hij had ons voor de deur van de boekhandel waar Freek zijn nieuwe boek ging signeren op staan wachten.

'Jij hebt geld,' zei hij grijnzend.

'Wouter.' Mijn adem stokte. Ik keek naar zijn vervallen tandeloze mond, boog mijn hoofd naar beneden en zocht onhandig de portemonnee in mijn tas. Met een onbestemd schuldgevoel reikte ik hem het bedrag aan. Hij draaide zich om, zei niets en liep zonder te bedanken weg.

Toen we na het signeren naar onze auto gingen, stond hij met een sigaret tegen een muur geleund. Droefheid overviel mij. We hadden samen in de klas gezeten. We waren eerlijke vriendjes geweest. Hij was me dagelijks op de tandem van huis komen halen. Hij had goed voor me gezorgd. We hadden samen verschrikkelijke lol gehad en nu stond hij daar met zijn kapotte muts over zijn ogen, als een schim weggedoken terwijl ik me in mijn warme jas in een ogenschijnlijk verzorgd leven ophield. Waarom had hij zijn keuze gemaakt en ik de mijne? Of hadden we geen van beiden een keuze gemaakt, maar ons laten leiden door wat kwam?

'U heeft wel veel artsen geraadpleegd zo te zien,' zegt hij bladerend door mijn status.

Freek zit naast mij om me indien nodig terzijde te staan, want in de spreekkamer verander ik vaak in een onmondig kind. Alsof er een klep dichtslaat, waardoor ik niet meer kan nadenken, het verleden uitgewist lijkt en ik gedesoriënteerd raak. Vaak begint dat al in de wachtkamer. Heb ik enig recht de tijd van deze arts in beslag te nemen? Is mijn ongemak eigenlijk wel zo ernstig?

'Gebruikt u alcohol?' gaat de arts verder zijn vragenlijstje af.

Ik word al onpasselijk als ik aan de lucht denk. Die rook ik altijd als ik mijn vader moest halen van mijn moeder. Hij zat op zijn werkkamer op de eerste verdieping. Het was elke keer weer afwachten of hij goedgehumeurd zou zijn. En terwijl ik de trap op liep zag ik zijn gezicht al voor me. Hoe hij me verstoord aan zou kijken door de blauwe walm die op mijn keel sloeg, met een blik alsof hij zich op een andere planeet bevond. Ik had met hem te doen zoals hij daar verloren tussen zijn stapels papieren zat, een sigaret tussen zijn bruine vingers. Wat ging er in hem om? Zijn werk? Grapjes? Of dacht hij aan zijn zusje als hij zo voor zich uit zat te staren. Langs de foto met de strik in het haar. Ik wilde hem troosten, zijn hand pakken, de sigaret in de asbak uitdrukken en hem een kus op zijn wang geven. Maar hij was heel ver weg. Ik klopte aan en wachtte tot hij *Binnen* zou roepen. Ik moest hem vertellen dat het tijd was, dat mama beneden al met haar jas aan stond om naar het café te gaan. Grommend in zichzelf zei hij meestal: 'Nog even iets afmaken, kind, zeg maar dat ik eraan kom.'

Een enkele keer in het weekend namen ze me mee naar het café, omdat ze geen oppas konden vinden. Dan zaten ze aan een lange tafel in een donkere ruimte gebogen over hun drankje hard met vreemde mensen te praten, en commandeerden ze de ober die met een servet over zijn arm bij de tafel kwam staan: 'Nog een rondje.'

Ze gingen steeds luider praten en letten niet op mij. Ik zwierf rond de tafeltjes en keek nieuwsgierig naar de gasten. De vloer was plakkerig. Mensen lachten naar me en mijn moeder riep: 'Zing maar een liedje en dans. Dat kun je goed.'

Ik deed wat ze zei en de mensen duwden centen in mijn hand en aaiden over mijn haar. Een man streek over mijn rug en mijn billen. Dat was niet fijn. Ik rende naar mijn moeder en drukte me tegen haar been, maar ze duwde me van zich af en zei: 'Laat jouw dansje eens zien.' En ik begon te dansen.

Soms gingen we nog door naar De Kring, waar ik op een hoge kruk aan de bar werd gezet. Iedereen werd steeds luidruchtiger. Een man hing bij mijn vader om zijn nek en stootte onverstaanbare klanken uit. Plotseling werd hij boos en begon om zich heen te slaan. Hij gooide met een kruk en smeet een paar glazen tegen de grond. Een kolossale kerel met een kale kop pakte hem bij zijn kraag en sleurde hem naar de trap. Het werd een bizar gevecht. 'Eruit, Rijk.' De man stommelde scheldend de trap af. We konden hem boven nog lang horen brullen.

Mijn moeder beval me van de kruk af te springen en pakte onze jassen. Wij gingen ook naar huis. Het incident had mijn vaders stemming niet aangetast. Jolig zong hij veel te hard een eigen liedje en maakte grapjes waar hij zelf hard om moest lachen. Uit zijn mond walmde een penetrante dranklucht en onze kleren stonken naar sigarettenrook, zoals de walm die je om vijf uur uit zijn werkkamer tegemoetkwam. Het was al laat toen we thuiskwamen. Vanuit de badkamer kon ik zien hoe mijn vader zich achterover op het bed liet ploffen en zich door mijn moeder liet bedienen. Hij kon zijn voeten nauwelijks optillen, zodat ze moest knielen om zijn sokken uit te trekken en zijn broek naar beneden te sjorren. En intussen bleef hij onverminderd hard zingen. Met dit beeld voor ogen ging ik slapen. Af en toe schrok ik wakker en hoorde mijn vader nog iets roepen.

De arts tuurt naar zijn computerscherm en laat zijn cursor langs een aantal vakjes gaan. ‘Bent u ergens allergisch voor?’

Ik grijp naar mijn tas, rits het zijvakje open en wroet met mijn handen tussen mijn pasjes en foto’s. Na enig gezoek vind ik het hele oude verkreukelde briefje dat ik ooit van de huisarts gekregen heb. Het is zo goed als onleesbaar. Ik draag het bij me voor het geval er iets met me zou gebeuren en medicatie moet worden toegediend. Ik ontcijfer: ‘intolerantie: nsaids. 1998’, en geef hem het papiertje.

‘Dat is een heel andere groep,’ zegt hij. ‘Wat gebeurt er dan met u? Valt u flauw? Heeft u op intensive care gelegen?’

Na drie dagen antibiotica kreeg ik een darmbloeding. Moet ik dat uitleggen? Ik moet vanbinnen lachen om het vodje dat hij ernstig bestudeert. Als ik daar in nood mee aangetroffen was, hadden ze me vast alle medicatie toegediend.

'Nee, zo erg was het niet,' antwoord ik.

Hij wendt zijn gezicht af van de computer en concentreert zich op de map. Ik staar naar de aangekruiste vakjes en mijn pasfoto die als een poëzieplaatje op het scherm geplakt zit.

'Komen er hart- en vaatziekten voor in de familie?'

'Mijn moeder is overleden aan een hartinfarct, mijn vader heeft een licht infarct op zijn vijfenzestigste gehad en verder ken ik mijn voorgeschiedenis niet. De meeste familieleden hebben de oorlog niet overleefd en er is nooit over gesproken.'

'Suikerziekte?'

'Nee.'

'U heeft twee kinderen, zie ik.'

'Ik heb er drie gehad, van wie er twee zeer gezond zijn.'

'Mooi.' De arts vertrekt geen spier.

Ik voel me ongemakkelijk. Moet ik mijn hele doopceel lichten? Ik denk aan nummer drie, die overgeslagen wordt.

'Als ik zo uw uitslagen bestudeer kan ik er weinig aan toevoegen. Zo te zien, zoals ik het nu lees, heeft u een *irritable bowel syndrome*, oftewel een spastische dikke darm.'

De diagnose irriteert mij. Is het niet iets te gemakzuchtig de uitslagen af te doen met een etiket dat nergens op slaat? Dit heb ik al vaker gehoord en het leidt tot niets.

'Hoe lang is het nu geleden?' vraagt de arts.

'Twintig jaar.'

Twintig jaar pijn. Is mijn ziekte ingebeeld?

Ik hoor Freek samen met de arts over de problemen in de zorg praten. Ik voel me heel klein en schuldig. Wat zoek ik bij al die doktoren die me allemaal op dezelfde afstandelijke manier aankijken? Zonder enige terughoudendheid durfde er een te beweren: 'We kunnen niets voor u doen, misschien moet u eens met een psycholoog gaan praten en zijn uw fysieke klachten puur een voortvloeisel van uw geestelijk onvermogen.'

'Draait u zich maar om,' had een verpleger gezegd. Ondanks verwoede pogingen, lukte het me niet. 'Stelt u zich even niet zo aan.' Gedropt in een rolstoel zat ik in de grijze ziekenhuisgang te wachten op de uitslag van een onderzoek. Tranen van pijn en vernedering drongen zich op. Een deur ging open en een stem sprak luid door de gang: 'Mevrouw De Jonge, u kunt terug naar de afdeling, we hebben niets kunnen vinden. U wordt zo dadelijk opgehaald. Even geduld.'

Ik keek angstig om me heen. Had ik me weer laten martelen in de hoop dat ze iets zouden vinden? Ik had zoveel pijn. Zelfs morfine kon de pijn niet verzachten. Had iemand mijn naam gehoord? Was Freek in de buurt? Werd hij lastiggevallen? Ik zat voorovergebogen. Probeerde me onzichtbaar te maken. Het enige waar ik wonderlijk genoeg voor wilde blijven leven was om die ene golfslag te kunnen maken. De bal over een brede kloof slaan. Niet voor mijn kinderen. Niet voor mijn man. Nee, om de afgrond te bedwingen. Ik liet mijn hoofd in mijn handen rusten. Ik schaamde me dat ik voor een golfswing wilde leven.

Weer had ik voor niets een week in een ziekenhuiskamer doorgebracht. Ik kon naar huis zonder bruikbare diagnose. De conclusie was dat mijn geestelijk vermogen mogelijkerwijze onder te grote druk was komen te staan. Mij werd een psycholoog geadviseerd, die zou eventueel een oorzaak van de heftige pijnen kunnen vinden. Als ik alleen maar voor een golfslag wilde blijven leven, konden ze wel eens gelijk hebben.

Op een nacht rinkelde om één uur de telefoon. We hadden net de slaap gevat. Een onbekende stem vroeg: 'Spreek ik met Freek de Jonge?'

'Ja,' zei Freek slaperig.

'Dan moet ik u mededelen dat Jules Croiset door antisemieten ontvoerd is. De politie heeft hem vannacht in een rioleringsbuis in Charleroi teruggevonden. Ontvoerders hebben een hakenkruis in zijn borst gegrift. In de buis is een lijstje achtergelaten met een aantal namen van volgende slachtoffers. U staat bovenaan.'

De rust in onze slaapkamer was abrupt verstoord. Van de ene minuut op de andere was de veilige ruimte getransformeerd in een angsthol. Ieder geluid werd verdacht. Een spontane kramp schoot in mijn buik. Ik moest acuut naar de wc. Ik kon niet meer stoppen, zelfs het klateren van mijn plas klonk verdacht. Mijn tanden klapperden alsof het ijzig koud was. Ik probeerde te gaan staan, maar zakte door mijn trillende benen. Ik bleef zitten. Ik had medelijden met Jules. Hij moest ruw aangepakt zijn. Ik voelde de pijn van het krassen.

De vernedering. Ik moest denken aan mijn grootouders, hoe die door Duitse SS'ers uit hun huis gesleurd waren. Aan mijn vaders zusje, elf jaar. Aan haar parmantige strik in haar mooie zwarte haar, hoe die door het geduw verlept geweest moest zijn. Ik kon niet meer van de wc-bril af komen. Onafgebroken klapperden mijn tanden. Ik hield mijn hand tegen mijn kin.

Op zeker moment moesten zelfs onze kinderen onderduiken, omdat de politie veronderstelde dat ze wel eens ontvoerd konden worden. Na een gespannen periode van drie weken werd bekend dat Jules het allemaal zelf verzonnen had om aandacht voor de Joodse zaak te krijgen. Nog nooit had ik zo direct gevoeld dat lichaam en geest één waren.

Ondanks mijn heftige vegetatieve reactie negeerde ik het advies een psycholoog te bezoeken. Ik kon het best zelf oplossen, dacht ik. Totdat zelfs vrienden mij begonnen aan te raden het te doen. We logeerden in hun vakantiehuis in Bretagne, vlak aan zee. Onze vriendin had een baby van drie maanden en twee tienerdochters uit een eerder huwelijk van haar man. Het weer was mooi. De baby was prachtig. De meisjes waren door het dolle met hun kleine nieuwe halfzusje. Ze dansten om de kinderwagen: 'Mogen we met haar wandelen?' En weg waren ze. Hun jurkjes wapperden in de wind om hun uitgegroeide lijfjes. Het kleintje lag half bloot te kraaien in de zwart-witte kinderwagen op hoge wielen toen ze mij passeerden. 'Moet ze niet onder een dekentje?' vroeg ik, maar ze renden al huppelend door.

Ik liep naar het voorhuis op zoek naar de moeder. Ik

vond haar niet. Ik werd bevangen door paniek. Ik zocht vergeefs naar een dekentje in de onbekende kinderkamer. Ik trok me terug in mezelf.

’s Avonds bij de open haard was ik stil. Ik tuurde in de vlammen en schaamde me dat ik hun mijn angst had willen opleggen. Ik wilde zeggen hoe kwetsbaar zo’n schepseltje is, maar het lukte niet. Ik ontkwam niet aan het beeld van mijn eigen kinderwagen waarin ik onze dode baby gevonden had. Ik wilde hun kindje beschermen. Ik wilde de moeder behoeden. Maar ik besefte dat mijn houding de ander hoogstwaarschijnlijk tot last was. Ik mocht ze niet met mijn angsten opzadelen.

De gastheer haalde me uit mijn gepieker. ‘Wat is er, waar denk je aan?’

‘Aan vanmiddag, aan jullie mooie dochter.’ Ik probeerde een snik te onderdrukken.

Hij keek me verbaasd aan. ‘Maak je niet zo’n zorgen.’

De vlammen knetterden. Het gesprek was voorbij.

Omdat ik niemand tot last wilde zijn, luisterde ik naar hun raad en belde de psychologe met wie ze bevriend waren. Ze hield praktijk in een keurige huiskamer met fraaie kunst aan de muur en zat gedistingeerd gekleed achter een eikenhouten bureau met de leesbril op het midden van haar neus.

‘Hoe is de relatie met uw moeder?’ vroeg zij. Ik vertelde. ‘En met uw vader, zuster en broer?’ Ik vertelde alles. Ze keek op haar horloge en zei: ‘De tijd is om. We zullen voorlopig niet langer dan drie kwartier met elkaar praten.’

Geduld, dacht ik. Deze zaken kosten tijd.

Er volgden drie gesprekken. Na afloop van het laatste

kwam ze met een keiharde conclusie: 'Ik denk dat uw broer homoseksueel is!'

Geheel overrompeld stond ik op. Ik stapte in mijn auto en bleef beduusd zitten. Wat had dit in godsnaam met mijn geestelijk onvermogen te maken? Ik had inderdaad een dominante moeder en daar heeft mijn broer zeer waarschijnlijk ook onder geleden. Maar was hij daarom dan meteen homoseksueel? En wat dan nog.

Ik nam het besluit niet meer naar deze psychologe terug te gaan. Of welke andere zielenknijper dan ook. Ik wilde er koste wat kost achter zien te komen wat zich in mijn lichaam afspeelde.

De mannen zijn nog steeds in hun gesprek over de zorg verwikkeld. Ik gluur in mijn status: Endocrinoloog. Gastro-enteroloog. Internist. Neuroloog. Uroloog. Orthopedist. Keel-, neus- en oorarts. Gynaecoloog. Reumatoloog.

Op alle afdelingen heb ik in wachtkamers en spreekkamers gezeten. Op mijn rug en buik op onderzoekstafels gelegen en wijdbeens in stoelen gezeten.

Tropische ziekten. Bedrijfsziekten.

In heel veel hokjes heb ik mijn arm uitgestoken.

Kleedt u zich maar uit! U mag uw onderbroek aanhouden. Gaat u maar op uw rug liggen. U mag zich even omdraaien!

'Maar dat kan ik nu juist niet.'

'We zullen u even helpen.'

'Ik heb last van mijn nek.'

'We gaan u even inspuiten.'

'Wat zit daarin?'

'Een vloeistof met een zeer lage dosis radioactief materiaal.'

'Maar daar kan ik niet tegen.'

'Het doet nauwelijks pijn.'

'Daar gaat het mij niet om, ik ben allergisch voor dat spul.'

'Dat zullen we dan even met de arts overleggen.'

Rillend lag ik zonder kleren te wachten op een wit laken.

'Zonder inspuiting kan het onderzoek niet verricht worden, dan kunnen we niet het beoogde resultaat bereiken. Als u niet meewerkt moeten wij het hierbij laten. Kleedt u zich maar aan.'

'Gaat u uw gang dan maar,' zei ik berustend zonder erover na te denken. 'Dan zien we wel hoe het afloopt.'

Een warme stroom trok door mijn arm. Ik zei niets meer. Langzaam schoof mijn lichaam de scanner in.

'U kunt op het knopje drukken als er iets is,' hoorde ik door een luidspreker. Ik sloot mijn ogen. Ik wilde niets meer. Ik drukte niet. Een oorverdovend geklik ratelde rond mijn hoofd. Ik voelde me wegglijden. De tafel werd uit de tunnel geschoven, mijn arm zat onder het bloed.

'Waarom heeft u niet gebeld?'

Ik voelde me slap, ik had ze toch gewaarschuwd.

Wanneer is het begonnen?

Toen we verre reizen maakten en voedsel kochten bij stalletjes aan de weg? Toen we bij vrienden aten, van wie de gastvrouw kort daarvoor ziek uit Indonesië was teruggekeerd?

Een tropische virus of bacterie, was de diagnose geweest toen ik begon weg te kwijnen door het te frequente toiletbezoek.

'We kunnen weinig voor u doen, hoogstens de diarree stoppen. Hier is het recept. Imodium. Zes keer per dag een pil.'

Een jaar lang. Genoeg om een paard te constiperen. Maar bij mij hielpen de pillen niet. Over de bijwerkingen van deze dosis was niet gesproken. Op de tennisbaan zakte ik plotseling op de grond. Sterretjes dansten voor mijn ogen. De pillen hadden hun uitwerking, maar niet de bedoelde. De imodium had mijn suikerhuishouding voor altijd verstoord. Hypoglycemie. Nu had ik twee aandoeningen.

De arts is geanimeerd in gesprek met mijn man over iets wat niets met mijn ziekte te maken heeft. Zodra ik me in het gesprek meng, begint de arts me te vertellen hoe ik met deze kwaal kan leven. Welk medicijn geschikt is als het slechter zou gaan. Prednison. Dat is me al vaker aangeboden, maar dat heb ik categorisch geweigerd. Ik heb geen zin in allerlei bijwerkingen en een dikke kop. Dan maar pijn. Ik bijt op mijn lip. Dit is me allemaal al zo vaak meegedeeld. Prednison, corticosteroïden, antibiotica. Ik had gehoopt dat hij zou vragen: hoe speelt u het klaar om in zo'n goede conditie te blijven met uw voorgeschiedenis?

Dan zou ik hem vertellen welke boeken ik geraadpleegd heb. *Nutritional Healing*, mijn bijbel voor een medicijnloze aanpak. *Mijn brein als medicijn.* Positief denken, gedisciplineerd leven en veel bewegen. Dat een streng dieet een voorwaarde is en dat pillen niet in alle gevallen beterschap of verlichting brengen. In de hoop dat hij daar iets mee kan bij patiënten met vergelijkbare klachten.

Maar hij zal toch niet luisteren. Hij weet het immers allemaal al. Zijn receptenblok ligt klaar.

'Komt u over een jaar terug, dan zullen we opnieuw uw waarden bepalen. Als er zich eerder iets voordoet, kunt u altijd bellen. Heeft u nog vragen?'

Ik had geen vragen. Ik had alleen een antwoord op een vraag die hij niet gesteld had. Hij staat op, leidt me naar de deur. 'Tot ziens,' zegt hij voorkomend.

Freek en ik lopen zwijgend door de lange gang.

'Waarom zeg je niets?' vraag ik.

'En waarom doe jij altijd zo ingewikkeld? Die man heeft het beste met je voor. Hij constateert dat er op grond van je uitslagen niets veranderd is en jij wilt hem de les lezen. Waarom doe je zo arrogant?'

Ik pak de parkeerkaart, stop hem in de automaat. Het wisselgeld valt rinkelend in het bakje. Ik graai de munten eruit, duw de draaideur naar voren en loop gekwetst naar de auto.

Freek pakt mijn hand. 'Je wilde dat ik met je meeging. Dat doe ik, ik rijd je hiernaartoe en nu ben je nog beledigd ook omdat ik iets over je houding zeg. Ik doe het ook nooit goed.'

Ik blijf strak voor me uit kijken.

'Kom op, zeg wat er aan de hand is.'

Ik kan niet praten, ik schaam me.

'Waarom ga je eigenlijk nog naar de dokter?'

'Dat vraag ik me zelf ook wel eens af. Voornamelijk voor jou en de kinderen, denk ik soms in een fatalistische bui. Maar ik wil niet te nonchalant worden over mijn pijn. Er sluimert iets in dat rare gestel van mij en ik wil voorkomen dat het in iets kwaadaardigs ontaardt.'

'Je bent niet nonchalant en je kunt het medische zorgsysteem niet zomaar even veranderen. Niet iedereen begrijpt meteen wat jij bedoelt.' Hij legt zijn hand op mijn wang. 'Je bent heel stoer en lief. Niemand weet hoe consequent je leeft om problemen te voorkomen. Waarom doe je zo vijandig?'

Ik word rustig. Hij heeft gelijk. Ik gedraag me zo omdat ik op die manier grootgebracht ben. In iedereen de vijand zien. Me verdedigen. En ik weet inmiddels dat ik met deze houding mensen van me afstoot. Toch verval ik steeds in het oude patroon.

'Ik had graag aan de arts willen uitleggen waarom het nu beter met me gaat. Hij vraagt alleen maar: hoe lang heeft u het al, en gooit er een paar ingewikkelde medische termen tegenaan waardoor ik niet meer goed kan nadenken. Ook al weet ik precies wat hij bedoelt.'

'Wat moet die dokter anders? Er verschijnen dagelijks nieuwe patiënten in zijn spreekkamer en die stelt hij allemaal dezelfde vragen. Als hij jouw lijst van specialisten ziet, bestempelt hij je al snel als geval.'

'Vind jij dat ook?'

'Dat zeg ik helemaal niet. Ik leef met je. Ik heb gezien hoe jij je verzet tegen het klakkeloos slikken van pillen. Geweldig. De zorg is in de ban van de farmacie. De patiënt eist beterschap. Dokters willen graag helpen en kunnen hun beperkingen moeilijk toegeven. Wat had je hem willen uitleggen?'

'Hoe je door zelfonderzoek en dieet een hoop ellende kunt voorkomen.'

'Jij zit wel in een luxepositie, niet voor iedereen neemt hij zoveel tijd.'

'En dan gaat hij met jou ook nog eens over zorg en politiek zitten praten. In mijn tijd.'

'Daar kan ik niets aan doen, dan moet je alleen gaan.'

'Je hebt gelijk. Ik weet ook wel dat alle deuren onmiddellijk opengaan vanwege jouw bekendheid. Ik ben te eigenwijs. Ik weiger meestal de voorgeschreven pillen te slikken. Dat maakt me ingewikkeld.'

'Jij zegt het.'

'Ik ben hartstikke ingewikkeld. Mijn leven is ingewikkeld.'

We sluiten aan in een file bij Schiphol. Opeens hebben we tijd om verder te praten.

'Dan stel ik jou dezelfde vraag: wanneer is het begonnen?'

'Dat heb ik gezegd, twintig jaar geleden.'

Maar eigenlijk misschien wel veel eerder. Als klein meisje had ik al pijn in mijn buik. Toen ik veertien was heb ik onbewust de oplossing gevonden. Stoppen met eten. Dat werd als een ziekte beschouwd, over het algemeen aan de geest toegeschreven, maar de ziekte had nog geen naam. De oplossing was simpel: geen pijn, leegte, stilte in mijn hoofd. Ik was me niet bewust van wat ik mezelf aandeed, wat voor ruïne ik van mijn lichaam maakte. Ik menstrueerde niet meer. Daar had ik ook geen pijn meer van, merkte ik.

Mijn ouders waren van een generatie die nog een

rotsvast geloof in de dokter had. In het Joods Israëlitisch Ziekenhuis zouden ze me zeker kunnen genezen. Door me flink bij te voeren zouden de klachten wel overgaan, een nieuwe omgeving zou me dwingen. Het menu bestond voornamelijk uit aardappelen. Veel aardappelen. Joodse aardappelen. Als de verpleegster de ziekenzaal verlaten had, propte ik de aardappels onder mijn matras, om ze 's avonds voor het slapengaan snel als geplette frieten door de wc te spoelen. Ik werd algauw ontslagen. Er was met dit meisje niets aan de hand, gewoon een vrolijk lastig kind, verklaarden de artsen.

Een halfjaar later had ik mijn conditie echter volledig ondermijnd, zevenendertig kilo woog mijn uitgemergelde lichaam. Toen begon de eerste gang naar specialisten. Een endocrinoloog, een aardige dokter. Hij nam me op in het ziekenhuis. Er werd van alles onderzocht, maar er kwam niets uit. Ten slotte heb ik zelf besloten weer te gaan eten. Het dreigement dat ik een slang door mijn neus zou krijgen gaf de doorslag. Liever pijn in mijn buik dan pijn van een plastic slang. Ik begon te eten ondanks de pijn. Het was een onbewuste beslissing, net zo intuïtief als toen ik met eten gestopt was. Het duurde lang voor ik weer op gewicht was. De pijn bleef, maar de overwinning op mezelf gaf me kracht. Ik kon weer lopen en de vreugde daarover nam de pijn weg. Als ik kon lopen, kon ik ook dansen. Ik wilde weer dansen samen met mijn vrienden. Dansen op school, dansen na school. Dansen.

Mijn hongerstaking had de relatie met mijn ouders geen goed gedaan. Nu ik weer kon eten, kon ik uitstekend voor mezelf zorgen, was hun redenatie. Ik kon, zeventien jaar oud, vertrekken.

We passeren een kleine kettingbotsing.

'Is dit wat je wilde vertellen aan die arts?'

'Het is een van de oorzaken van blijvende schade, dit gedeelte kan ik niet overslaan.'

'Maar je kunt je toch wel voorstellen dat een arts daar geen tijd voor heeft? Je wilt zoveel in één keer vertellen. Je wilt zeggen dat anorexia een fysieke grondslag heeft en je wilt vertellen dat je tegen pijn niet altijd pillen hoeft te slikken, dat er alternatieven zijn. En tot slot wil je zeggen dat als de reguliere geneeskunde meer zou samenwerken met de alternatieve geneeswijze, er hoogstwaarschijnlijk minder chemische pillen met bijwerkingen voorgeschreven hoeven te worden.'

'Ja, inderdaad. Klinkt knap hoogmoedig nu jij het zo formuleert.'

'Dat is het ook. Maar wat houdt je tegen? Jij bent het levende bewijs dat het kan. Schrijf het op. Begin bij het begin en neem dat voortaan mee als je naar de dokter gaat, dan kun je mij thuislaten.'

Mijn hoofd loopt over van de verhalen. Er is mij zoveel overkomen dat de balans in mijn lichaam verstoord kan hebben.

Begin bij het begin, heeft Freek gezegd.

Mijn geboorte. Daar kan ik me niets van herinneren. Behalve dat mijn moeder me vaak verteld heeft hoe ik haar tot last was geweest omdat ik niet naar buiten wilde komen. Vermoedelijk hadden ze zich verrekend.

Ze was kilo's te zwaar geworden. Ze heeft me verfoeid. Op 11 maart was ze uitgerekend en ik kwam pas op 21 april. Met navelbreuk en een flinke plek wild vlees boven mijn navel. Het heeft in mijn oren altijd geklonken als vlees van een beest. Er was een wild beest geboren.

Het tweede verhaal ken ik ook alleen uit overlevering. Mijn vader en moeder wilden nog wat uitrusten. Mijn zusje en ik waren vroeg wakker. Nadat mijn moeder me een schone luier omgedaan had, was ze terug in bed gekropen. Ze liet ons samen in ons kamertje achter. Mijn zusje was drie, ik nog geen jaar. Ik kroop onder het opklapbed en rolde me om. Mijn zusje had een vrolijk spelletje bedacht: ze gebruikte het matras als trampoline. Sprong van het bed op de grond en klom er weer op. Haar benen vlogen in de lucht en ze plofte op het bed. Hoewel ze heel licht geweest moet zijn, schoven bij elke sprong de ijzeren poten iets naar binnen. Tot de spiraal geen steun meer had en het bed met zijn volle gewicht op mijn babyhoofd klapte.

Op mijn zusjes geschreeuw kwam mijn moeder in nachtpon aangerend. Ze zag twee babybeentjes en een buikje onder het bed uitsteken. Haar schrik moet groot geweest zijn toen ze mij onder het bed uit haalde en plok! mijn ingedeukte hoofd schoot terug in zijn vorm. Mijn fontanel had de klap opgevangen. De twee schedelhelften schoven weer terug op hun plek. Mijn moeder moet bij die aanblik overvallen zijn door angst. De fontanel, die het nog geen jaar eerder mogelijk maakte ter wereld te komen, redde me nu van de dood. Een deuk in mijn voorhoofd achter mijn pony herinnert mij eraan. Het was de eerste klap op mijn kop. Er zouden er nog vele volgen. Of er blijvende schade in de hersenen is aangericht, weet ik niet. Misschien heb ik er wel voordeel van gehad.

Zodra ik kon lopen begon ik alles te onderzoeken. Dat nieuwsgierige meisje ben ik mijn hele leven gebleven. Als tweejarige sleepte ik een tafeltje en een stoeltje naar de badkamer, op zoek naar mijn medicijn, dat naar kaneel smaakte. Lekker. Mijn moeder wist niet dat het drankje tegen mijn eczeem arsenicum bevatte. Nadat ik het stoeltje op de tafel had gestapeld stond het flesje voor het grijpen. Ik wist het te openen en dronk het achter elkaar leeg. Voor de derde keer in mijn korte leven dreef ik mijn moeder tot wanhoop. Er volgde een dolle rit naar het ziekenhuis. Daar pompten ze mijn maag leeg en werd ik zes weken ter observatie gehouden. De dosis was hoog genoeg geweest om een nest ratten uit te roeien. Is toen mijn chemische overbelasting begonnen? Heeft dat de destructie in mijn lichaam veroorzaakt? Ik lijk wel een proefdier.

Ik was tien en na lang aandringen mocht ik mijn rolschaatsen mee naar school nemen. Zittend op de stoeprand bond ik de ijzeren wieltjes met leren riempjes onder mijn schoenen. De juf had met ons afgesproken dat we op het trottoir bleven. Maar dat was niks: daar kwam je niet op vooruit, dan bleef je bij iedere tegel steken. Je moest op het asfalt zijn, dat was mooi glad. Strak als zwart ijs. Bij de hoek was een lichte helling, daar zou ik starten. Ik zette mijn voet op de weg en vanzelf ging de andere erachteraan. Het kostte geen enkele moeite. Met mijn voeten naast elkaar en mijn knieën licht gebogen kreeg ik steeds meer vaart. Ik vloog vooruit. Er kwam een auto aan. Hoe moest ik remmen? Dat had ik nog niet geleerd. Er zat een rubberen dop onder de rolschaats, maar die had ik nog niet met remmen in verband gebracht. Het enige wat ik kon bedenken was mijn bovenlichaam draaien en mijn voeten overdwars, zoals bij schaatsen. De auto kwam recht op me af. De motor bromde al in mijn oor. Nu doemde er ook nog een lantaarnpaal op. Wat moest ik doen? Voor de paal of voor de auto uitwijken? Ik spreidde mijn armen en sloot mijn ogen.

Met een harde klap knalde ik met mijn kop tegen de paal. Sloeg mijn armen eromheen alsof het mijn liefste vriend was. Mijn lippen drukten tegen het koude ijzer. Ik was tot stilstand gekomen. Beduusd ging ik op de stoep zitten en maakte de riempjes los. Ik voelde aan mijn voorhoofd. Het leek of er een afdruk van de paal in zat, maar het bloedde niet. Gelukkig. Ik kwam overeind en duizelig bedankte ik de paal. Mijn reddende engel. Terug in de klas vroeg de juf hoe ik aan die blauwe ogen kwam. Ik keek haar niet-begrijpend aan. Ik had immers bruine ogen. Thuisgekomen was het eerste wat mijn moeder vroeg: 'Wat heb je gedaan?'

Ik biechtte alles op. Voor ik met kloppend hoofd in bed kroop zag ik mezelf in de spiegel. Nu pas begreep ik wat de juf bedoelde met blauwe ogen.

We hadden weer een nieuwjaarsconference achter de rug en trokken begin januari naar Frankrijk.

De zon schijnt en de deuren staan open. Van de andere kant van het huis klinkt gehak en het splijten van hout. Ik open net mijn laptop in de serre als ik een harde vloek hoor, gevolgd door merkwaardig gekerm. Ik ren om het huis heen en zie Freek hangend tegen de muur. Bleek weggetrokken. De hand voor zijn ogen onder het bloed.

'Wat is er gebeurd?'

'Dat scheelde niet veel,' mompelt hij als hij me ziet aankomen.

Ik haal zijn hand van zijn voorhoofd af. Het ziet er akelig uit. Er drupt bloed uit een wond. Ik draai mijn hoofd af, sla mijn handen voor mijn ogen en begin te stampvoeten.

'Ik wilde de oude teakhouten stoel op de kruising van de poten doormidden hakken, maar een poot nam revanche.' Op de grond ligt de forse bijl aan een lange steel.

'Gaat het? Moeten we naar het ziekenhuis?'

'Nee, het gaat wel.'

Het bloeden stopt gelukkig snel. Ik pak zijn hand en neem hem mee naar binnen, maak de wond schoon en druppel er betadine op.

'Dat is goed afgelopen,' zegt hij. 'Die poot kwam als een raket op me af. Ik heb geluk gehad.'

'Dit is nog een vak, houthakker,' zeg ik plagend.

Het was inderdaad goed afgelopen. Iets hoger of iets lager en het was goed mis geweest. Ik wrijf met mijn hand door mijn haar en voel de bobbel op mijn schedel die ik als kind in het bos had opgelopen.

Ik was elf. Met mijn moeder wandelde ik naar de Zomerdijkstraat. Ze had zich mooi aangekleed. Ze ging bij de beeldhouwer Marius van Beek poseren. Hij kleide een kop van haar gezicht. Mijn moeder zat op een stoel in zijn atelier. Hij ging naast haar staan en draaide haar gezicht met zijn handen naar links en rechts. 'Iets omhoog met je kin, Eef,' zei hij en streek door haar haar. Ik volgde hem met argusogen. Hij liep naar de sokkel en haalde het plastic van de natte klei. Met een spatel krabde hij haren in de klei. Vol bewondering bleef ik kijken hoe hij haar ogen uit de klei tevoorschijn toverde.

'Ga buiten spelen,' zei mijn moeder. Het liefst was ik blijven kijken, maar Marius zette de deur al open.

Mijn zus en ik werden voor een week bij de Van Beeks uit logeren gestuurd. Marius had een tweede huis in Oosterbeek, dat aan een groot bos grensde. Het gezin Van Beek telde vier kinderen en er logeerden nog andere kinderen uit de rivierenbuurt. Amsterdamse bleekneusjes die buitenlucht nodig hadden.

We speelden rondom de grote beelden die in de tuin stonden, maar het liefst waren we achter in het bos. We zouden indiaantje spelen. Eerst maakten we speren van hout. Erik, de baas van de Zomerdijkstraat, liet mij zien hoe je met een zakmes de houten schillen van een tak moest slijpen. Hij zette zijn vinger achter het mes, duwde het naar voren en de groene schilfers vielen op de grond. Ik zat in kleermakerszit, een indiaan zonder vredespijp, en keek naar zijn sterke handen. 'Wil jij er ook een?' Ik knikte. Wat was hij sterk!

Na het middageten scheidden de jongens zich van de meisjes. Zij hadden hun eigen kamp gebouwd en wilden niet dat de meiden op hun terrein kwamen. Voor de ingang lag een boobytrap, een kuil waar ze dennentakken overheen gelegd hadden. Ons was heel duidelijk te verstaan gegeven niet verder te gaan dan een bepaald bosje. Ze bewaakten hun hut, gewapend met hun speren achter de boobytrap, die ze dreigend hieven opdat wij het niet zouden wagen in hun buurt te komen.

Claar, Katinka, mijn zusje en ik loerden vanachter een struik, ook zwaarbewapend. Wilde indianengeluiden schalden door het bos. De jongens roffelden met hun hand op hun mond en de uitdagende geluiden lokten mij uit onze schuilplaats. Ik had een door mijn moeder gemaakte witte bloemetjesjurk aan en vond dat ik ondanks die jurk best met de jongens mee kon doen. Met de speer die Erik speciaal voor mij geslepen had, voelde ik me gelijkwaardig en ik negeerde de jongensregels. Ik hief mijn damesspeer, hij was iets dunner dan die van de jongens, met gestrekte arm boven mijn hoofd. Met mijn vrije hand sloeg ik snel tegen mijn mond om zo eenzelfde geluid uit te stoten. Een hol oehoehoe galmde door het bos. Voetje voor voetje sloop ik over de takken en dennenappels naar ze toe.

'Halt.'

De jongens sprongen dreigend uit hun schuilplaats en stonden wijdbeens voor de ingang. Erik riep: 'Als je dichterbij komt, gooien we.' Maar mij hoefde hij niet te vertellen wat niet mocht, mijn punt was net zo scherp als de zijne.

'Blijf daar staan, anders gooien we!' brulden ze. Opgezweept door de oerwoudgeluiden zette ik een stap in hun richting en bijna op hetzelfde moment voelde ik een stekende pijn aan de zijkant van mijn hoofd. Ik wankelde. De speer was van een flinke afstand door de lucht gevlogen en op de zijkant van mijn hoofd afgeketst. Draaierig zat ik op de grond. Het bloed sijpelde langs mijn hand op mijn witte jurkje. De jongens sprongen uit hun schuilplaats tevoorschijn en bogen zich in een kring over me heen.

'We hadden je gewaarschuwd,' zeiden ze, toch wel geschrokken. Erik hielp me overeind. De meisjes kwamen nu ook aangerend en brachten me naar huis. De dokter hechtte met een paar krammetjes het gaatje. Ik hoopte dat Erik me stoer vond.

Ik wilde graag in het kamp van de jongens meespelen. Niet omdat ik me een jongetje voelde, maar omdat ik gelijkwaardig wilde zijn. Wat zij konden, moest ik ook kunnen. Niet zeuren. Geen zwakte tonen. Ik besef achteraf dat ik daar meerdere malen te ver in ben gegaan.

Het teakhout wil goed fikken. Freeks voorhoofd ziet er met de pleister nog imponerender uit. Het lot was ons goedgezind geweest. We zitten op het platteland tussen de boeren en het is hier niet aangenaam om naar een dokter te moeten. Een felle bliksemschicht licht de tuin op. Er volgt kortsluiting. We zitten in het donker. De stoelpoot in de open haard gloeit op. Met een kaarsje en een zaklantaarn vertrekken we naar boven. De regen klettert op het dak. De donder rommelt in de bergen. We gaan dicht tegen elkaar aan liggen. Zoeken de veiligheid bij elkaar.

Als ik de volgende dag verder wil met de zoektocht naar de oorzaak van al die vreemde pijnen, krijg ik een flinke scheut in mijn rug. Het is of een hand onder mijn T-shirt glijdt en een mes in mijn rug boort. Ik blijf zitten en probeer mij te concentreren op het computerscherm. De pijn verspreidt zich naar mijn onderbuik en trekt vervolgens via mijn lies naar mijn dijbeen. Ik herken de pijn. Of iemand er met zijn volle gewicht op gaat staan. Dit heb ik eerder gevoeld. Hiervoor heeft Freek me gestrekt in de auto uit Londen naar Leiden moeten rijden. Ik probeer me te verzetten, maar het lijkt of de pijn een stem krijgt.

'Als jij over mij schrijft, zal ik je laten voelen wat het is.'

Het wonderlijke van pijn is dat het niet in je geheugen wordt opgeslagen. Als het voorbij is, is het vergeten.

De zitjes van de pannenkoekenlift kwamen in hoog tempo voorbij. Ik pakte een stang met twee handen beet. Mijn skistok bleef achter een hekje haken, ik kwam te vallen en werd meegesleurd tot ik losliet. Mijn duim kwam onder mijn ski terecht en het werd me even zwart voor ogen. Het meisje achter mij overkwam hetzelfde. We krabbelden overeind en stonden tegenover elkaar. We deden onze handschoenen uit. Haar duim begon ter plekke op te zwellen, de mijne zag er ondanks de pijn normaal uit. Met ijs probeerde ik de pijn te verzachten en verder schonk ik er geen aandacht aan en vertrouwde erop dat het uit zichzelf over zou gaan.

Terug in Nederland stortte ik me weer op mijn werk en vergat de blessure. Nadat de kinderen 's morgens vroeg op de fiets richting school verdwenen waren, hees ik me in mijn overall en haalde een plastic zak met vochtige klei uit de kast. Sneed er met een dun ijzerdraad een plak af. Met een deegroller waar ik met mijn volle gewicht op leunde, rolde ik de klei net zo lang uit op de gipsplaat tot er geen luchtbellen meer in zaten en ik vervormde vervolgens de klei tot een bal. Daarna smakte ik de bal op de draaischijf, zette die op volle toeren en dompelde mijn handen in de emmer met lauw water die naast me op de grond stond. Mijn natte handen omvatten de klei stevig en ik perste ze naar elkaar toe. De warme, blubberige kleipap droop tussen mijn vingers door in de plastic bak. Mijn handpalm legde ik plat op de ronddraaiende bonk en met volle kracht duwde ik de massa naar beneden. Vervolgens kraste ik er met mijn nagel een gaatje in en zette mijn duim in het holletje en drukte. De bonk klei leek zich te openen. Ik duwde harder en plotseling voelde ik een stekende pijn als bij de skilift, maar vele malen heviger. Ik trok mijn duim, die door het hoge toerental teruggezogen werd, uit het gat en zag dat die er los bij hing. Ik waste mijn kledderige handen.

'Waarom bent u niet eerder gekomen?' vroeg de handchirurg naar wie ik was doorverwezen in het Onze Lieve Vrouwen Gasthuis.

'Ik dacht dat het wel meeviel. De duim was niet dik of blauw.'

'Nu bent u te laat. U heeft uw ligamenten doorgescheurd. Een operatie is onvermijdelijk. Het kan zijn dat als u wakker wordt uit de narcose, ook uw voet in het verband zit. We zullen kijken of we de pees uit uw pols kunnen halen, maar niet iedereen bezit dat extra peesje. Zo niet, dan zullen we het uit uw teen moeten halen.'

Ik ontwaakte weer eens in een ziekenhuisbed. Het

spuugbakje op mijn borst. Been aan een katrol in de lucht. Ik had dus geen extra pees in mijn pols. Mijn arm zat tot de elleboog in het gips. Een zuster kwam met een pijnstiller.

Freek stond bij het voeteneinde. Liep naar voren en aaide over mijn gehavende been. Hoe kreeg hij mij nu weer thuis? Per rolstoel verlieten we het ziekenhuis.

De pijn in mijn hand werd ondraaglijk.

'Er klopt iets niet. Het gips moet eraf. Het bloedt,' zei ik tegen Freek.

'Laten we nog één dag afwachten. Heb toch eens vertrouwen. Misschien gaat het wel over.'

Ik hinkte onhandig de trap op, dat oude in de steek gelaten ziekenhuisgevoel kwam weer over me heen. Ik liet me voorover op mijn buik op het bed vallen. Het was of ik in een holle zwarte buis opgeborgen werd en nog zo hard kon schreeuwen, niemand zou me horen. Stervensalleen.

De volgende dag werd het gips verwijderd. Een vermagerde hand kwam tevoorschijn. Het was een bloeding geweest. Er was een fout gemaakt. De chirurg werd opgeroepen. In zijn witte jas kwam hij de gipskamer binnen, pakte mijn onooglijke hand en duwde hem abrupt van zich af. 'Mevrouw De Jonge, u moet niet denken dat u meer bent dan een ander en daarom sneller geholpen wordt,' zei hij, liep zonder verder iets te zeggen weg en liet mij sprakeloos achter bij de gipsverbandmeester en zijn assistenten.

Deze handchirurg, die volgens zeggen de beste zou zijn voor deze gecompliceerde blessure, had mijn duim verkeerd gezet, maar wilde dat waar iedereen bij stond niet toegeven. Behalve de duim was ook mijn teen geruïneerd. Ongestraft een pees weghalen uit een lichaamsdeel bestaat niet. De teen hing er na verloop van tijd net zo slap bij als mijn duim. De manier waarop hij mij te woord had gestaan en mijn hand een duw had gegeven getuigde van grote minachting. Mijn handen waren mijn leven, mijn alles. Naar deze handchirurg wilde ik niet meer terug.

Kort na die operatie begonnen de darmproblemen en werd mij door specialisten van het AMC een bacterie of virus toegedicht.

Vioolspelen ging niet. Ik kon de stok niet meer vasthouden. Ik heb van de nood een deugd weten te maken en leren pianospelen. Dat wilde ik als kind al. Daar was toentertijd geen geld en ruimte voor. Nu stond er een vleugel in de huiskamer. Dankzij het pianospel leerde ik mijn duim weer gebruiken. Later kon ik ook weer vioolspelen door de stok op een andere manier vast te houden.

De wind suisde langs mijn oren. Ik werd onzeker. Deze snelheid paste niet bij mij. Door het gewicht op mijn rechterbeen te zetten probeerde ik een kwartdraai te maken, maar mijn techniek was niet langer de baas. De bindingen lieten los en ik werd als een raket gelanceerd. De ski's schoten door de lucht. Ik sloeg een paar maal over de kop, plofte met mijn gezicht in de sneeuw en mijn lijf klapte eroverheen. Ik hoorde een knakkend geluid. Toen werd het stil. Ik lag roerloos. Freek was verder geskied en wist niet dat ik gevallen was. Ik probeerde te gaan zitten. Het werd zwart voor mijn ogen. Ik dacht dat ik flauw ging vallen.

Stap voor stap kwam Freek zijwaarts naar me toe. Het leek uren te duren voor hij bij me was. Hij pakte me onder mijn oksels en zette me rechtop. Toen duurde het nog een eeuwigheid voor ik mijn ski's, die meters uit elkaar lagen, onder had, en we skieden naar beneden. Misselijk van de klap en wankel op mijn benen liet ik me door hem leiden.

'We moeten naar een dokter,' zei ik.

Freek kon zijn teleurstelling niet verbergen. We waren pas drie dagen met vakantie en ik had weer eens wat. Naast het lokaal van de skischool was de eerste hulp. Mijn nek en schouder werden er bekeken.

'C'est ne pas grave,' was het geruststellende resultaat van het onderzoek. Ik kreeg een schuimrubberen kraag om en mocht een week niet skiën. De duizeligheid werd niet minder.

De terugrit naar Nederland was een martelgang. Ik wist op het laatst niet meer hoe ik mijn hoofd omhoog moest houden. Onderzoek in het AMC wees uit dat de Franse arts de blessure niet goed had beoordeeld, dat er in mijn nek een band was gescheurd en een wervel geraakt.

Vier maanden lang liep ik met een gipsen kraag om mijn hals. Slapen met dat ding om was lastig en pijnlijk. Pijnstillers slikte ik niet. Mijn hoofd werd met de dag zwaarder en ik begon dubbel te zien. Zou er in het alternatieve circuit een oplossing zijn?

Een alternatieve huisarts adviseerde mij een orthomanuele collega. Die raadde mij na het eerste consult aan de kraag aan de kant te gooien. Ik was bereid ieder advies aan te nemen.

Hij manipuleerde mijn nek met een hamer, drevel en zijn vingers. Hij was een tovenaar. Na een aantal behandelingen kwam de kracht in mijn nekspieren terug. Ik kon mijn kop weer keren. Omdat er een essentiële band in mijn nek ontbreekt, ben ik wel afhankelijk van zijn behandeling geworden. Een goedbedoelde omhelzing en ik kan weer naar hem terug.

Nu ik terugkijk in mijn pijnlijke verleden komt uit het niets die pijn opzetten. Dat was mijn bedoeling niet. Heb ik hem uitgelokt? Mijn doorzettingsvermogen wordt ernstig op de proef gesteld. Het is moeilijk concentreren in onmogelijke houdingen.

'Wil jij mij begrijpen dan zul je er dwars doorheen moeten,' zegt de pijnstem.

Aan de deur in Muiderberg stond onze oude buurman uit de Badlaan. Hij had in mijn atelier een beeld in ruwe vorm zien staan en wilde het meteen hebben. Een koning met een hermelijnen mantel. Hij moest nog geglazuurd worden.

'Is hij al klaar?' vroeg de buurman gretig.

'Nee, ik heb geen tijd gehad. Morgen.'

'Je kijkt zo treurig, is er iets?'

Ik vertelde hem dat mijn baarmoeder over drie dagen verwijderd zou worden.

Hij keek me bemoedigend aan. 'Dat gaat wel lukken,' zei hij. 'Je zult een ander mens worden. Los van je moeder komen. Los van je kinderen. Bevrijd.'

Ik keek hem stomverbaasd aan. Als dat zou kunnen.

Die nacht stookte ik de oven op tot elfhonderd graden. De hitte zou de klei in de vorm die ik eraan gegeven had vereeuwigen. Tijdens het stookproces moest de koning zijn glazuren hermelijnen jas in de oven aantrekken. Het bleef altijd weer spannend of een beeld er zonder barstjes uit zou komen.

De volgende dag belde de oude buurman weer aan. Samen gingen we voor de oven staan. De warmte straalde er nog van af, maar de temperatuur was voldoende gedaald om de hendels te openen. Door een kier gluurden we naar binnen. Het glazuur had een glinsterende gloed over de mantel gelegd. Voorzichtig opende ik de deur iets verder. Er mocht niet te veel kou in één keer bij komen, want dan zou het glazuur craqueleren.

'Het is een schitterend proces. Het is altijd weer een wonder wat je aantreft als de deur opengaat, terwijl je van tevoren weet wat je doet. Het beeld is nog te heet om eruit te halen.'

'Ik kom morgen graag terug.'

De volgende dag had ik een afspraak bij de gynaecoloog. In de drie jaar dat de uitstrijkjes niet in orde waren, hadden we elkaar beter leren kennen. We waren bevriend geraakt. Precies op het moment dat ik besloten had nooit meer met Freek te willen spelen, had Lex voorgesteld: 'Wil je met mij tennissen?' Freek was in het spel onverbiddelijk en bood mij geen ontsnappingsruimte.

Tot mijn vijfendertigste had ik nooit een bal aangeraakt. Sport werd bij ons thuis niet beoefend. Wij deden aan cultuur. Ballet. Terwijl Freek zijn hele leven buiten tegen een bal aan had getrapt. Hij verwachtte snellere progressie van mij. Maar ik bleef een onmogelijke beginner. Ondanks verwoede pogingen de techniek zo goed mogelijk uit te voeren, mepte ik telkens langs de bal en moest dan vreselijk lachen.

'Doe niet zo stom,' zei hij meedogenloos.

'Dat komt door mijn ogen.'

'Alsof ik goede ogen heb.'

'Ja, maar ik ben scheel.'

'Ik niet soms.'

Hij smeet zijn bril op de bank. 'Kom maar op, ik kan het zonder bril.'

Ik stopte mijn racket in mijn tas en liep weg. 'Zie maar. Jij kunt het zelfs zonder tegenstander.'

Lex en ik spraken af in het Frans Otten Stadion. Op de baan hadden we waanzinnig veel plezier. Hij liet me alle hoeken van de baan zien en na afloop filosofeerden we over het leven. Er ontstond een innige vriendschap.

Nu moesten we een beslissing nemen over mijn lijf.

Voor een simpele laparoscopie die niet langer dan een kwartier duurde, hadden ze me ooit om elf uur 's morgens onder zeil gebracht. Pas de volgende ochtend om zeven uur kwam ik weer bij. Een jaar lang heb ik een zweverig gevoel in mijn hoofd gehad. Dit zou me niet nog een keer gebeuren.

'Die baarmoeder mag eruit, maar ik wil geen totale narcose. Ik wil een ruggenprik.'

'Dat gebeurt zelden,' zei Lex, 'maar als jij dat wilt zal ik het met de anesthesist bespreken.'

's Middags kwam de buurman weer langs. Hij keek me bezorgd aan. 'Gaat het?'

'Ja, uw opmerking van gisteren heeft me gesterkt. Het beeld is klaar.'

We liepen mijn atelier in. De ovendeur stond wijd open. De koning was afgekoeld en keek ons fier aan. Op zijn kroon zat een vogel en in zijn hand had hij een scepter. Met handschoenen aan tilde ik het beeld op. De buurman stak zijn door het leven getekende handen begerig uit. 'Pas op,' zei ik, 'het is nog warm.'

Ik overhandigde mijn creatie aan de nieuwe eigenaar. Een plechtig moment.

Je wordt een ander mens.

We stapten de automatische draaideur in, Freek als eerste, met mijn koffertje. Met een schok kwamen we tot stilstand. Een rolstoel blokkeerde de zaak. We zaten vast. Achter de doorzichtige tussenwand waarin bloemen verwerkt waren. Rode en blauwe plastic bloemen om de patiënten en bezoekers bij binnenkomst op te fleuren. Een man naast Freek begon enthousiast: 'Dat is nou leuk, u eens in het echt te ontmoeten. Ik zie u altijd op de televisie.'

Ik bleef strak voor me uit kijken. De man in de rolstoel met zijn gestrekte gipsbeen probeerde zich wanhopig te bevrijden. Freek wrong zich door de spleet, pakte de rolstoel bij de grepen en trok de ongelukkige man achteruit. We draaiden weer. Ik lachte om die resolute manier van handelen. Freek kent geen geduld.

Ooit in Vietnam was hij uit de auto gesprongen en met woeste gebaren het verkeer gaan regelen omdat we te lang stilstonden. Midden op een te smalle tweebaansweg blokkeerde een auto het verkeer. De Vietnamezen leken geen bezwaar tegen wachten te hebben. Maar mijn man moest door. Hij klopte op de raampjes van de stilstaande auto's en charterde de inzittenden om met elkaar de stilgevallen auto op te tillen en naar de kant te verplaatsen. Daarna leidde hij met de geroutineerde armbewegingen van een verkeersagent de auto's door de smalle passage.

De man in de rolstoel bedankte Freek. 'Goed gedaan, jochie. Mag ik een handtekening op mijn been?' Hij reikte Freek een viltstift aan. 'Wat doe jij hier in het ziekenhuis?'

Freek, zichtbaar in verlegenheid, gebaarde mij om vast door te lopen, maar ik bleef staan en wachtte tot hij klaar was. Hij zette sierlijk zijn krabbel naast een tekeningetje van een clown. De man die hem in de draaideur aangesproken had, tikte op zijn schouder: 'Mag ik met u op de foto? Wilt u hem even nemen?' Ik kreeg het toestel aangereikt.

Freek, net in de draaideur onstuitbaar, bleef geduldig en beleefd. De man ging pontificaal naast Freek staan en sloeg een arm om hem heen. 'Echt leuk, kerel, dat je dat doet.'

Ik klikte.

'Nog één voor als ie mislukt is.' De man lachte. Klik.

'Als ie gelukt is zal ik hem opsturen. Mag ik uw adres?'

'Nee, mijn vrouw moet op tijd boven zijn.'

We gingen de roltrap op. In dit gebouw had ik vijfentwintig jaar eerder mijn leven een wending gegeven toen ik besloten had weer te gaan eten. Die moed van toen zou me nu ook van pas komen.

Mijn verzoek om niet onder totale narcose te worden gebracht werd gerespecteerd. Half bij kennis kon ik de bewegingen volgen achter een groen laken, dat tussen mij en het operatieteam gespannen was. In mijn koptelefoon klonk muziek uit *Les Misérables*. Ik werd meegezogen de strijd in. Het groene laken werd een spandoek. Er vloog een vlieg door de operatiezaal. De vijand. Vanuit mijn benarde positie probeerde ik zijn aanwezigheid door te geven.

'Een vlieg. Op het laken!' wilde ik roepen, maar het bleef stil. Mijn kaken bewogen als bij een buikspreekpop.

Het hoofd van Lex kwam vanachter het doek tevoorschijn. Hij had een groene muts op. 'We zijn er bijna,' zei hij door zijn mondkapje.

'Er zit een vlieg op het laken!' wist ik uit te brengen. Ik zag allemaal beestjes. Gluiperige bacteriën kropen over het laken. Het strijdlied ging naar een climax. Bombastische klanken sleepten mij mee. De vlag werd gestreken.

'Je hebt het goed gedaan. Er was geen vlieg,' zei Lex. Ik was te slap om met hem in discussie te gaan, maar had wel degelijk een beest gezien. Mijn bed werd naar een kamertje gereden. Ik had het volbracht zonder totale narcose en dommelde weg. Ik hing aan allerlei slangen. Beestjes kropen over mijn laken en drongen de fles binnen. Niets deerde me.

Drie dagen later kreeg ik acuut hevige pijn. Een arts reed echoapparatuur de kamer binnen. Met de echokop wreef hij over mijn wond en constateerde een interne bloeding. De moed en de kracht die ik tot dan toe gekend had, vloeiden uit me weg. Ik raakte in paniek. Moest ik me alsnog gewonnen geven?

Het was juist die dag 4 mei, een zwaar beladen datum bij ons vroeger. Lex werd opgeroepen. Hij had een vrije zaterdag maar kwam onmiddellijk naar me toe. Hij bekeek de echo en pakte liefdevol mijn hand.

'Het komt goed,' zei hij. 'De operatie is gelukt. We wachten een dag om te zien of de bloedprop uit zichzelf uit elkaar zal vallen. Het komt goed,' herhaalde hij bemoedigend.

En het kwam goed.

Ik had de strijd tegen de kwaadaardige kankercellen gewonnen. Wat mijn oude buurman gezegd had, kwam uit.

Freek zou een week na de operatie zijn nieuwe roman *Neerlands Bloed* presenteren door het boek integraal voor te lezen. Daar wilde ik koste wat kost bij zijn. Krom als een oude vrouw verliet ik het ziekenhuis. Ik probeerde mijn rug te strekken. Rechtop lopen, had ik van mijn moeder geleerd. Zij had het weer van haar opa. Aan de leuning trok ik me de trappen van het Concertgebouw op. Freek stond in de foyer achter een katheder. Zijn warme stem klonk door de ruimte. Een suppoost bood mij een stoel en ik luisterde naar Freeks verhaal, gebaseerd op een van onze ervaringen in het Verre Oosten.

We hadden eindeloos veel trappen beklommen. In de verte lag de tempel waarnaar we op weg waren. Langs de traptreden stonden lampionnen op de grond. Aan rode draadjes hingen wenskaartjes van rijstpapier, waarop met zwarte verf hoekige Japanse tekens geschilderd waren. De witte kersenbloesem bood nauwelijks schaduw. Voorop liep een reisgids met een rode vlag. We kwamen op een binnenplaats en ons werd gevraagd in een cirkel rond een boom te gaan staan. Ze vertelde het verhaal uit de overlevering. Vlak boven de wortels zat een vierkant gat. Wie daar doorheen kroop, bevrijdde zijn gekwelde ziel.

Ik keek naar de uitgesleten plek. Onze schouders waren te breed. Voor ons Europeanen was dit niet weggelegd. Een vader duwde zijn kind naar voren. De gids nam het bij de arm en spoorde het aan erdoorheen te kruipen. De tengere knaap moest er makkelijk door kunnen. Hij zat op zijn knietjes en keek nieuwsgierig door het gat. De gids liep naar de andere kant, stak haar hand door het gat en reikte naar hem. De vader begon hem van achter te duwen. Het jongetje sprong op en wilde wegrennen, maar de vader pakte hem beet en dwong hem door het gat te kruipen. Het kind begon te huilen en schopte machteloos tegen zijn vaders benen.

De stem van Freek wist me ook nu in vervoering te brengen. Ik voelde weer de warmte van de zon op het plein. Ik herkende de teleurstelling van de ouders die het beste met hun zoon voorhadden. Voelde de rust van de mediterende monniken op de trap in hun oranje pijen.

In Freeks verhaal stond de boom in een Japans concentratiekamp. Ook de gevangenen werd voorgehouden dat ze vrij waren zodra ze door het gat waren gekropen. Dagen stonden ze op appel. Zonder eten. Uren in de hete zon. Telkens één Japanse regel herhalend. 'We hebben het begrepen.' Eén man was zo vermagerd dat hij de poging waagde. Aan de andere kant viel hij dood neer. Hij was vrij.

De pijn van mijn wond leek verdwenen. De toehoorders stonden op en gingen naar de koffieruimte. Ik liep erachteraan. Even was het alsof ik door het gat gekropen was.

Kort na de operatie gingen we op reis naar Curaçao. Zon en zee zouden me goeddoen. Vlak uit de kust doken we van een bootje om het koraal en een wrak te bekijken. Een peilloze diepte lag onder me. Een school blauwe vissen met gele stippen gleed vlak onder mijn lichaam door. Mijn armen bewogen zich kalm door het water.

Plotseling sloeg het weer om. Een sterke wind stak op. Het eerst zo rustige water begon op te spatten. Ruwe golven klapten over mijn hoofd. Ik dreef van de boot weg door een sterke onderstroom. Ik probeerde terug te zwemmen maar de kracht ontbrak me. Ik zag Freek steeds verder weg raken. Ik ging op mijn rug liggen, keek naar de woeste wolken en liet me meevoeren op de golven. Het was een heerlijk gevoel. Weg van alles. Op deze manier was ooit mijn moeder in Italië door de onderstroom meegezogen. Zij was in paniek geraakt. Een sterke kerel was op haar gegil de zee in gedoken en teruggekeerd met haar in zijn armen. Ze lag als een zeemeermin achterover en keek in vervoering naar de blonde Italiaanse halfgod die haar gered had. Met dit beeld voor ogen dreef ik nog verder af. De vissen namen me mee. Mijn buik werd week. Plotseling dook

Freek naast me op. Hij legde zijn hand onder mijn rug en duwde me naar de boot. Ik had geen angst gevoeld.

Door het verwijderen van de baarmoeder was ik in een versnelde overgang terechtgekomen. Hier wilde ik niet aan toegeven, dus negeerde ik de signalen. Dat werkte overdag prima, maar ik sliep slecht, was overgevoelig voor geluid en werd vaak badend in het zweet wakker.

In Beijing lagen we een halfjaar later in een broeierige hotelkamer. In een te smal bed lag Freek naast me hartgrondig te snurken. Ik propte doppen in mijn oren, maar die konden niet alle geluid tegenhouden. Zweet parelde langs mijn lichaam. Een monotoon geknars steeg op uit de straat. Het leek of er tientallen nagels over een schoolbord schraapten. Het werd steeds luider. Het begon op muziek te lijken. Spannende muziek in een film. Ik lag op mijn rug in een bos. Mijn benen duwden tegen het mos en trapten mijn gewicht omhoog. Het geroffel zwol aan. Ik zag mannen met scheppen. Mijn buik zette op. De wond knapte open. Ze groeven een kuil en zongen een lied. Bloed sijpelde in de sneeuw. Ik bleef heel stil liggen en keek omhoog. Was de kuil voor mij? Hadden ze me gezien?

Plotseling werd ik heen en weer geschud. Freeks hand lag op mijn schouder.

'Wat maak jij een lawaai!' zei ik verschrikt.

'Nee,' antwoordde hij, 'ze zijn buiten bezig en jij snurkt.'

Het licht van de lantaarns viel door de dunne gordijnen. Een teerlucht drong de kamer binnen.

'Waar zijn we? Ik heb het koud.'

'Je ligt enorm te zweten.' Hij pakte een handdoek en depte het zweet van mijn lijf. 'Ze asfalteren de straat.'

We gingen bij het raam staan kijken. Rook dampte uit een karretje. Een rij mannen was over de breedte van de weg bezig met schoffels de bovenlaag asfalt van de straat te krabben. Daarachter nog een rij die de achtergebleven restjes wegschoffelden. 'Dit is China.'

Ik lig in mijn Franse bed. Pijn dringt zich op in mijn slaap. Heb ik me zo ingeleefd in mijn verhaal? Heb ik de pijn zelf opgeroepen? Moet ik me schamen voor mijn overgevoeligheid?

Ik kan niet te werk gaan zonder totale overgave. Als na maanden van voorbereiding mijn werk in een galerie tentoongesteld stond, lag ik de volgende dag uitgeblust in mijn bed met over mijn hele lichaam pijn. Geen houden aan. De beelden dansten voor mijn ogen. Ik moest ze loslaten. Ik lag op de bodem van het zwarte gat. Uitgeput.

Die overgevoeligheid speelde me ook parten bij zieke mensen. Ik trok me hun leed aan en wilde hun zorgen wegnemen. Mijn medelijden ging vaak zo ver dat ik de dezelfde klachten kreeg.

Op mijn twaalfde ging ik op een warme dag met Vera mee om haar tante Hetty op te zoeken in het ziekenhuis. Ik was één keer eerder mee geweest naar het tehuis waar ze verbleef. Daar zat ze aan een tafel en zong onafgebroken 'Vader Jacob', terwijl ze met een schaar in een krant knipte. Voor het ziekenhuis stond een ijskar. Vera zeurde net zo lang tot we een ijsje kregen. Hetty was heel zielig, had Vera's moeder onderweg aan ons verteld. Ze hadden haar blindedarm weggehaald, omdat die ontstoken was. We moesten ons heel rustig gedragen. 'Eten jullie eerst maar even hier je ijsje op,' zei haar moeder, die vast naar binnen ging. Na enige tijd wenkte een verpleegster om de hoek van de deur.

Hetty lag met haar handen vastgebonden aan de spijlen van het bed en probeerde met haar voeten te spartelen onder de witte sprei. Ze murmelde en spuugde belletjes. Vera en ik bleven aan het voeteneinde staan.

Ik voelde een ongelofelijke pijn in mijn buik opkomen. 'Ik moet naar de wc,' zei ik. 'Einde van de gang rechts,' wees de verpleegster. Ik maakte dat ik wegkwam uit de ziekenzaal en bleef lang op de wc.

Vera's moeder had haar jas alweer aan en stond me op de gang op te wachten. 'Heb je je handen goed gewassen?'

'Ja, mevrouw.'

Ik hield kramp in mijn buik. Bij thuiskomst liep ik direct door naar de wc.

'Waar ben jij geweest?' vroeg mijn moeder.

'Bij Hetty, de tante van Vera. In het ziekenhuis.'

'Dat meen je niet.'

'Jawel.'

'Dat doe je toch niet, kinderen meenemen naar een gesticht. Wat een schande, ik zal vanavond haar moeder bellen.'

'Het was niet daar, ze lag in het ziekenhuis. Haar blindedarm is geopereerd.'

'Maakt niet uit, zoiets doe je gewoon niet.'

Ik kon het beeld van de onder de dekens spartelende Hetty niet van me afzetten.

De volgende dag had ik onverdraaglijke pijn in mijn buik en mijn moeder zei: 'We gaan naar de dokter.'

In de spreekkamer moest ik op de onderzoekstafel klimmen. De dokter drukte met zijn vingers in mijn buik. Een gemene pijnscheut trok door mijn onderbuik. 'Zit het hier?' Ik beet op mijn lip en knikte. De dokter keek mijn moeder zelfverzekerd aan en zei: 'Blindedarmontsteking.'

'Dat doet ze altijd,' zei mijn moeder hoofdschuddend. 'Als ze zieke mensen ziet, zegt ze dat ze dezelfde pijn heeft.'

'Maar ze hééft blindedarmontsteking, dat is wat er nu gaande is, mevrouw,' zei de dokter.

'En waarom heeft ze dan diarree?' mopperde mijn moeder.

'We zullen haar ontlasting laten onderzoeken.'

Twee dagen later kwam de uitslag: paratyfus plus acute blindedarmontsteking. We moesten wachten tot de bacterie verdwenen was, pas dan konden ze de blindedarm aanpakken. Hoogstwaarschijnlijk was de paratyfus afkomstig van het ijsje. Ik kreeg medicijnen voorgeschreven. De pijn bleef.

Ze hebben de blindedarm verwijderd. Vier dagen na de operatie stond ik alweer te dansen op mijn bed. Blij dat ik mocht leven. De verpleegsters waarschuwden dat de wond kon openspringen, maar er was geen houden aan. De dokter kwam vertellen dat mijn blindedarm flink ontstoken was geweest. Hij stond naast mijn bed met een potje sterk water waarin het ding dreef. Waarschijnlijk kwam hij me geruststellen. Hij wees de plek van de ontsteking aan, maar ik zag niks. Ik heb het verhaal nooit geloofd. En uit de pijn die ik bleef houden, bleek dat de diagnose onjuist was.

Een ijsje bij de kar. Een lik. Dat koude, mierzoete melkachtige spul op mijn tong. Heeft dat de rest van mijn leven die pijn veroorzaakt?

Op mijn dertiende was ik uitverkoren voor het schottenballet. Het grote dansnummer van de jaarlijkse schoolavond. We hadden maanden gerepeteerd. Op de dag voor de uitvoering kreeg ik weer eens pijn in mijn buik. Dat zullen de zenuwen wel zijn, dacht ik. Maar mijn moeder vertrouwde het niet. Wij naar de dokter. Een acute navelbreuk.

'Ze moet zo snel mogelijk geopereerd,' zei de dokter.

Ik smeekte mijn ouders of ik mee mocht dansen. Het mocht. Ik stond op mijn handen, deed een radslag en voelde geen pijn. Mijn moeder vertelde later dat ze niet had durven kijken. De volgende dag werd ik geopereerd. Weer narcose, weer antibiotica.

Het jaar daarop stopte ik voor een te lange periode met eten. Mijn wilskracht hielp me erdoor.

Intussen blijft mijn lichaam pijnlijke signalen uitzenden. De stem in mij zegt: 'Ga toch naar de dokter.' Nee, sputter ik in gedachten tegen. Dat heeft geen zin.

's Nachts word ik niet met rust gelaten. Als ik net in slaap gevallen ben, word ik gewekt door venijnige scheuten. Elke beweging zorgt voor een nieuwe steek. Na drie dagen kan ik de pijn niet langer verdragen, luister naar de innerlijke stem en stap de wachtkamer van de huisarts in het dichtstbijzijnde Franse dorp binnen. Alle houten stoelen in de kleine ruimte zijn bezet. Mensen draaien hun hoofd mijn kant op, in de hoop dat de volgende patiënt wordt binnengeroepen. Ik draai me om, sluit de deur en ga weg. Bij deze praktijk kan van tevoren geen afspraak gemaakt worden.

’s Middags zal er een andere dokter spreekuur houden. Om vijf uur onderneem ik een tweede poging. Open de deur. Nu zit er één vrouw in de wachtkamer. Ik ga zitten en haal mijn leesboek uit mijn tas. De ruimte ruikt muf. Een halfuur lang gebeurt er niets. Dan wordt de vrouw gebeld en er volgt een felle discussie. Geïrriteerd stopt ze haar roze mobieltje terug in haar tas en mompelt een zacht *excusez-moi*. Het wordt weer stil.

‘Is de dokter wel aanwezig?’ vraag ik haar in mijn beperkte Frans.

‘Zeker. Er zijn twee mannen in de spreekkamer.’

Ik lees nog wat. Op het houten stoeltje zitten is niet te harden. Ik moet staan. Rondlopen. Ga op zoek naar het toilet. In de pot zit bloeddoorlopen wc-papier. Ik druk op de knop om door te spoelen. Er gebeurt niets. Ik besluit mijn plas op te houden. Open de deur en sta tegenover een forse man in een blauwe overall met een gereedschapskist. Ondertussen heeft een moeder met kind mijn plaats ingenomen. Als ik eindelijk aan de beurt ben is de wachtkamer vol. Er staat een invalide arts in de deuropening. Hij wenkt me met zijn linkerhand. Ik steek mijn hand naar hem uit, maar van schudden komt het niet. Zijn rechterhand steunt op een kruk.

Moeizaam lopend gaat hij me voor de spreekkamer in. En zegt autoritair: ‘Gaat u zitten.’

Met grote inspanning scheurt hij met zijn vrije hand

een stuk papier af, dat over de onderzoekstafel ligt, propt het in een overvolle vuilnisbak en neemt plaats achter zijn bureau. 'Legt u maar uit waarvoor u hier zit.' Hij kijkt me niet aan, spreekt snel en maakt aantekeningen.

Hij doet geen enkele moeite me met de taal tegemoet te komen en zegt kortaf: 'Kleedt u zich uit.' Hij blijft maar schrijven en commandeert vanachter zijn schrijftafel: 'Gaat u liggen.' Op de behandeltafel ligt nog het verkreukelde papier van de vorige patiënt. Blijkbaar heeft hij maar een deel afgescheurd. Ik wacht.

'Gaat u liggen,' herhaalt hij en eigenhandig trek ik een nieuw vel over de behandeltafel. Met moeite klim ik erop en ga liggen.

Hij tilt mijn been op. 'Doet dit pijn?'

Zijn telefoon rinkelt. Hij neemt op en gaat op een kruk zitten. Ik lig nog in mijn onderbroek met mijn been omhoog. Hij gebaart dat ik mijn been neer kan leggen. Hij ondervraagt de persoon aan de andere kant van de lijn langdurig en krabt ondertussen met zijn nagels het bijzettafeltje schoon. Dan brengt hij zijn vingers naar zijn mond, spuugt erop en krabt verder. Hij legt de telefoon neer en betast mijn buik. Klemt een band om mijn arm, meet mijn bloeddruk en luistert naar mijn hart.

Zonder iets te zeggen gebaart hij dat ik van de tafel af kan komen. Een scheut trekt door mijn dij.

Hij pakt een receptenblok en schrijft zonder te vragen of ik ergens allergisch voor ben twee verschillende zware pijnstillers voor. Ik kan contant afrekenen zonder bon. Hij ritst zijn lichtblauwe portemonnee open, stopt het geld in het groezelige zijvakje en geeft me twee euro terug.

Een gereedschapskist verspert de doorgang. Sleutels en waterpomptangen liggen over de vloer verspreid. Uit het toilet komen borrelende geluiden, gevolgd door een hartgrondig *merde*. Ik loop naar buiten en start de auto. Straks zal het meisje dat na mij aan de beurt is op de bank liggen en medicijnen voorgeschreven krijgen met al die bijwerkingen waarvoor weer een ander medicijn is. Gif met gif bestrijden. In wat voor wereld leven wij?

Ik rijd tussen de schitterende gele pluimen door. Erboven de strakblauwe lucht. Erachter de zonovergoten bergen. Koeien versperren de weg. Door de natte stront glibber ik naar huis.

Op de bijsluiter van het voorgeschreven medicijn tref ik de gevreesde letters NSAID (non-steriodal anti-inflammatory drugs) aan. Ik scheur het recept in dunne reepjes. Liever pijn dan een allergische reactie.

Eenmaal begonnen aan de opsomming van alle ziekenhuisopnames kan ik niet voorbijgaan aan de vijf zwangerschappen en drie bevallingen.

Twee weken voor de uitgerekende datum van mijn eerste kind kwamen de weeën. Onwennig over wat zou komen stond ik in de lift van het Centraal Israëlitisch Ziekenhuis.

De verpleegster die ons bij de ingang had opgewacht, vroeg: 'Bent u al nat?' Mijn buik stond op knappen. Ik was tweeëntwintig, voor de eerste keer zwanger en er zeker van dat de baby ieder moment tussen mijn benen uit kon vallen. 'Wat bedoelt u?'

'Zijn de vliezen al gebroken?'

'Nee,' zei ik als een bang schoolmeisje.

'Dit is nog helemaal niks, wacht maar,' en bits stuurde ze me weer naar huis.

Een week later stond ik opnieuw in de lift. De weeën waren nu echt begonnen. Door toe te passen wat ik op zwangerschapsgymnastiek geleerd had, doorstond ik iedere wee. Freek keek toe. Zonder knip of scheur perste ik het koppie naar buiten en hoorde een babyhuil. Onwezenlijk liet ik me achterovervallen.

De arts boog zich over me heen en duwde twee handen op mijn buik. 'We zijn nog niet klaar, nog een keer persen!' Samen met de placenta spoot er een grote plas bloed naar buiten. Er ontstond een lichte paniek. Ik dreigde weg te zakken. Onder het voeteneinde van het bed werden haastig blokken gezet. Thee met suiker werd in mijn mond gegoten. 'Drink op,' klonk het. Het tl-licht maakte alles nog onwezenlijker. Weken duurde het voor ik aangesterkt was. De bevalling was prima verlopen, maar ik had veel bloed verloren. Vijfentwintig staalinjecties in mijn bovenbeen en bil moesten het hemoglobinegehalte in mijn bloed opkrikken. Maandenlang had ik een ijzersmaak in mijn mond.

Drie bevallingen binnen vier jaar hadden een flinke aanslag op mijn lichaam gepleegd. Een halfjaar na de geboorte van onze tweede zoon werd ik niet ongesteld. Ik schrok. Toch niet weer zwanger. Ondanks het spiraaltje. Mijn lichaam was er nog niet aan toe. Gespannen overhandigde ik in het Wilhelminagasthuis mijn plas aan de zuster.

Onrustig zaten Freek en ik even later tegenover de gynaecoloog. Hij vertelde dat het spiraaltje niet voldoende bescherming bood. Had je dat niet eerder kunnen zeggen, dacht ik. Na enkele minuten stak een assistente haar hoofd om de deur en zei met het idee dat ze mij een blijde boodschap bracht: ‘De test is positief.’

Zwanger. Niet weer!

Verslagen liepen we naar huis.

Tot diep in de nacht discussieerden we heftig of we voor nog een kind zouden gaan. Ons derde kind volgens Freek, die het niet zag zitten. Het maakte me boos, voor mij zou het mijn vierde kind worden en ik wilde het wel.

Ten slotte gaf ik me gewonnen. Freek had gelijk, het was te veel voor mijn lijf om nog een kind te baren. We besloten het te laten aborteren. Op de afgesproken dag moest Freek me min of meer naar het ziekenhuis slepen. Hij trok me aan mijn linkerhand door de straat. De vingers van mijn rechterhand gleden langs de muur. Mijn nagels krasten over de bakstenen. Ik moest tegen mijn oergevoel in gaan. Het gezonde verstand laten zegevieren.

Ik werd naar de operatiezaal gereden. Half versuft door de medicijnen. Er boog een hoofd met een groene badmuts over me heen. De wazige gestalte grijnsde treiterig: ‘De vrouw van Freek de Jonge. Is hij thuis ook zo grappig?’ Zijn stem leek van ver te komen. De kracht vloeide langzaam uit mijn lichaam. Het woord *Komiek* hoorde ik galmen, gevolgd door hoongelach. Ik kon me niet verweren. Het mondkapje van het uitgerekte hoofd leek op de reuzenbek van een hongerige leeuw. Ging hij mijn vrucht opeten? Kon ik nog terug?

Zijn gelach tetterde in mijn oren. Hij maakte een

vreugdedans om het bed. Deuren klapten open. Hij was weg.

Bloed- en urineonderzoek leverden telkens onvoldoende informatie op om een juiste diagnose te kunnen stellen. Door wanhoop gedreven begon ik alternatieve therapeuten te raadplegen. Zo kwam ik bij een homeopathische arts in Utrecht, die meedeed aan een Duits experiment. Jezelf met je eigen bacterie injecteren om ze op die manier te vernietigen. De behandelwijze was in Nederland verboden, had hij erbij gezegd. Wonderlijk genoeg vond ik dat niet verdacht, zolang het maar hielp.

Plichtsgetrouw volgde ik de voorschriften. Kneep het vel van mijn bovenbeen tussen mijn vingers, zette de injectiespuit erin en duwde met mijn duim de vloeistof in mijn dij. Nu zou de diarree af moeten nemen. Maar al snel werden mijn klachten erger.

Ik nam contact op met de arts, die mij meedeelde dat bij het toepassen van homeopathie de klachten over het algemeen eerst zouden toenemen. Volgens hem sloeg de behandeling juist goed aan. Ik zette door tot mijn bovenbeen vol blauwe plekken zat. Dit spul deed niet onder voor de imodium destijds. Het was puur gif. Ik stopte. De pijn bleef.

Een biologische tandarts raadde me aan alle amalgaam uit mijn kiezen te laten verwijderen. Kwik zou de oorzaak kunnen zijn van de chemische overbelasting. Alle vullingen werden vervangen, maar er veranderde niets. De rekening volgde. De pijn bleef.

'Radiësthesiste' stond op een bordje onder de bel bij een rijtjeshuis. Een vrouw van voor in de veertig deed open. We baanden ons een weg langs het kinderspeelgoed naar de trap. Via een vlizotrap in een slaapkamer bereikten we een zolder. Ik moest op een bed gaan liggen en ze pendelde een zilveren ring aan een touwtje boven mijn buik. Ze gaf me tot slot van het consult een paar flesjes wonderdruppels mee. Ik mocht contant afrekenen. De druppels hielpen niets. De vervolgafspraak heb ik afgezegd. De pijn bleef.

Wanhoop dreef me almaar verder. Acupunctuur. Misschien lag daar de sleutel.

Een kleine Chinese man plaatste de naalden en liet me als een levend speldenkussen achter. Na enige tijd kwam hij weer binnen en draaide aan de naalden vlak bij mijn nier. Een warme gloed trok over mijn rug. Hij verdween weer even snel als hij gekomen was. Achter alle deuren lagen mensen als priklappen op een bank. Ik kreeg te horen dat het juist goed was. Eerst moest het erger worden, dan werd het minder. Het werd alleen niet minder. De kassa rinkelde. De pijn bleef.

Via een tolk werd mijn probleem voorgelegd aan een Chinese kruidendokter in de Amsterdamse Binnen Bantammer. De man liep naar zijn winkel en schepte uit verschillende glazen potten een grote papieren puntzak vol. De ingrediënten waren me onbekend. Gemalen tijgertanden of gedroogd olifantensperma? Het mengsel moest ik aanlengen met water, aan de kook brengen en een uur laten pruttelen. Daarna moest het afkoelen.

Voor me stond een glas vies ruikende bruine drab, die ik kokhalzend naar binnen werkte. Een paar uur later ging ik tegen de vlakte op de golfbaan. 'Wat is er met jou?' vroeg Freek verbaasd.

'Geraspte haaienvinnen,' mompelde ik. Hij gaf me zijn flesje met water en hielp me overeind. 'Hou je nou op met al die vuiligheid te slikken.' Ik knikte. De pijn bleef.

Nu had Freek een alternatief: een haptonoom wiens naam hij in de krant gelezen had. Een wonderman.

Ik lag met mijn gezicht naar beneden in de tafel gedrukt. De haptonoom die zich tot Freek richtte, zei: 'Let op!' en klom als een circusartiest op de tafel. Hij zette zijn beide voeten op mijn rug en liet zijn volle gewicht op me leunen. Ik kreeg geen adem. Letterlijk over mijn rug stond hij bij Freek goede sier te maken. Freek zat recht tegenover me en zei niets. De man praatte maar door, terwijl hij zijn voeten naar links en rechts bewoog. Hij stapte van me af, pakte met beide handen het vel van mijn rug en tilde me enkele centimeters van de behandeltafel af. 'Zie je nu al hoe je ontspant,' zei hij zelfverzekerd. 'Doet het pijn?'

Een Haagse orthomoleculaire arts en bioloog wilde weten hoe ik aan mijn chemische overbelasting kwam. Hij zat achter zijn bureau waarop een schaakbord stond. Hij staarde geconcentreerd naar de stukken en liet mij rustig praten. Ik vertelde hem over mijn kinderlijke onderzoeksdrift die geleid had tot het drinken van arsenicum.

'Wist u dat arsenicum een stof is die nooit helemaal verdwijnt uit het lichaam?' onderbrak hij mij terwijl hij een zwarte pion naar voren schoof.

'O,' zei ik en vertelde dat ik vanaf mijn zeventiende met zware metalen in aanraking was gekomen en daar nooit de gevaren van had ingezien. Hoe ik het aluminiumvijlsel door mijn vingers liet glijden en mijn eigen glazuur maakte van zware metalen zoals barium en lithium. Soms zo gedreven was dat ik de voorschriften negeerde.

'Nooit een mondkapje voor?' vroeg hij en keek even op van zijn schaakbord.

'Ja, dat wel. En handschoenen bij het spuiten en dompelen natuurlijk.'

'Kunt u wat preciezer zijn.'

Op een biscuit gebakken vaas had ik met verf figuren geschilderd in verschillende kleuren. Het was niet geworden zoals ik het voor ogen had en ik besloot er een glazuurlaag overheen te spuiten. Ik had het beeld in de oven gezet, de temperatuur op elfhonderd graden Celsius afgesteld en was weggegaan. Toen ik terugkwam, rook ik bij de voordeur al dat er iets mis was. Bij binnenkomst sloeg de doordringende lucht direct op mijn keel. Er had een chemische reactie plaatsgevonden tussen verf en glazuur. Ik had een sjaal om mijn hoofd gewikkeld en was naar binnen gerend. De thermometer was tot vierhonderd graden opgelopen. Ik trok de stekker eruit, maar het kwaad was al geschied. Giftige dampen waren op mijn longen geslagen. Ik had naar adem happend de deur achter me dicht getrokken. Tijdens het eten voelde ik me draaierig. De volgende dag was er geen verbetering en besloot ik me te laten controleren bij de eerste hulp. Daar vroegen ze waarom ik niet meteen gekomen was, dan hadden ze een antistof kunnen inspuiten. Ze konden niets meer voor me betekenen.

Door mijn eigen stommiteit had ik mezelf vergiftigd en mijn gezin in gevaar gebracht. Niet voor de eerste keer. Ik moest me bewuster worden van wat ik deed, en van de gevolgen daarvan voor mijn lichaam. 'Daarom zit ik hier,' besloot ik mijn monoloog.

Hij had zitten luisteren en me niet onderbroken.

'Ik zal proberen u te ontgiften,' zei hij, schoof de stukken met twee handen naar elkaar toe en deed ze in een doosje. Hij gaf me een lijst mee met verschillende voedingssupplementen. Na een aantal weken kreeg ik de indruk dat er iets veranderde in positieve zin. Bij de volgende afspraak legde hij uit dat bij mij enzymen die bepaalde voedingsstoffen moeten afbreken, door een bacterie of virus vernietigd waren. Mocht ik ooit in Australië komen, dan konden ze daar betere tests uitvoeren. Ze waren in het onderzoek naar het verband tussen verhoogde UV-straling en kanker verder gevorderd, omdat in Australië het gat in de ozonlaag het grootst was. De pijn begon overzichtelijk te worden.

We regelden een paar optredens in Australië. Op zoek naar de juiste arts.

De man die in Melbourne de voorstelling had georganiseerd, Hank Ebes, wist me in contact te brengen met een immunoloog, Jack Hibberd. Hij was tevens toneelschrijver.

We ontmoetten Jack Hibberd in een café in de binnenstad. Freek en hij zaten al snel geanimeerd over Australische humor te praten. Nadat hij had voorgesteld samen naar Dame Edna te gaan, kwam het gesprek op mij. Ik zei dat het reizen me zwaar viel. Van veel wat mij werd voorgeschoteld, kreeg ik pijn in mijn buik. Was daar een oplossing voor?

Jack vertelde dat hij aan een kliniek verbonden was die zich bezighield met milieuverontreiniging en de daarmee samenhangende allergieën. En bood aan om me te testen op allergieën. Ik kon de eerste dagen bij hen komen logeren. Freek en ik zouden voor zijn volgende optreden samen doorreizen naar Sarawak, maar dit keer besloot ik voor mezelf te kiezen en bleef achter.

Het onderzoek bestond uit het op de tong druppelen van stoffen waarvoor een mens allergisch zou kunnen zijn. Dat bleek ik voor alle stoffen: voor uitlaatgassen, vooral lijmen en aanverwante chemische producten, maar ook voor voedingsmiddelen, conserveringsmiddelen en E-producten. Na iedere vijf druppels die op mijn tong gesprenkeld werden, kreeg ik dezelfde verschijnselen als toen ik ondoordacht mijn beeld met glazuur over verf in de oven had gezet. Ik begon te klappertanden, kreeg het koud en werd draaierig. Een deken bood geen respijt.

Het waren zware maar leerzame dagen. Ik was er getuige van hoe een jongetje van vijf braaf met houten blokken op een balkon zat te spelen en na de druppels op zijn tong veranderde in een kleine demon. Hij werd vreselijk agressief en smeet woedend zijn blokken van boven naar beneden. Jack legde me uit dat in de druppels kleurstoffen, E-producten en suiker zaten, die de heftige stemmingsverandering bij de kleuter teweeg hadden gebracht. Het jongetje was ADHD gelabeld, maar hier werd duidelijk dat de chemische toevoegingen een schrikbarende invloed op zijn gedrag hadden.

Jack leerde me hoe ik door middel van het *elimination diet* met mijn allergieën om zou kunnen gaan. Ik moest beginnen met alleen rijst. Na drie dagen kon ik telkens een product toevoegen. Dat moest ik dan weer drie dagen aanhouden om te zien of er een reactie zou volgen.

Ik merkte dat ik er baat bij had en vanaf dat moment heb ik me aan de richtlijn gehouden. Na heel veel gepuzzel kwam ik erachter wat ik wel en niet kon eten. Als we zelf koken, is het geen probleem. Gaan we naar een restaurant, telefoneer ik meestal van tevoren. Als ik de lijst doorgegeven heb, wordt gezegd: 'O, wat zielig voor u dat u niet lekker kunt eten.' Dan leg ik uit dat ik pas zielig ben als ik het wél eet en een ondragelijke pijn in mijn buik krijg.

We reden over een eindeloos eenzame weg in Nieuw-Zeeland met aan weerskanten schapen. Het begon te schemeren. We kregen trek. Al in geen uren waren we een tankstation, snackbar of restaurant tegengekomen. Links van de weg doemde een in neonlicht gehuld gebouw op.

Stop. Motel. Breakfast Lunch Dinner. Drinks.

We zetten onze huurauto op een reusachtig parkeerterrein. Er stond nog een auto. Een Toyota. Het restaurant was leeg. Kennelijk was het personeel met de Toyota gekomen. We kozen een plek in een hoek bij het raam.

Een lange ober met kaal hoofd en servet over zijn arm legde met een vermoeid gebaar het menu op ons tafeltje, noteerde de drankjes en slofte weer weg. We bestudeerden de kaart. Na een tijd kwam hij terug met een glas bier en een glas prikwater en verdween weer door de saloondeurtjes richting keuken.

De kaart bood weinig variatie. Dat maakte het kiezen er niet eenvoudiger op. Frites steak of frites shrimps. Voor mij stond er niets op wat ik zou kunnen verdragen.

De ober kwam terug, sloeg een velletje van zijn opschrijfblokje om en wachtte af. Freek legde uit dat ik een streng dieet had.

'No problem,' zei de ober met een gezicht dat weinig vertrouwen wekte. Hij vroeg wat ik niet mocht hebben en ik somde op: geen vet, geen meel, geen suiker, geen sausjes, geen scherpe kruiden of groenten, geen melk.

'No problem.'

We bestelden een voorgerecht en een hoofdmaaltijd. De ober schreef, knikte en verdween. We keken elkaar aan. Hongerig en gruizig en zonder behoefte iets te zeggen.

Na lang wachten kwam de ober langzaam aangelopen en zette twee borden gebonden champignonsoep op tafel. Freek proefde de soep en zei: 'Dat moet jij niet eten daar zit room en peper in.' Hij riep de ober erbij en legde uit dat deze soep voor mij ongeschikt was. Of er iets van een simpele bouillon was.

'No.'

Freek at zijn soep en de mijne. Ik keek toe en wachtte op het hoofdgerecht. Na ons was er nog niemand binnengekomen. De ober kwam aansjokken en haalde de borden van de tafel. We keken ongedurig naar de klok. We zaten er nu bijna een uur en ik had nog niets gegeten.

Tien minuten later kwam het hoofdgerecht. De ober kwakte het op tafel. Op het bord dreef onbestemd vlees in vette jus. Een dikke saus bedekte de bloemkool. Slappe patat vulde de randen. Door het neon lichtte de kaassaus met korte tussenpozen rood op.

De ober draaide zich om en liep weg. Freek ging met mijn bord achter hem aan de keuken in. Ik hoorde hem vragen: 'Please, can you make something eatable for my wife.' Meteen daarna zag ik hem gehaast terugkomen, gevolgd door de kok. De saloondeurtjes die de eetzaal van de keuken scheidden, bleven driftig heen en weer zwiepen.

'Get the fuck out of here. And take your fucking wife with you,' schreeuwde de kok totaal over zijn toeren.

Freek pakte mijn hand, raapte de rugzak van de grond en we maakten dat we wegkwamen.

Volkomen ontredderd zaten we in de auto. Gelukkig had Freek twee borden soep op. Hij startte de auto en we keken nog even achterom of de kok achter ons aan zou komen.

Vijf kilometer verderop was een tankstation. We stopten en vroegen de pompbediende naar het dichtstbijzijnde hotel. Hij wees in de richting waar we vandaan kwamen. We vroegen of hij nog een andere slaapgelegenheid in de buurt kon aanbevelen. Dat zou driehonderd mijl verderop zijn. Maar we konden wel van een van de twee cabins achter zijn bedrijf gebruikmaken. We namen het aanbod gretig aan.

'Do you have something to eat?'

De pompbediende wees naar de schappen waar een paar rijen conservenblikjes stonden. Onze keuze viel op doperwten en champignons. Hij gaf ons de sleutel van de cabin. Er was een klein keukentje, een bed en een toilet. In een laatje lag een blikopener. Freek draaide de deksel open en schonk de inhoud in een pannetje. Hij drapeerde een handdoek over zijn arm, imiteerde de chagrijnige blik van de ober, zette het bord met erwten en champignons op mijn schoot en zei: 'Enjoy your meal.'

Hoe graag ik het ook gewild had, ik ben er in Frankrijk niet in geslaagd achter de oorzaak van mijn problemen te komen. Sterker nog: de klachten zijn toegenomen. Ten einde raad had ik een homeopathische aspirine genomen, die over mijn hele lijf blauwe plekken veroorzaakt.

Had ik mezelf weer eens overschat door de oorzaak van mijn klachten te willen achterhalen en opschrijven? Behalve dat ik overal pijn kreeg, dreigde ik ook nog eens mijn doel voorbij te streven. Nu leek mijn leven een permanente kwelling, terwijl ik het zelf nooit zo ervaren heb.

Het meer, de bergen, de koeien, de vogels, de rust, de ruimte en de frisse lucht kunnen me niet meer overhalen te blijven.

'Kom terug als de klachten blijven. Ik zal een plaats voor je vrijmaken,' had de internist me beloofd. Zal ik weer door de molen van ellende moeten?

Ik had zo gehoopt alles in eigen hand te kunnen houden met voedingssupplementen en dieet, maar moet toegeven dat ik toch ook van de reguliere geneeskunde afhankelijk ben.

Veertien dagen eerder dan de bedoeling was besluiten we naar Nederland terug te gaan.

De terugrit is een kwelling. De pijn heeft mij in zijn greep. Het klinkt bizar, maar ik ben blij dat ik naar het ziekenhuis mag.

Prik maar in mijn arm, zet alle apparaten maar op mijn buik, haal me maar door de scanner, doe alles, als maar duidelijk wordt wat er aan de hand is.

We rijden naar het ziekenhuis en gaan weer door de draaideur naar binnen. Met Freek zit ik tegenover de internist bij wie ik altijd mocht terugkomen. Hij kijkt naar het computerscherm.

'Wanneer begonnen de klachten?'

'Twee weken geleden.'

'Ik heb een deel van de waardes binnen. Laten we een plan maken.'

Ik krijg een formulier voor een echo en een CT-scan en ga op weg naar de onderzoekkamers.

'U mag even uw broek uittrekken. Draagt u ijzer op uw bovenlichaam?'

Ik klik mijn bh los, hang hem aan een haakje en doe mijn hemd en T-shirt weer aan.

In de wachtkamer zit ik tegenover een vader met zijn zoon. Een jongen van een jaar of vijftien met het downsyndroom. Hij zit op een stoeltje in kleermakerszit in een boekje te schrijven. Zijn tong hangt van de inspanning uit zijn mond. De vader buigt zich zorgzaam over hem heen. Hij praat zo luid dat ik er niet aan ontkom deelgenoot te worden van de situatie. De moeder kijkt verontschuldigend mijn kant op.

'Wat is dit?' vraagt de vader, die me al tegen de zestig lijkt. 'Het zit aan je been.'

De jongen buigt zich nog dieper over zijn boekje en roept: 'Voet, pa.'

'Hoe schrijf je dat? Wat is de eerste letter?' Met zijn pen krast hij op het papier. 'Goed zo,' roept zijn vader en kijkt trots om zich heen. Zijn zoon!

De dokter haalt me uit mijn mijmering. 'Komt u mee.' We lopen door de gang. 'Gaat u zitten.'

Hij bladert door de resultaten van het onderzoek.

Op mijn zoektocht in de geneeskunde heb ik ervaren dat er kwakzalvers en vakmensen zijn. Alternatief en regulier. Ik zoek balans. Voedingssupplementen vullen de tekorten aan die door mijn strenge dieet ontstaan.

Mijn gedachten lopen vooruit op wat hij zal gaan zeggen: Onze apparaten zijn beperkt. We zien niets. We kunnen niets concreets voor u doen. We zullen de pijnbestrijding bespreken.

Pillen. Ik voel het alweer aankomen. Ik slik niks, denk ik standvastig.

De arts kijkt me toegenegen aan en legt uit: 'De CT-scan wijst uit dat uw hele darm vol ontlasting zit. We moeten onmiddellijk beginnen met laxeren. Er is een stuk darm dat niet goed functioneert.'

Dat is in elk geval iets, denk ik, blij met elke strohalm. Het gevaar van chronische klachten is dat je de dokter onterecht verwijten gaat maken.

Hoe zit het met de man hiertegenover mij, die afwisselend naar mij en een scherm kijkt?

Ik had deze dokter uit de spreekkamer zien komen met een patiënt in een rolstoel. Hij duwde de wagen door de gang en praatte belangstellend met de vrouw die erin zat. Die betrokkenheid had me geraakt. Hij heeft waardering voor de manier waarop ik met mijn problemen om wil gaan. Ik voel me veilig bij hem. Ik laat mijn scepsis varen.

'We gaan ook nog een MRI-scan van uw rug maken, daar zien we iets wat op een hernia lijkt. Loop maar even langs de secretaresse, zij zal tevens een afspraak met de neurochirurg maken.'

Neurochirurg, die stond nog niet op het lijstje van specialisten die ik bezocht heb.

'Daarna moet u nog even langs het laboratorium om extra bloed te prikken en urine af te geven. U krijgt voor vrijdag een belafspraak voor de uitslagen. Wel veel drinken.' Hij loopt naar de deur. Steekt zijn hand uit. 'Als er iets is, meteen bellen.'

Ik loop door de wachtkamer. De vader wijst een plaatje aan en vraagt aan zijn zoon: 'Wat is dat?' De jongen roept luid: 'Spook.' De vader klapt voor hem.

Ik sta bij de secretaresse voor een nieuwe afspraak. Ze kijkt me guitig aan en vraagt: 'Mist u geen kledingstuk?'

Ik realiseer me dat ik het kleedhokje uit gelopen ben naar de echokamer, maar niet meer teruggegaan ben om me om te kleden.

Wapperend met het recept loop ik op Freek af. 'Ze hebben iets gevonden.' We lopen langs de apotheek in de ontvangsthal.

'U moet er één per dag nemen,' zegt de apothekersassistente terwijl ze me de bisacodyl aanreikt.

'De dokter zei twee voor het slapengaan.'

'Eén is beter. Dat is twee euro, alstublieft.'

In de auto zegt Freek: 'Waar bemoeide die vrouw zich eigenlijk mee?'

'Ik volg het doktersadvies.'

'Wat is dat spul goedkoop en makkelijk verkrijgbaar.'

We staan weer eens in de file.

'Stom, ben ik toch nog vergeten langs de receptie van radiologie te gaan.'

'Moeten we keren?'

'Nee, laat maar hangen.'

's Avonds lees ik met een pil in de hand in de bijsluiter dat de witte pilletjes schadelijk voor de darm zijn. Er zit een beschermlaagje voor de maag overheen, staat er. Vroeger waren ze geel en heetten ze dulcolax.

Terwijl ik mijn hand naar mijn mond breng, realiseer ik me dat veel van mijn ellende met dat gele pilletje begonnen is. Ik heb mijn lijf als veertienjarige op de proef gesteld om maar slank te zijn. In mijn onwetendheid heb ik er te veel geslikt. Ik heb mezelf beschadigd door de opmerkingen van de balletlerares serieus te nemen en me te laten meesleuren door het schoonheidsbeeld. Er kon nog wel wat af volgens haar. Eerst pikte ik er een paar van mijn zus, later kocht ik ze zelf. Tot ik niet meer naar de wc kon, zevenendertig kilo woog en kaken en armen niet meer kon bewegen.

Nu moeten diezelfde pilletjes ervoor zorgen dat ik van die verrekte pijn afkom. Ik slik ze door.

Hank Ebes, die we tijdens de tournee in Australië hadden leren kennen, was een Nederlander die in Australië fortuin had gemaakt en al jaren in Melbourne woonde. Hij dreef deels uit idealisme een galerie met aboriginalkunst. Hij bood aan dat ik na de behandeling bij Jack Hibberd bij hem uit kon zieken. Hank was een van de eersten geweest die met een klein vliegtuigje naar het midden van de woestijn vloog om de aboriginals canvas, verf en penselen te brengen. Hij keerde na enige weken terug om hun schilderijen te kopen en bracht weer nieuwe schildersbenodigdheden mee. Door de gesprekken die hij met de aboriginals voerde, werd hij een expert in de betekenis van de verhalen die ze vertelden en de symboliek die ze gebruikten.

Hank nam me mee naar zijn galerie, waar hij aan de hand van de schilderijen begeesterd vertelde over wat hij op zijn reizen had meegemaakt. De strikte leefgewoontes van de inboorlingen en de geheime droomvoorstellingen op het canvas.

Oorspronkelijk tekenden de aboriginals in zand. Hij wees op een schilderij een U-vorm aan. 'Dat staat voor een zittende mens.' Daarna tikte hij een speer aan. 'Iedere schilder vertelt zijn eigen droom.'

Hij wees naar een schilderij met rode, witte en gele stippen. 'Deze is van Emily. Ze was tachtig toen ze begon te schilderen. Ze had de woestijn nog nooit verlaten. Had nog nooit een blanke gezien.'

Naast het schilderij hing een foto van Emily. De huid van haar gezicht was door de zon aangetast. In een kleine ruimte daarnaast werd een video vertoond. Emily zat voorovergebogen in kleermakerszit in het zand. Een groot doek lag voor haar uitgespreid. Met een dikke kwast zette ze stippen.

'Sinds de aboriginals in reservaten gestopt zijn, heeft de alcohol veel schade aangericht. Schilderen heeft een aantal aboriginals uit hun isolement gehaald,' legde hij als een onderwijzer uit.

Er klonk een schel winkelbelletje en een imposante figuur trad binnen.

Hank riep opgetogen: 'Clifford!'

Het was Clifford Possum, die persoonlijk een nieuw doek kwam brengen. Hij had een verweerde karakteristieke kop met grijs kroeshaar. Zijn linkeroog was halfgesloten. Hij was blind aan dat oog. Clifford sprak gebrekkig Engels. Hank wist hem uit te leggen dat ik beeldhouwster was. Clifford spreidde zijn schilderij uit op de grond en gebaarde mij ernaast te gaan zitten. Hij haalde twee *clapsticks* uit zijn zak, houtjes die hij met aardse kleuren beschilderd had en ging naast mij zitten. Hij sloot zijn ogen en begon op een lage toon te zoemen en tikte de clapsticks op elkaar. Daarna pakte hij mijn hand en legde er een houtje in. Hij sloeg met zijn houtje op het mijne. Hij zoemde door en als vanzelf zoemde ik mee, dezelfde toon een octaaf hoger.

Ik sloot mijn ogen en werd meegevoerd naar de waterplek in de woestijn. De emoes sprongen om mij heen. Hun voetafdrukken vormden een cirkel. Op de vuurplaats begon het spontaan te branden. Rode besjes rolden uit de bomen. Het gezoem zakte weg. Ik voelde een arm om mijn hals. Een warme wang.

'You are my sister,' fluisterde hij in mijn oor.

'You are my brother,' antwoordde ik spontaan.

We stonden op.

'Het was heel bijzonder,' legde Hank later uit. 'Clifford gaf aan dat hij in jou een verwante had gevonden. Jullie zijn *blood brothers*. Dat doen aboriginals bijna nooit met blanken.'

Ik kon mijn tranen niet bedwingen. Deze oerman gaf mij de moed. De kunst had ons verbonden.

Gun tante een gezicht

Een jurk glijdt over mijn vermagerde lichaam. Ik sta met mijn armen omhoog. Handpalmen tegen elkaar. Ik ontvang de jurk. De jurk is grijs en heeft veel zakken. De jurk schrijnt.
Uit iedere zak valt een brief. Ik raap er een van de grond. De jurk lubbert. Draai het velletje papier om. Het is aan beide kanten beschreven. In een fraai handschrift. Met inkt.
Neem scheergerei voor me mee. Stuur zeep.
Iemand trekt aan de jurk. Het is mijn zus.
'Je hebt de jurk gestolen,' schreeuwt ze wanhopig. 'Die jurk is ook van mij.'
'De jurk is van niemand. De zakken zitten vol geheimen. Wat heeft het lang geduurd voor we erachter kwamen. Nu moet iedereen weten wat er in die zakken zit. Dat mag niet langer geheim blijven. Laat me los. Je nagels krabben bloed uit mijn vel. Laat me los.'

'Een doodskleed heeft geen zakken,' zei tante Ro toen ik aarzelde om iets kostbaars voor haar aan te schaffen. Ze zei nooit veel, maar als ze iets zei, klonk het helder en scherp.

Als ik haar kamer in het bejaardentehuis binnenkwam, zat ze de krant uit te spitten. Dan keek ze op, met de bril op het puntje van haar neus en zei: 'Staat weer niks in vandaag.'

Ze was klein en had een gedrongen postuur. Naarmate ze ouder werd begon ze te krimpen. Haar ogen keken je indringend aan en hadden een melancholieke uitstraling. Ze hadden veel verdriet gezien. Ze was vaak bij ons thuis en was op haar manier behulpzaam. Jelle, toen negen, vroeg of ze wilde acteren in zijn zelfverzonnen reclamespotje. Hij speelde de regisseur. De opdracht was een fles afwasmiddel ophouden en daarvan de kwaliteit aanprijzen. Ze volgde zijn aanwijzingen. Met een droog gezicht keek ze in de camera en sprak de tekst uit. Ze speelde haar rol met verve.

Door haar slechte ogen miste ze een keer de treetjes van de keuken naar de woonkamer en viel plat voorover. Ze bezeerde zich zodanig, dat ze drie weken bij ons op de bank moest liggen. Ze was een dankbare patiënte, ze klaagde nooit.

Als ze kalm voor zich uit zat te staren, wist ik dat er het nodige in haar hoofd omging.

Tweeënveertig was ze toen de oorlog was afgelopen. Ze was alleen, had man noch kinderen. Ze was de zuster van mijn oma, en met mijn ouders de enig overgeblevene van twee Joodse families. Zolang ik haar gekend heb, heeft ze nooit een relatie gehad met een man. Ze was geliefd onder haar vrienden en vriendinnen. Haar geld heeft ze verdiend als boekhoudster bij een stoffengroothandel. Tijdens de oorlog is ze door blijven werken. Vanaf 1947 woonde tante Ro bij mijn ouders in. Zij betaalde een deel van de huur van de woning. Ze werkte hard en kwam 's avonds pas laat thuis. Ze moest van mijn ouders op haar tenen binnenkomen, voor haar was in ons gezin weinig ruimte.

Mijn moeder had als kind door de week bij het gezin Miller gewoond. Haar grootouders, tante Ro en oom David. Tante Ro had haar dagelijks naar school gebracht en gedeeltelijk de moederrol voor haar rekening genomen. Daar ging ze in mijn moeders ogen na de oorlog mee door. Tante speelde te veel voor oma, vond ze, en dat deed haar pijn. Lientje was onvervangbaar. Maar wat maakte mij het uit, een tante of een oma? Als ze maar lief was en dat was ze.

Mijn eerste herinnering aan haar gaat terug tot 1952. Ik was drie. We maakten samen een grote reis. Ik had eczeem, dat mijn moeder met voorgeschreven zalfjes en drankjes probeerde te laten genezen. Niets hielp. Soms kon ik mijn arm niet strekken omdat het eczeem in de holtes van mijn arm ontstoken was. Mijn moeder zei vaak tegen me dat ik op mijn oma leek, die ook regelmatig gekweld werd door aanvallen van huiduitslag. Ze wilde voorkomen dat ik ook zou lijden. Ze had gehoord dat in Molitg-les-Bains, een dorpje in de Franse Pyreneeën, geneeskrachtige baden waren die eczeem konden doen verdwijnen. Mijn ouders hadden niet genoeg geld en geen tijd voor de reis en vroegen tante Ro of zij er met mij naartoe wilde gaan. Ze zei nooit nee. Samen maakten we de lange reis.

De trein boemelde. Stopte bij ieder stationnetje. Passagiers liepen in en uit. Op het perron klonk een snerpend fluitje. Ik week niet van tantes zijde. Ik weet veel van horen vertellen, maar ik herinner me nog dat ik aan haar hand een brede trap op liep van een groot stenen gebouw. Een lange, hoge gang leidde ons naar een piepklein kleedhokje. Een zuster in een wit schort tilde me op een krukje en kleedde me uit. Ze liet me in een diep, warm, stinkend bad glijden en zette een speelgoedeendje op het water. Het dreef voor mijn neus. Het water kwam tot aan mijn kin. Tante zat naar me te kijken en geduldig te wachten. Af en toe gaf ze het eendje een zetje, zodat het zachtjes tegen mijn mond dreef. Ik blies en het dobberde van me weg. Ik mocht me niet bewegen, want dan zou ik kantelen. Toen dat toch gebeurde, viste tante me aan mijn haar omhoog en zei: ‘Stil zitten, anders ga je koppie-onder en kan je het eendje niet meer zien zwemmen.’

Na het bad kwam er een andere zuster met een grote witte handdoek en de rest van de dag zaten tante en ik buiten op een bankje in de zon. Ze las me voor of ik speelde aan haar voeten met steentjes en een stokje.

Na drie weken maakten we de lange treinreis terug. Ik viel op haar schoot in slaap en zag het eendje voor mijn neus langs drijven. Het kwaakte zachtjes en hapte in mijn arm. Probeerde er wondjes in te bijten. Ik blies naar het eendje. Het begon te snateren en klapte met zijn vleugels. Toen werd ik trillend wakker op tantes schoot. Ze aaide me over mijn haar, dat ze bij een kapper in het dorp kort had moeten laten knippen van de zusters. Dat was gemakkelijker bij het afdrogen. De zwarte krullen waren bij de kapper op de grond gevallen. De schaar had in een rechte lijn een pony getrokken. Thuisgekomen keek mijn moeder me stomverbaasd aan. Snibbig vroeg ze aan tante: 'Wat is er met haar haar gebeurd?'

Tante gaf geen antwoord, legde niet uit dat het op advies van de zusters was gebeurd en liet het verwijt over zich heen komen. Ze deed alles wat mijn moeder van haar verlangde. Ze was met mij op reis gegaan, had alles betaald en verwachtte niets terug. Misschien hoopte ze diep vanbinnen wel op waardering, een sprankje dankbaarheid en liefde, maar ze wist dat mijn moeder dat niet kon geven. Dat accepteerde ze.

De liefde waarmee tante in de trein over mijn haar had gestreeld, zal ik nooit vergeten.

'Laat je armen eens aan mama zien,' zei tante Ro.

De holtes waren roze en schoon. Het geneeskrachtige water had de plekken op mijn armen laten verdwijnen. Ik kon ze weer buigen en strekken. Na een aantal weken kwam de uitslag terug. Geld voor nog een reis was er niet.

Mede dankzij tante ben ik al op jonge leeftijd een wereldreiziger geworden. Ze nam me mee naar Brussel en Londen. We sliepen op één kamer, in één bed.

Ze hield van doorlopen, zelfs op haar vijfenzestigste liep ze sneller dan ik. Ze heeft me de wereld, haar wereld laten zien.

Tante heeft in een periode van mijn leven waarin ik steun nodig had pal achter me gestaan. Tot diep in de nacht paste ze op onze kinderen. Ze verlangde nooit een tegenprestatie. Ze deed het, zonder veel woorden, uit liefde. Vanaf 1984, nadat onze manager failliet was gegaan, hielp ze me met de boekhouding. Ze heeft jaren onze btw berekend en mij de kneepjes van het vak geleerd. Nooit iemand anders laten ondertekenen en alles zelf doen, luidde haar advies. Zo was ze de oorlog doorgekomen. Nooit iets ondertekenen. Alles zelf doen.

Tante Ro had een geheim. Het zat in een bruinkartonnen koffertje. Het plakband dat eromheen zat, had deels losgelaten en was half vergaan. Het slotje was verroest en werkte niet meer. Zelden haalde tante dit koffertje tevoorschijn. Pas op dagen dat mijn kinderen erom vroegen als ze voor school een voordracht of opstel moesten maken. Dan gingen de deuren van haar mahoniehouten kast open, ze verplaatste een aantal van haar stukgelezen Agatha Christies. Tante leek wel wat op het portret op de achterkant van de pockets. Zij kon ook spannende verhalen vertellen, alleen had ze die niet genoteerd en ook niet mooier gemaakt, maar de verhalen waren wel heel griezelig.

Haar handen tastten in de ruimte achter de boeken en pakten het koffertje.

De laatste vijf jaren van haar leven woonde ze bij ons in Muiderberg. Tot aan haar vierentachtigste was ze zelfstandig en zeer actief geweest, tot ze epileptische aanvallen kreeg en het onverantwoord werd haar alleen te laten. Eindelijk kon ik iets voor haar terugdoen. Ik wilde haar dicht bij me hebben. We vonden een mooie kamer waar ze haar spullen kwijt kon. Haar oude tweezitsbank, het tafeltje en de bibliotheekstoel. Als je die omklapte, werd het een trapje. Op dat wonder raakte ik niet uitgekeken toen we nog met elkaar in de Rijnstraat woonden. De stoel kraakte nu, het haakje dat de poten bij elkaar moest houden, was afgebroken.

Onze kinderen gingen na schooltijd regelmatig even bij haar langs om een spelletje met haar te doen. Of wandelden met haar naar ons huis om daar met haar huiswerk te maken.

Een paar maanden voor haar dood haalde ik haar op uit het Krasnapolsky, waar ze de vijfentachtigste verjaardag van een hartsvriendin gevierd had. We reden door de Bijlmer en ik vroeg haar: ‘Was het fijn?’

Ze reageerde nauwelijks.

‘Was het eten lekker?’

Plotseling werden we opgeschrikt door sirenes van brandweer- en politieauto’s. Om ons heen ontstond een chaos. Ik zette de autoradio aan. De muziek werd onderbroken voor het nieuws: ‘Er is een vliegtuig in Amsterdam Zuidoost neergestort.’

Tante hoorde het niet, ze was slechthorend. Onaangedaan bleef ze voor zich uit staren, de veiligheidsgordel provisorisch over haar arm geslagen. Ze hield niet van vastgebonden zitten.

'Tante, er is een ramp gebeurd. Er is een vliegtuig op flatgebouwen neergestort.'

'O, dat gebeurt elke dag,' was haar laconieke reactie. Ze sloeg met haar handen op het dashboardkastje. 'Wist je dat niet, kind. In Rotterdam. In Nijmegen. In Londen. Overal vallen vliegtuigen.'

Ik kneep in mijn stuur. De weg werd afgezet. Ik kon nog net een afrit af. Ik reed terug en nam een andere route. Ondertussen bleef ze doormurmelen: 'Is het oorlog, kind?'

'Nee tante, het is goed.'

Drie weken voor haar overlijden zag ik haar voor het laatst. Ze kon niet meer. Ze was op. Ze lag met haar hoofd op tafel in de conversatiezaal, de handen ernaast, de vingers gespreid. Ze waren paars. Ze had zoveel levens geleefd, maar nu ontbrak de wil. Ze reageerde niet toen ik haar over haar rug streek en mijn naam in haar oor fluisterde. Ze at niet meer. Een zelfverkozen einde.

Een dag eerder was ik bij haar op bezoek gegaan. Ik had de kamer rondgekeken. Alles stond onaangeroerd op zijn plek. De mahoniehouten kast, de bibliotheekstoel, haar ijzeren opklapbed in de hoek. Het rook naar tante, maar ze was er niet. Ze kon zich nog maar moeilijk verplaatsen. Ver kon ze niet zijn. Ik liep naar de conversatiezaal om te zien of ze daar was. Bewoners hingen bewegingloos in hun stoelen. Er stond een grote televisie met het geluid hard aan. Tante Ro zat er niet tussen. Volgens het personeel moest ze op haar kamer zijn. Ik weer terug. In haar kamer kwam nu een zacht gekerm onder haar bed vandaan. Ik bukte me, en daar, met haar rug tegen de muur, lag tante in foetushouding. Ze had zich met een laatste krachtsinspanning in het vloerkleed weten te rollen. Ze was teruggekeerd in haar verleden. Wat ze ons spaarzaam verteld had, werd nu zichtbaar. Tijdens de oorlog had ze anderhalf jaar lang ondergedoken gezeten op haar kantoor. Overdag werkte ze als boekhoudster en 's avonds verdween ze in de kleine ruimte achter een boekenkast. Bij gebrek aan een deken gebruikte ze het tapijt, dat ze 's morgens weer uitrolde. Tante was een moedig mens. Overdag ging ze, ondanks haar gele ster op haar jas en jurk, de straat op om strijdblaadjes rond te brengen. Ze vergaarde voedselbonnen en deelde ze rond.

's Avonds dook ze weer onder. Achter de boekenkast heeft ze ook de familiedocumenten veilig kunnen stellen. In het bruinkartonnen koffertje.

'Jongen, wees er zuinig mee,' sprak ze plechtig toen ze de voedselbonnen aan mijn zoon meegaf, die hij in de zesde klas wilde laten zien. Wat moest hij aan zijn klasgenoten vertellen als tante bijna niets uitlegde? Hij begreep dat er verdriet achter school en begon mij vragen te stellen, die ik naar vermogen beantwoordde.

Jelle heeft tante nog in een rolstoel rond de bomen van het Kocherbos gereden. Hij heeft haar als laatste van ons gezin gezien.

Tante is alweer jaren dood. Mijn ouders haatten haar, omdat ze zoveel zweeg. Het leek alsof ze het haar verweten dat ze als enig familielid de oorlog overleefd had.

Tante had altijd gezegd: 'Ik hoop dat er geen ruzie is bij mijn begrafenis.'

De enige manier om dat te voorkomen was er niet heen gaan.

We vertrokken naar Zwitserland. Op het tijdstip van de crematie ben ik alleen op pad gegaan. Toen ik een reuzenkei passeerde heb ik een diepe buiging gemaakt. Ik ben tegen de schuine helling omhooggeklommen. Elk steentje dat ik het dal in schopte bevatte een herinnering. De gele bloemen om mij heen wuifden een laatste groet. Iedere stap bracht me dichter bij haar. Het was alsof ze honderduit met me sprak, terwijl ze heel zwijgzaam was geweest.

'Geen ruzie, hè kind, maar vrede.'

Het echode over de bergen.

Vrede. Rede.

Na haar dood hebben mijn moeder en zus het appartementje leeggehaald. Ik voelde geen behoefte erbij te zijn. Ro, de zus van Lien, was immers mijn moeders tante. Zij had de rechten over haar bezittingen gekregen. Mijn moeder en mijn zuster hebben de papieren in een verhuisdoos gestopt en samen met de mahoniehouten kast en de bibliotheekstoel meegenomen. Mijn moeder moet geweten hebben dat het koffertje met de kostbaarheden daartussen zat. Heeft ze het slotje geopend? Heeft ze er ooit nog in gekeken? Waarschijnlijk niet. Misschien uit vrees voor wat ze aan zou treffen. Met mij heeft ze er in ieder geval met geen woord over gerept. Over tante viel geen normaal gesprek te voeren, zodra ze ter sprake kwam, ontstond er een merkwaardige spanning. Dus meed ook ik het onderwerp. Voor de lieve vrede.

Op de begrafenis van mijn moeder explodeerden de spanningen. Het gezin Asser, broer, zussen en vader, spatte op Zorgvlied uit elkaar. De pijn daarover had zich diep in mij genesteld en het liefst wilde ik nooit meer aan die dag herinnerd worden. Wel realiseerde ik me dat ik in de toekomst de Amsterdamse algemene begraafplaats niet altijd zou kunnen mijden.

Toen Ramses er begraven werd, wilde ik niet aan mijn moeders graf voorbijgaan. Ik ging op zoek naar de route die ik samen met mijn broer afgelegd had. Ik herkende de steen met het portret van een jonge vrouw, Selma, gestorven op veertigjarige leeftijd. Op de steen stond in gouden letters: *Alles komt goed*. Ik bleef staan en overdacht wat de tijd met mij gedaan had. Ik liep langs de boom met kleine zilverpapiertjes, waaronder een kindje van twee jaar begraven lag. Daarachter lag het graf van mijn moeder. Er was een steen op geplaatst. Mijn vader had er een gedicht van zichzelf in laten graveren dat door het woekerende onkruid onleesbaar was geworden. Een onaangename rilling ging over mijn lijf.

'Moet je huilen?' vroeg Freek. Het greep me aan dat niemand van de familie haar perkje verzorgd had. Mijn vader niet. Niet mijn zus. Ook ik niet. We hadden haar stukje grond niet bijgehouden, zoals ze zelf de laatste jaren van haar leven haar tuintje had gewied. De eenzaamheid druppelde langs de brandnetels. Ik had nauwelijks meer aan mijn moeder gedacht sinds haar dood. Mijn leven was veranderd. Ik was inmiddels zelf oma en hier lag de grootmoeder die nooit oma had willen zijn?

We voegden ons bij de begrafenisstoet. In een kring om de kuil werden liederen ter ere van Ramses gezongen. Bij het verwaarloosde graf een paar meter verderop had destijds niemand gezongen of willen zingen. Mijn moeder adoreerde de stem van Maria Callas. Ze stond met de hoes van de plaat in de kamer, keek naar het portret van de diva en luisterde in vervoering. Zelf zong ze nooit.

Zou er een dag komen dat alles vergeten en vergeven zou zijn? Waarop dansende meisjes zilverpapiertjes in bomen hangen en zingen dat geheimen de zorgen van morgen zijn?

Mijn vader is inmiddels achtentachtig. Onze verhouding is na de dood van mijn moeder langzaam hersteld. Ik bel op zijn minst één keer per week. Hij praat veel over zijn gezondheid en ik houd hem op de hoogte over ons gezin. Het gaat hem behoorlijk goed. Nu hij oud en alleen is, belet niets hem meer om de kroeg dagelijks te bezoeken. De gang naar het café houdt hem op de been. Zijn enige verplichting.

Toen wij nog klein waren, ging mijn moeder altijd met hem mee. Om vijf uur vertrokken ze met de auto naar De Kring. Mijn zus en ik bleven achter. Mijn moeder zorgde ervoor dat hij niet te veel dronk. Hij deed er inspiratie op om de volgende dag te kunnen schrijven. In de kroeg heeft hij *Het schaep met vijf poten* bedacht, kleine verhaaltjes over het dagelijks leven, vooral lollig en niet diepgravend. Hij was en is in elk café een graag geziene klant. Men hangt aan zijn lippen vanwege zijn verhalen, die naarmate de avond verstrijkt steeds kleurrijker worden. De volgende morgen is zijn humeur over het algemeen minder opgewekt.

Nu belde hij mij. 'Je moet zo snel mogelijk komen, anders zet ik vandaag nog alles bij de vuilnis.'

Door zijn zwakke gezondheid was hij gedwongen zijn flat op de tweede verdieping te verlaten. Boodschappen omhoogsjouwen werd hem te zwaar. Hij had een appartement op de begane grond gevonden in hetzelfde blok. Nu hoefde hij geen trappen meer te lopen. De nieuwe ruimte was kleiner. Er zou veel weggegooid moeten worden.

Zijn stem klonk zo dwingend dat ik besloot onmiddellijk naar hem toe te gaan. Ik trof hem volledig in de war aan. De verhuizing had hem teruggebracht in het verleden. De foto's uit albums die bij het opruimen tevoorschijn waren gekomen, hadden zich in zijn dromen gedrongen. Foto's, samen met zijn lachende geliefde. De foto van zijn zusje met de grote strik.

'Je moet alles meenemen, anders zet ik het aan de straat,' bleef hij herhalen. Hij liep in de kamer te ijsberen tussen de haastig ingepakte verhuisdozen en ordners met teksten van successeries. Ik pakte een album met leren omslag en koperen slot uit een doos. Een heel oud album, dat ik ooit in de kast bij tante Ro had zien liggen. Ik wreef over de kaft.

'Hoe kom je hieraan?' vroeg ik.

'Maak maar open.'

Op een vergeelde pagina lagen drie losse foto's, van

twee identiek geklede mannen. Op een ervan poseerden ze met een bolhoed op en een stok onder de linkeroksel. Het had iets van de Dikke en de Dunne. Op de tweede keken ze, hoge hoed in de hand, leunend op hun wandelstok, met een uitdagende blik in de camera. De derde toonde de mannen in rokkostuum, alsof ze ieder moment weg konden dansen.

'Wie zijn dat?'

'Die linker is je overgrootvader, hij was de helft van een komisch duo in Londen. Hij was een Engelsman.'

Ik keek mijn vader verbaasd aan. 'Was dit nu mijn overgrootvader Abraham Miller? Was hij een deel van een komisch duo? Dat heb je nog nooit verteld. Van wanneer zijn die foto's?'

'Omstreeks 1885. Neem maar mee. In die doos zit waarschijnlijk nog meer informatie over hem.'

Dit had hij aan de straat willen zetten. Wat had hem bezield? Hij moet 's nachts alleen in zijn flat door dezelfde gekte zijn overvallen als ooit in die rectorskamer. Totale paniek. Machteloze woede.

Had hij gedacht zijn verleden achter zich te kunnen laten? Gehoopt in zijn nieuwe flat met zijn nieuwe vriendin een nieuw leven te beginnen? Zonder schilderijen aan de muur. Zonder portretten van zijn overleden vrouw en zijn schoonmoeder. Maar het was logisch dat op zijn leeftijd de herinneringen confronterend terugkwamen.

'Ik zal Freek vragen de auto voor te rijden. Dat krijgen wij niet samen de trap af, het is te veel en te zwaar.'

Ik sta verbouwereerd met het album in mijn hand. Mijn overgrootvader een komiek. Wat een toeval! Een komisch duo. Het lijken wel broers. Zouden ze de Millers geheten hebben? Van mijn grootvader, Hijman Croiset, wist ik dat hij acteur en anarchistisch redenaar was geweest. Mijn vader was een komedieschrijver en dan had ik ook nog eens zonder dit te weten een man uitgekozen die deel uitmaakte van een komisch duo, Neerlands Hoop. Er waren van Bram en Freek foto's in vergelijkbare poses.

Ik stopte het album terug in de doos en we wachtten op Freeks komst. Mijn vader bleef onrustig rondjes om de dozen lopen. Ik probeerde hem te kalmeren: 'Pap, het komt goed. Je bent niet alleen. Er zijn genoeg mensen die je willen helpen.'

'Weg ermee, ik wil ze niet meer in huis hebben,' zei hij beslist.

Steeds als ik bij thuiskomst de voordeur opendeed, stonden daar die verhuisdozen. Ik durfde er nauwelijks naar te kijken. Ik had me voorgenomen dat ik niets uit mijn ouderlijk huis wilde hebben en nu stond de gang er vol mee. In de meeste dozen zaten videobanden, die ik in overleg met mijn vader had afgeleverd bij het Nederlands Instituut voor Beeld en Geluid. Daar zou men naar de historische waarde van het materiaal kijken. Aan de dozen die er nog stonden had ik me niet gewaagd. Freek had zijn nieuwsgierigheid niet kunnen bedwingen en ontdekte dat er belangrijke informatie in zat over de vlucht van mijn ouders uit het Apeldoornsche Bosch, de psychiatrische inrichting, waar ze gewerkt en ondergedoken gezeten hadden. Toen de Duitsers de patiënten kwamen weghalen, waren ze aan de achterkant het gebouw uitgevlucht.

Mijn vader zal bij het zien van die papieren in de war zijn geraakt, misschien die beroerde nacht hebben herbeleefd. De sprong over de sloot. Hij heeft de hand van zijn vrouw gezocht in bed, maar ze lag niet naast hem. Hij was alleen. Weg moest alles. Weg uit zijn hoofd.

De volgende ochtend belde ik hem om te zeggen dat wat hij weg wilde gooien nogal waardevol was. Het was zijn verhaal. Zijn leven.

Een aantal dagen later kregen we bezoek van een journalist die zich had gespecialiseerd in de geschiedenis van de Tweede Wereldoorlog.

Freek liet hem het bruine koffertje zien.

Hij pakte er een met potlood beschreven velletje uit en begon voor te lezen:

Beste Ro

We zitten in de trein. Moe is vandaag veel beter. De nachtpon heb ik niet gezien. We hebben veel kans om geïnterneerd te worden. Ik heb kaarten gekocht voor een mogelijke reis naar Duitsland.

Groeten aan allemaal

Moe gaat met de ambulance

Dag Ro Dag Lien Dag Clara

Pa

Freek stak een kaartje omhoog. Barak 57. Handgeschreven. Een officieel verhuiskaartje:

Van Barak 57 naar barak 58.

In 1943 in Westerbork.

Ik draaide mijn hoofd af, liep weg en liet de mannen alleen. Dit had tante dus nooit willen laten zien.

In mijn atelier zette ik me aan een nieuw pak voor de show *Neven*. Ik stikte dik touw langs de naden van een broek. Mijn vingers zochten gedachteloos een opening in het touw. Ik prikte met de naald tot bloedens toe in mijn vinger. Een druppel viel op de witte stof. De draad schoof uit de naald en het lukte me niet die weer in het oog te krijgen. Ik kon de grootte van het gaatje niet goed zien. Mijn bril lag in de kamer. Ik liep naar binnen waar de mannen in een diep gesprek gewikkeld waren.

'Sorry dat ik zo reageerde, maar dit had ik nooit eerder gezien.'

'Freek heeft me een aantal brieven laten lezen. Je moet het maar eens op je gemak bekijken. Het is buitengewoon interessant,' zei de deskundige.

Ik nam de doos mee naar mijn atelier, bladerde met mijn vingers door de tientallen papieren met ieder een verhaal en haalde er een met potlood beschreven velletje uit:

19/1/44 Bergen Belsen

Liebe Ro

Nur enkele worten om dier zu melden das ich gut gesond bin ent hoffen das du auch gesund sind ent auch Lientje ent Eva. Halt guten mud das du ich auch

Gegrust von Opa

Von Opa.

Dit moest dus mijn betovergrootvader zijn. Een Duitse over-overgrootvader?

Ik legde de doos weg en zette me ertoe om het dikke touw op de naad van de broek bevestigd te krijgen.

Mijn angst ging gestaag over in nieuwsgierigheid. Een Duitse over-overgrootvader. Een komische overgrootvader. Ik ging de inhoud verder bestuderen.

Er zat een brief tussen van de Zwitserse douane. Als kop stond erboven: '*Unternehmens*'. Of las ik het verkeerd, stond er: '*Untermensch*': *A. Miller*?

Wat had dat te betekenen?

Untermensch? Übermensch?

Hoe kon je in een officieel schrijven iemand als minderwaardig betitelen? A. Miller was mijn overgrootvader. De vader van Ro en Lien. Hij was geboren in Engeland.

Er zat correspondentie tussen van de zusters Miller met de Zwitserse douane met de bedoeling hun vader zijn Engelse nationaliteit terug te geven. Dan immers kon hij uit Westerbork naar Engeland. De laatste brief van de serie was ondertekend door de Schweizerische Gesandtschaft in Deutschland. Het verzoek was afgewezen.

Aansluitend vond ik:

29 maart 1945

De familienaam Mulder is indertijd gewijzigd in Miller teneinde in 1939 bij bevolkingsregister te Amsterdam gemaakte fout te herstellen (tot 1939 was de familienaam ook Miller)

Ik pakte een dun velletje, weer met potlood beschreven. Zonder datum:

> Lieve
> Ik schrijf je dit om je te waarschuwen dat ik niet meer thuis ben. Ik ga op reis naar Groningen en hoop pa daar te ontmoeten. Ik maak het naar omstandigheden tot nu toe heel goed. Bagage heb ik niet bij me.
> Met hartelijke groeten, het beste, verlies niet de moed, dat doe ik ook niet.
> Lien

Hier stond de laatste groet van mijn oma. Onwetend waar ze naartoe ging. Ik had haar handschrift nog nooit gezien. Even leefde ze voor mij. Haar magere hand had nog snel deze woorden met potlood weten op te schrijven, voordat mannen in uniform haar dwongen mee te gaan. Ze is nooit meer bij haar vader gekomen. Ze hebben haar rechtstreeks afgevoerd naar Auschwitz. Met een van de laatste treinen gedeporteerd. Ze was bijna de oorlog doorgekomen en is toch nog verlinkt. Hoe heeft deze brief tante kunnen bereiken? Waar heeft ze hem gevonden? In Lientjes huis? Is ze daar nog geweest? Zwierf ze met de brief door de stad?

Ze had het velletje bij de andere brieven in de doos gedaan. De deksel was erop gegaan en daarna had niemand hem meer gezien. Zou mijn moeder ervan geweten hebben? Heeft tante de brief opzettelijk verborgen gehouden om haar niet te kwetsen? Of kende mijn moeder het briefje en was ze kwaad dat tante Ro het achterhield, het zich toegeëigend had? Was het briefje wel voor Ro bestemd? Hadden de zusters Miller een goede relatie? Ro heeft haar zuster verweten dat ze haar dochter in de steek liet. Tante kwam op voor mijn moeder, wat ze nooit heeft weten te waarderen.

Lien nam afscheid met een in haast geschreven briefje. Voor iedereen. Na zoveel jaren heeft het ons bereikt. Lien was dapper door nog snel iets achter te laten. Ro was dapper omdat ze al die spullen de oorlog heeft weten door te slepen. Mijn moeder was dapper omdat ze de sprong heeft gewaagd en gevlucht is. Ze had Lien verteld dat ze wilde onderduiken met haar vriend Eli en gevraagd of ze niet met hen mee wilde gaan. Lien had haar gelijk gegeven om ervandoor te gaan nu de druk in Amsterdam zo groot was geworden. Zij waren jong en hadden kansen, maar zelf wilde ze niet mee. Ze voelde zich te moe. Ze zou hun alleen maar tot last zijn. Lien was toen tweeënveertig, maar voor haar eigen gevoel veel ouder.

Oom David, nog maar net met Clara getrouwd, was bij de eerste razzia bij toeval op het Jonas Daniël Meijerplein en werd opgepakt. Mijn ouders, toen nog vriend en vriendin, zijn gegaan en hebben haar achtergelaten.

Heeft ze op dat moment in die woning haar afscheidsbrief geschreven?

Ik wist weinig van mijn oma. Kende alleen haar sombere portret in de kamer. Mijn moeder had me verteld dat ze mooi was, maar zwak. Dat ze bedlegerig was en ernstig aan eczeem leed. Als ik krabde, zei mijn moeder met opgestoken vinger: 'Je lijkt op jouw oma, je hebt dezelfde stoute ogen.'

Ik pakte nog een brief:

23 maart '43

Lieve kinderen,

Wij zijn in de Schouwburg. Moeder is erg ziek geweest. Brieven en pakketten ontvangen. Nog een nachtpon voor moeder moeten we hebben.

Dank en groeten aan Ro, Lien en Clara.

De handgeschreven verlangens troffen me diep. Uit de brieven sprak nog zoveel hoop.

25 juni

Lieve Ro

Eindelijk zal ik dan eens schrijven. We hebben een schrijfdag en profiteer ik daar maar van door de kantlijn te laten vervallen.

De angst die ik bij de eerste kennismaking met de papieren had gevoeld, begon langzaam weg te ebben. Dit was tantes nalatenschap. Als ze met haar dromerige blik de kamer in keek zal ze aan haar familie, aan haar vader gedacht hebben. Had de liefde voor haar vader haar de rest van haar leven belet een andere man te kiezen? Voelde ze zich verplicht aan hem?

Ik pakte drie velletjes, die met een paperclip bij elkaar werden gehouden:

aangezien dit een tijd zoek was, kan ik dit nu pas opsturen D Sch

Den Haag, ~~26 Januari 1946~~ 1-3-46

Teruggekomen uit het kamp Auschwitz, geef ik U hierbij een kort verslag van de liquidatie van het joodsche krankzinnigengesticht "H et Apeldoornsche Bosch" alwaar ik tot den laatsten dag werkzaam was.

Hieronder het verslag:

Nadat de O.D. (Orde Dienst, in Westerbork, bestaande uit Joden, als een soort politie.), die twee dagen vóór de S.D. in Apeldoorn aangekomen was, alle voorberidingen getroffen had, moesten alle patiënten op 1Februari 1943 's avonds om half tien aangekleed worden en even later reden de duitsche vrachtauto's voor de pavillioens en werd alles in het snelst mogelijke tempo ingeladen. De bagage van de patiënten die wij in de twee voorafgaande dagen gepakt hadden, in rugzakken, welke door den joodschen raad in Amsterdam verstrekt waren, mocht niet mee, ook geen levensmiddelen, de duitschers zouden wel voor hen zorgen. Aangezien de duitschers bevreesd waren voor de patiënten, moest de O.D. helpen en stonden de duitsche militairen alleen als streng wachten langs de deuren, steeds schreeuwend dat het vlugger moest gaan.

Na dit eerste tafereel van het op dat zich afspelende drama moesten wij, het personeel onze bagage pakken en binnen eenhalf uur aantreden. Onder strenge bewaking der S.S. werden wij naar het hoofdgebouw gebracht. Verschillenden hadden nog getracht andere pavilloens op te bellen, maar het onderlinge contact van deze gebouwen, was ook reeds door de duitschers afgesneden, alles ging systematisch.

In het hoofdgebouw waren reeds vele verpleegsters en verplegers en weldra zat alles of stond in afwachting van wat verder ging gebeuren. De deuren werden allen gesloten, overal twee S.S. wachten geen kans aan ontkomen. Van elf tot twee uur was "Schweigestunde", niemand mocht een woord zeggen, de stilte was beklemmend. Een verpleger werd geranseld, dit was om ons te laten zien wat er gebeurde als wij niet gehoorzaamden. De volgende morgen kwam een S.S. off. en verklaarde,

Vervolg No. 1

dat er vijftig vrijwilligers noodig waren om de patiënten onderweg te verzorgen. Uit vrees voor een herhaling van het in de nacht gegeven voorbeeld was het aantal weldra bij elkaar, maar volgens den off. toch te weinig, zelf koos hij nog dertig uit. Hij gaf de verzekering, dat de verpleegsters ~~las~~ als zij de pat. weggebracht hadden, weer terug konden komen of vrijwillig, dus alleen als zij dit wilden, in een modern ziekenhuis konden werken tegen een goed salaris. De verpleegsters vertrokken meteen, de patiënten waren al aan het station in beestenwagens geladen. Wij anderen bleven achter, in afwachting wat er met ons zou gebeuren. Later op de dag werden wij naar Westerbork getransporteerd.

Veertien dagen later, werd ik 's nachts in den nachtdienst van het ziekenhuis waar ik in Westerbork werkte opgeroepen voor het transport dat de volgende dag zou vertrekken. Twee dagen later arriveerden wij in de nacht om twee uur in Auschwitz. In het kamp aangekomen en getooid met mijn nieuwe kleeding, ontmoette ik nog drie overlevenden die met het transport der patiënten als vrijwilligers waren meegegaan, en wel Zr. Roosje Manassen uit Elst, werkzaam geweest op Pav. van Os, Zr. Bep Zilverberg uit Coevorden, werkzaam op Pav. G en Zr. Rosien de Vries echtgenoote van Dr. de Vries uit Amsterdam werkzaam op Rustoord. Van deze kreeg ik het volgende te hooren: In de trein van de patiënten werden de verpleegsters en verplegers apart gehouden, omdat de pat. volgens de duitschers geen verzorging meer noodig hadden ; echter hadden de duitschers veiligheidsmaatregelen getroffen en de veewagens derpat. geplombeerd. In Auschwitz aangekomen werden in de wagons der pat. gaten geboord en slangen door de gaten gestoken. Door middel van cycloongas (vloeibaar, blauwachtig gas) werd een einde aan het leven van deze menschen gemaakt. Nu pas durfden de duitschers de wagons te openen om de dooden op de gereedstaande auto's door mannelijke gevangenen en het verplegende personeel te laten laden. Zij die verzet pleegden bij het uitladen of niet wilden helpen werden voor straf eveneens vergast.

Van een ziekenhuis hebben de overgebleven verpleegsters en ook ik nooit iets gezien. Zr. Zilverberg, die het nog het langste volgehouden heeft, nl. tot Augustus '43, vertelde dat de meesten reeds in de eerste

Vervolg No 2

of tweede week vermoord werden of vrijwillig den dood verkozen, wat ook velen in mijn tijd deden, omdat zij de lichamelijke en geestelijke kwellingen niet konden volhouden.

Aldus het verslag van drie ooggetuigen die eveneens een prooi der duitschers geworden zijn., ~~dit Een~~

~~Dit is echter slechts één der vele misdaden~~

Nog twee jaar lang verdwnen duizenden mensen in de gaskamers van Auschwitz, en nog twee jaar lang sloegen de felle vlammen uit zeven crematoria ten hemel.

‘Teruggekomen uit het kamp Auschwitz, geef ik U hierbij een kort verslag van de liquidatie van het joodsche krankzinnigengesticht “Het Apeldoornsche Bosch” alwaar ik tot den laatsten dag werkzaam was...’

Ik staarde met het vergeelde papier in mijn hand voor me uit. Ik dacht aan Vera, mijn allerliefste vriendin. Haar moeder was een van die weinige overlevenden. Zij had in 1943 samen met mijn ouders in die inrichting gewerkt, maar ze kenden elkaar toen niet. Het instituut was groot. Vera’s moeder was niet gevlucht, maar met de patiënten meegegaan. Zij had dit alles aan den lijve ondervonden, was naar Westerbork en daarna naar Auschwitz afgevoerd. Hoe zij de kampen overleefde, heeft ze nooit willen vertellen. Na de oorlog is ze teruggegaan naar haar onderduikadres om de mensen die hun leven voor haar gewaagd hadden te bedanken. Ze zijn vrienden geworden.

Ze stond zo stoer in de winkel. Twee armen over elkaar onder haar boezem. Toen we met de vieze Vera terugkwamen van de drijfzandvlakte had ze haar dochter omhelsd en mij over mijn bol geaaid. Wat een respect had ik voor die vrouw.

Waarom had tante juist deze brief bewaard? Het was de geschiedenis van mijn ouders. Niet van haar. Zij waren gesprongen, de rest is als vee afgevoerd en maar een paar daarvan hebben het overleefd. Waarom konden mijn ouders niet met tante praten? Hoeveel verdriet had zij voor mijn moeder?

Ik wist dat tante Ro veel van haar hield, maar het niet kon zeggen. Ze toonde haar liefde door het haar met geld en cadeautjes naar de zin te maken. Ik lees nog een keer de passage van de gaten in de treinwagon over.

Ik ging naar beneden. Kon ik Vera maar bellen. Samen huilen. Maar onze vriendschap was voorbij.

Omdat ik het verhaal toch aan iemand wilde vertellen, besloot ik Elly te bellen. Met haar kon ik erover praten. Elly kende me vanaf mijn geboorte. Tante Ro was bevriend met haar ouders: Anton en Netty van Zutphen. Het waren socialisten. Anton was voor de oorlog handenarbeidleraar geweest aan het Joodse Weeshuis aan de Amstel en kreeg na de oorlog met zijn vrouw de tijdelijke directie over het Joods jongenstehuis, ook al waren ze zelf niet Joods. Geen van de personeelsleden keerde terug. Netty en Anton kregen de leiding over kinderen van omgekomen ouders en pleegkinderen van ouders die hun kinderen niet meer konden opvoeden. Als tante bij hen op visite ging, mocht ik mee. Ik speelde samen met Elly, die vijf jaar ouder was, met de jongens van het tehuis. Op mijn zeventiende dwongen mijn ouders me het ouderlijk huis te verlaten. Op voorstel van Netty en Anton kon ik voorlopig op hun zolderkamer aan de Stadionweg logeren, een aanbod dat mijn ouders gretig hadden aangenomen. Ze waren van me af. Van Anton en Netty mocht ik naar beneden komen en mee-eten wanneer ik wou. Ze gaven me troost en vertrouwen. Elly woonde al op kamers, maar schoof regelmatig aan. We werden vriendinnen.

De zolderkamer was een tijdelijke oplossing en na een halfjaar moest ik plaatsmaken voor iemand anders. Elly bood aan dat ik bij haar kon wonen zolang ik nog geen goede behuizing had. Ze had twee kamers en vond het geen enkel probleem om met haar vriend op de bank in de woonkamer te slapen.

Elly en haar vriend waren studenten, die laat naar bed gingen. Ik zat op de Rietveld, maar lag er het liefst op tijd in om 's morgens etudes te kunnen studeren. Om halfacht legde ik mijn viool onder mijn kin en begon aan Vivaldi's *Concerto in A mineur*. Ik was zo verblind dat ik de rest van de wereld vergat, niet doorhad dat ik hun rust verstoorde. Elly heeft zich er nooit over beklaagd en is nooit binnengekomen om te vragen of ik ermee wilde stoppen. Ze heeft me mijn gang laten gaan en pas veel later verteld dat ze er wakker van werden en niet meer konden slapen. We konden er samen smakelijk om lachen.

De telefoon ging over. Elly. We spraken elkaar niet vaak, maar binnen een paar minuten was het weer vertrouwd. Ik vroeg of ze langs wilde komen. Ik voelde er niets voor het hele verhaal van tante Ro door de telefoon te vertellen.

Elly zat naast me aan tafel. Ik pakte het leren album en opende met het komisch duo.

'Wat een heerlijke foto. Die kleuren.'

'Dat is de vader van Ro. Hij was een komiek in Londen in 1885.'

We bekeken een oude schoolfoto van tante, uit 1910, zien haar vader in een kledingmakerij.

Opeens riep Elly, verbaasd wijzend naar een lachende baby: 'Dat ben ik! En dat is oma Beurs.'

Adolphe
Utrechtschestraat, 97
AMSTERDAM

Die foto had ik vaker in mijn handen gehad, maar ik had hem niet eerder kunnen plaatsen.

'Ben jij dat? Hoe kan dat?'

'Tante heeft een jaar bij mijn ouders ondergedoken gezeten toen het op kantoor te gevaarlijk werd. Mijn oma woonde ook bij ons. En er was nog een onderduiker. We hadden twee kamers. Als er visite kwam, moesten de twee onderduikers naar de achterkamer en gingen de schuifdeuren dicht.'

Ik keek haar stomverbaasd aan.

'Wist je dat niet?'

'Nee, dat heeft ze me nooit verteld.'

'Daarom is ze zulke goede vrienden met mijn ouders geworden. Mijn vader heeft ons vele malen gierend van het lachen het verhaal van de scheet verteld. Er was een kennis op bezoek die zei: "Mensen, ik moet even iets laten." Hij schoof de schuifdeuren op een kier, ging met zijn gat door de spleet en liet een knetterende scheet. Niet wetend dat daar twee onderduikers doodsangsten uitstonden. "Na afloop haalden ze opgelucht adem," zei mijn vader altijd. Er was spanning, maar soms ook lol.'

'Jouw ouders hebben niet alleen tante gered, maar mij ook in zekere zin. Als zij die zolderkamer niet beschikbaar gesteld hadden, weet ik niet hoe het met mij afgelopen zou zijn. Jouw ouders waren goede mensen.'

We schoven onze stoelen dichter naar elkaar toe. Ik voelde me veilig bij Elly. We begrepen elkaar. We zwegen en bladerden verder. Er doken nog meer foto's van haar als baby op. In bad. Op de kinderstoel. Bij oma Beurs op schoot. De kinderloze tante moet tijdens de onderduik van Elly genoten hebben zoals later van mijn zusje en mij toen we klein waren. Kinderen geven hoop.

Er was een foto bij van tante op de tennisbaan in een witte lange rok met een houten racket.

'Ik mocht wel eens met haar mee,' zei Elly.

'Ik ook. Dan sloeg ik een balletje tegen de muur.'

'Van tennisclub Donald Duck.'

'Tante Boekhoudster was penningmeesteres.'

We moesten lachen.

'Er zitten een paar foto's van voor de oorlog tussen waarop ze telkens naast dezelfde man staat. Weet jij of tante ooit een man gehad heeft?' vroeg ik.

'Nee, dat weet ik niet.'

We keken een tijdje naar het stel en ik zei: 'Ik zal het eens aan mijn vader vragen. Al valt er moeilijk met hem over te praten, maar wie weet lukt het.' Ik liet haar het stapeltje strijdblaadjes zien. 'Heeft ze ook bewaard. Wonderlijk keuzes heeft ze gemaakt.'

Ik opende het vaalrode doosje en pakte de handgeschreven brieven uit Westerbork, alle ondertekend met 'Pa' en gedateerd 1943. Ik gaf er een aan Elly en ging op zoek naar de brief van Sam de Wolff. Ze wist niet wat ze las en veegde een traan weg.

Ik stelde voor dat we een andere keer verder zouden gaan. Het werd haar te veel. Toen ze de deur uit was vond ik de brief uit Israël:

Jerusalem 3 juni 1945 S. de Wolff

Indien Ro Miller nog bij jullie is, zeg haar dan, dat ik in Bergen Belzen met haar vader in dezelfde barak ben geweest en dat ik naast hem stond toen hij een hevige hartaanval kreeg, waaraan hij na enkele weken is gestorven. De oude man is tot het laatste ogenblik dezelfde gebleven, liefdevol en zich opofferend voor anderen. Zeg haar ook dat hij steeds over Ro sprak en dat haar schoonzuster den ouden man in zijn laatste levensdagen, zooveel het haar mogelijk was, liefdevol verzorgde.

Ik belde mijn vader om te vragen wie die man naast tante was. Hij zei dat ik maar langs moest komen, dan kon ik meteen zijn nieuwe huis zien.

Op de afgesproken tijd ontving hij mij hoffelijk bij de deur. De woning was inmiddels naar zijn zin. Hij had alles netjes geordend. Het schilderij van mijn moeder stond nog op de grond tegen de muur.

'Hoe gaat het?' vroeg ik.

'Het is laat geworden, ik had gisteravond een feestje met iets te veel drank.'

'Dat zeg je elke keer als ik kom. Is het wel verstandig als je medicijnen slikt om alcohol te gebruiken?'

'Ach, ik ben toch oud. Maakt niks meer uit,' zei hij lachend. Daar had hij gelijk in, hij hoefde aan niemand verantwoording af te leggen.

'Dan kun je wel verwachten dat je de volgende dag veel vergeten bent. Weet jij of tante ooit een man gehad heeft?'

'Volgens mij had ze voor de oorlog een verhouding met een getrouwde man.'

'Wat triest dat ze dan altijd alleen gebleven is.'

Mijn vader zweeg. Het was beter om op een ander onderwerp over te gaan.

'Ik had gisteren een emotionele dag,' zei hij. 'We zijn

naar Friesland gereden, naar mijn onderduikadres. Ik was daar nooit meer terug geweest.'

'Waarom niet?'

'Dat kon ik niet. We hebben de boerderij teruggevonden. Toen ik ervoor stond, zag ik het gordijn waar ik achter sliep weer voor me.'

'Heb je die boer nooit meer gezien?'

'Nee. Het wonderlijke was dat we 's middags op de begraafplaats terechtkwamen. Op de eerste steen die we passeerden las ik: "Piet Slager". Daar heb ik staan huilen. Was ik de boer toch nog tegengekomen.'

'We gaan over twee weken naar Amerika,' zei ik na een korte stilte. 'Ook naar jouw zoon. We ontmoeten elkaar op zijn vakantieadres ergens tussen San Diego en Los Angeles.'

'Wat zeg je dat vreemd, mijn zoon, het is toch ook jouw broer?'

'Ja, zo is het nu eenmaal gelopen. Hij is al te lang weg, we zijn behoorlijk van elkaar vervreemd.'

'Ik wou dat ik meekon. Doe ze de groeten van mij. Ik heb nog iets voor je.'

Hij pakte uit de kast het sombere schilderij van mijn oma en plechtig overhandigde hij het mij. 'Zeg maar tegen je broer dat hij het schilderij van mama krijgt.'

We vertrokken voor een maand. De doos bleef op het vlierinkje van mijn kantoor achter.

Na ruim vijftien jaar zouden we mijn broer terugzien, die in Amerika woonde. Ik had me erop verheugd. Ik verwachtte dat we, ouder en wijzer geworden, elkaar weer in de armen konden sluiten en ons zouden verzoenen.

Het werd een koel weerzien. De wonden bleken door de tijd niet geheeld. Tijdens de maaltijd vertelde ik hem over de gekte van onze vader tijdens de verhuizing en over de vondst.

'Ik wil er niets mee te maken hebben. Je doet maar,' zei hij afstandelijk.

Het klonk bot. Ik was enorm teleurgesteld. Het was ons beider verleden. Hoewel het zijn goed recht was er afstand van te nemen, deed het toch pijn. Ook hij was tijdens zijn jeugd beschadigd. Wat er bij ons beiden stukgemaakt was, viel niet meer te lijmen.

Het afscheid was naargeestig. Ik had te hoge verwachtingen gekoesterd. Ik voelde me als zus mislukt. We waren uit elkaar gegroeid. Ik zag hem in de autospiegel kleiner worden en vreesde dat ik hem nooit meer zou zien.

Na de terugkeer uit Amerika opende ik mijn mailbox die ik al die tijd niet ingekeken had. De mail waar mijn oog als eerste op viel kwam van mijn vader:

> Ik hoor van verschillende kanten berichten, die mij aanleiding geven tot de volgende vraag: wat zijn jullie in godsnaam aan het doen met de familiedocumenten, die ik jullie in de paniek van de verhuizing TIJDELIJK ter bewaring heb meegegeven?
>
> Antwoord graag per omgaan

Las ik het goed? Wat was er gebeurd? Ik had hem nog geen week daarvoor in Amerika aan de telefoon gehad. Dat was een prettig gesprek geweest. Ik had hem verteld dat we in New York waren, waar Freek moest optreden. 'Ik kijk uit naar je terugkomst,' had hij gezegd.

Was hij werkelijk vergeten dat hij gedreigd had alle spullen bij de vuilnis te zetten?

Was hij echt van plan geweest de documenten weg te gooien of had hij me voor de gek gehouden? Het maakte me ziedend.

Mijn hele leven had ik mijn vader geen weerwoord durven geven. De aartsvader, zoals hij zichzelf noemde. Daar kon ik om lachen en ik zei nooit iets terug. Ik had hem die bewuste morgen tegen zichzelf beschermd. Een waardevol dossier gered. Ik greep de telefoon.

'Ben jij het? Ben je terug uit Amerika?'

Ik nam geen adempauze maar begon een tirade tegen hem in de hoop dat hij door zou krijgen dat hij mij niet vertrouwd had en me oneerlijk beschuldigde. Mijn stem sloeg over. Aan de andere kant van de lijn hoorde ik hem lachen en ik werd zo buiten zinnen dat ik de verbinding verbrak. Dit was zinloos en slecht voor ons beider gezondheid.

Mijn voornemen om goed voor het materiaal te zorgen werd gewantrouwd. Ik was weer eens de boosdoener.

Wat er precies gebeurd is in die week voor mijn terugkeer zal ik nooit weten. Hoef ik ook niet te weten.

Er volgde een mail dat ik alles terug moest brengen. Prima, dacht ik, uit mijn huis met die rommel. Maar het archief van tante zou voorlopig bij mij blijven staan.

Ik reed met de spullen naar Amsterdam en belde bij mijn vader aan. Een van zijn nieuwe vrienden deed open. De man weigerde mijn hand, keek strak langs me heen en nam de dozen zwijgend in ontvangst. Het schilderij van mijn oma dat mijn vader mij had meegegeven, gaf ik ook terug. Dat zou alleen maar tot ruzie bij de erfenis leiden.

De doos stond veilig op mijn vliering. De paperassen hadden zowel de oorlog als de waanzinnige voornemens van mijn vader overleefd. Als eerbetoon aan tante Ro had ik me tot taak gesteld de inhoud voor de geschiedenis veilig te stellen. Ik nam contact op met Herinneringscentrum Kamp Westerbork en maakte een afspraak om het materiaal te laten zien. Daar zou men kunnen vaststellen of het enige historische waarde had.

We reden door een troosteloos Drents landschap. De regen kwam met bakken uit de hemel. We zetten onze auto op een groot, vrijwel leeg parkeerterrein. Freek tilde de doos uit de auto. Ik probeerde hem onder de paraplu te houden, maar hij liep te snel. Regendruppels tikten tegen het karton.

In de hal werden we ontvangen, en hoewel er op onze komst was gerekend, moesten we even wachten. Aan de muren hingen zwart-witfoto's van de oude barakken en op een tafel lagen boeken die alles met dit oude doorgangskamp te maken hadden. Een geavanceerde espressomachine stond klaar om het de museumbezoekers naar de zin te maken. Hier hadden prikkeldraad mijn familieleden van de buitenwereld afgesloten, hier had gebrek en wanhoop geheerst.

'Stuur suikerklontjes', stond op een van de briefjes van mijn overgrootvader. Op dit terrein hadden Freeks ooms hun straftijd uitgezeten na de oorlog. Had een negenjarige neef Fred zijn vader in een gestreept pak achter prikkeldraad zien staan. Werden in 1951 Ambonezen in de barakken gehuisvest.

'Komt u mee naar boven,' zei de directeur met een uitnodigend gebaar. We gingen een ruime kamer binnen, waar ik de erfenis van tante Ro op de tafel uitspreidde. Beschadigde foto's. Vergeelde documenten. Brieven met hier en daar een inktvlek, teruggebracht naar de plek vanwaar ze ooit verstuurd waren. Het koffertje dat altijd gesloten bleef als ik bij haar thuis op visite was, stond open op de tafel, met het vergane plakband dat de deksel bij elkaar had moeten houden.

Er kwam een juffrouw met thee en koffie binnen. Ze wilde het dienblad midden op de tafel zetten.

'Kijk uit, zet het daar maar neer. Dit zijn waardevolle spullen,' zei de directeur.

Tante had zorgvuldig overdacht wat ze wel en niet zou moeten bewaren. Met boekhoudkundige precisie had ze de brieven op volgorde gelegd. Brieven van haar vader uit Westerbork aan haar en haar zus Lien. Haar inspanningen om het bij elkaar te houden waren niet vergeefs geweest.

Een warme traan rolde over mijn wang.

Haar zwijgen was doorbroken.

Wilde ze dat wel? Had ze gehoopt dat de brieven uiteindelijk hier terecht zouden komen? Was de nalatenschap haar boodschap aan de wereld?

Er heerste een bijna devote stilte in de kamer.

'Dit is bijzonder,' zei de directeur.

'Wat moeten we ermee doen?' vroeg ik.

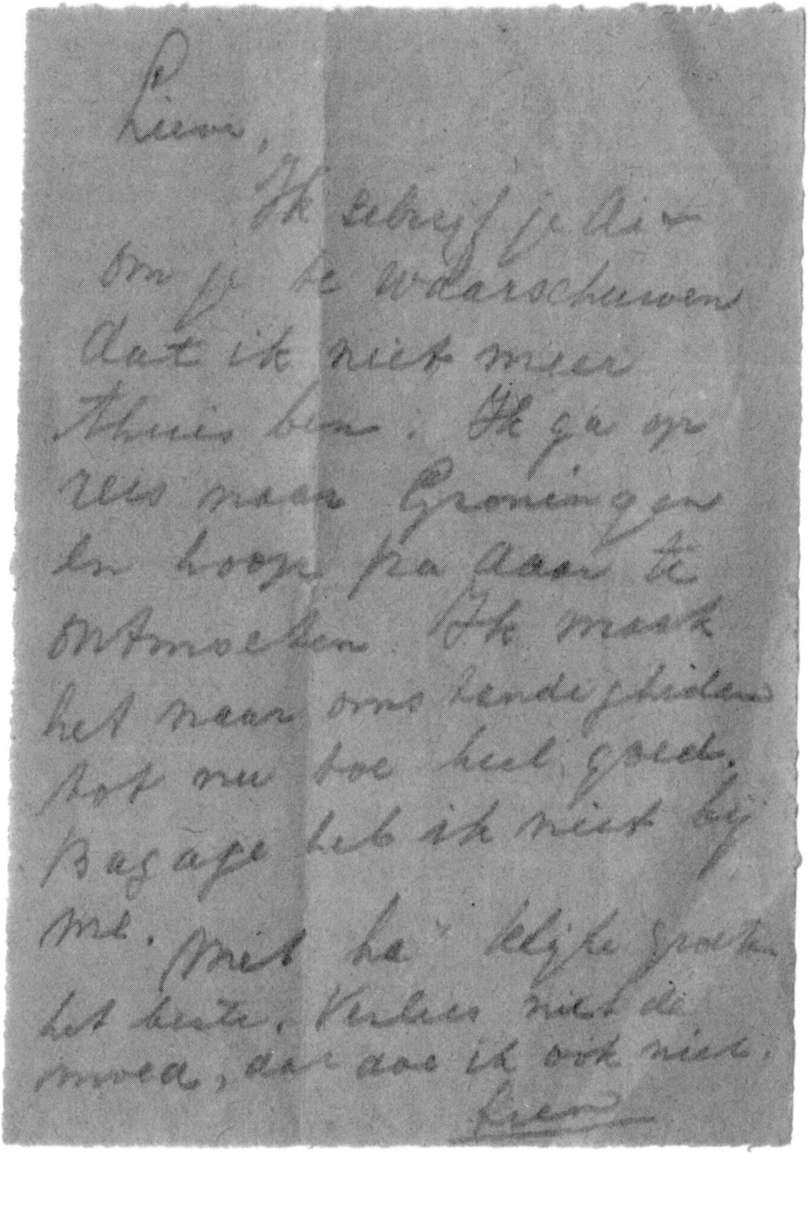

Lien,
Ik schrijf je dit
om je te waarschuwen
dat ik niet meer
thuis ben. Ik ga op
reis naar Groningen
en hoop je daar te
ontmoeten. Ik maak
het naar omstandigheden
tot nu toe heel goed.
Bagage heb ik niet bij
me. Met ha[r]telijke groeten
het beste. Verlies niet de
moed, dat doe ik ook niet.
Lien

‘Laat het hier achter, dan zullen we het eerst zorgvuldig bekijken en alles scannen wat de moeite waard is.’

‘Kan het misschien snel gebeuren, het ligt nogal moeilijk in de familie.’

‘We gaan ons best doen.’

Na enige aarzeling besloot ik de doos achter te laten. We reden het terrein af en passeerden het monument. De opgekrulde treinrails en de bielzen. Er waren vierennegentig treinen uit Westerbork richting vernietigingskampen vertrokken. De regen sloeg tegen de voorruit.

Binnen een maand ontving ik de doos retour en een cd met zeshonderdvijfentwintig documenten. Nu kon ik op mijn computer de inhoud bestuderen wanneer ik dat wilde, maar bovenal kon ik de cd naar mijn vader brengen. Dan kon ik hem ook geruststellen.

Met de kerst ontving ik een lieve mail van hem. Hij vertrouwde erop dat de documenten nu op een veilige plek opgeborgen waren en nodigde me uit weer te komen praten.

Ik stuurde hem als antwoord:

Ik droomde:
God zag in de Cliostraat een treurende oude man en stuurde er een Engel op af.
De Engel streek neer en vroeg: Waarom treurt u?
De oude man zei: Mijn kinderen hebben mij verlaten.
De Engel zei: Maar dat kan toch niet zomaar!
Wel, zei de man, ik ben oud en ze willen me niet meer zien.
De Engel vroeg: Vertelt u wel de hele waarheid?
Het klagen van de oude man veranderde in boosheid. Hij zei:

Ze hebben me bestolen en hun voorouders niet geëerd.
Het spijt me, zei de Engel, voor uw boosheid ben ik niet gekomen.
U was ten einde raad omdat u moest verhuizen en teleurgesteld in uw oudste dochter omdat zij u gemeen bejegende. In uw wanhoop heeft u uw jongste dochter vernederd door haar te wantrouwen.
U raakte buiten zinnen, dat is u vergeven.
De oude man werd woedend: Ze hebben me bestolen!
Lieve oude man, zei de Engel, u vergist zich, er is niets gestolen.
Waarom kunt u niet trots zijn op uw jongste dochter?
Het gezicht van de man verkleurde. Hij had zijn hele leven de schuld bij de ander gelegd en zich nooit afgevraagd of hij zich misschien vergiste. De Engel pakte zijn hand, maar de man trok hem krachtig terug.
De Engel zei: U kunt gelukkig zijn. U heeft een nieuwe lieve vriendin die u goed verzorgt en u wordt omringd door fijne vrienden. Boos zijn in dit stadium van uw leven heeft geen zin meer.
Hoe heeft u de vriendschap met uw jongste dochter, die zo moeizaam gegroeid was, in één klap teniet kunnen doen door haar goede bedoelingen in twijfel te trekken? Iets waar u zelf uw hele leven zo onder geleden hebt. U beseft toch ook dat het mooi zou zijn de inhoud van het koffertje voor de eeuwigheid te bewaren.
De Engel boog nog een keer naar voren, kuste de oude man op zijn voorhoofd en zei: Het is Kerstmis, dagen van bezinning.
Hopelijk komt er een tijd waarin mensen niet meer als dieren worden behandeld. Overdenk de gebeurtenissen van het afgelopen jaar. Durf nederig te zijn. Het zal vrede brengen. Daarop vloog de Engel weg.
Zalig Kerstmis en een gelukkig Nieuw Jaar.

Mijn vader schreef terug: *De Engel heeft zijn werk gedaan.*

Ik belde hem op om hem te vertellen dat ik blij was met zijn positieve reactie. Hij beloofde me dat we het probleem voor eens en voor altijd gingen oplossen. 'Dan neem ik de cd met de gescande documenten mee. Kun je die bekijken wanneer je wilt en misschien gebruiken voor je boek.' Het luchtte me op om weer met hem te praten en ik maakte een afspraak voor over enkele dagen.

Toen ik aanbelde was hij nog niet helemaal wakker. Argwanend stak hij zijn hoofd om de deur. Hij was nog in pyjama.

'We hadden afgesproken,' zei ik.

'O, was dat vandaag?'

'Was je mij vergeten?'

'Nee, ik ben een beetje vergeetachtig.'

Hij ging zich aankleden. Vanuit de slaapkamer riep hij: 'Kun jij mijn badjas vinden? Ik heb de hele tijd gezocht.' De badjas lag op de keukenstoel. 'Hier.' Ik reikte hem de badjas om de hoek van de deur aan. 'Het is een beetje laat geworden gisteravond. We hadden een feestje,' zei hij terwijl hij hem aanpakte.

Na enige tijd kwam hij netjes gekleed tevoorschijn. In de tussentijd had ik een kop thee gezet. Hij maakte een espresso voor zichzelf en we gingen aan tafel zitten.

'Dit is de cd met de zeshonderdvijfentwintig foto's.'

'Welke cd?'

'De documenten van tante Ro waar je je zo druk om gemaakt hebt. Alles is gescand en ligt nu vast. De originelen zijn nog bij mij. Dat heb ik je door de telefoon verteld.'

Hij nam de cd aan en veranderde van onderwerp.

'Er komt niemand van de familie op bezoek.'

'Maar pap, ik zit toch bij je. Ik ben jouw dochter.'

'Ja, maar ik bedoel: de familie.'

Ik zweeg. De bloeduitstortinkjes op zijn handen waren groter geworden. Zijn rug leek meer gebogen.

'Zullen we nog wat verder praten waar we vorige keer gebleven waren?'

'Waar hebben we het toen over gehad?' vroeg hij.

Hij sloeg zijn handen voor zijn gezicht en begon heftig te huilen.

'Pap, zeg wat er is.'

'Ik kan het niet. Ik kan het niet,' bleef hij herhalen.

'Wat maakt het uit? Nu kan het nog. Kom op. We zijn met zijn tweetjes.'

Hij leunde steunend op zijn handen voorover. 'Ik heb niets kunnen bewaren. Ik heb niemand. Er is van mijn familie niets over.'

'Weet je pap, je hebt nooit iets verteld. Hoe je vader heette. Je moeder. Hoe je de oorlog doorgekomen bent.'

'Ik ben bezig aan een boek,' zei hij. 'Dan kun je het lezen. Ik probeer het allemaal op te schrijven. Het kost wel heel veel moeite.'

Ik zei: 'Een achterachterneef met dezelfde voor- en achternaam als jouw zoon heeft me via internet gevonden. Hij is bezig een stamboom te maken voor zijn kinderen en wist me te vertellen dat jouw vader hertrouwd is in 1922 en dat je nog een broer hebt gehad. Die Jacques zou heten. Klopt dat?'

Hij keek mij aan. Ik had het hem vanwege zijn hoge leeftijd niet eerder durven vragen, maar nu kon ik er niet meer omheen.

'Dat is waar. Hij woonde een straat verderop.'

'Maar je hebt het ons nooit verteld.'

'Ik weet ook niet meer precies hoe het zit. Mijn vader heeft het mij ook nooit verteld. Het speelt allemaal voor de oorlog. Op de dag dat de hele Jodenbuurt uitgekamd werd, is hij ook afgevoerd. Dat weet ik wél. Het enige wat ik nooit zal vergeten, is dat ik een zusje had dat niet ouder dan twaalf jaar geworden is.' Hij stond op. Pakte een foto in een zilveren lijstje uit zijn boekenkast en streek over de strik in het haar van het meisje.

'Dit is wat ik nog heb. En het poëziealbum van Beppie, dat ik aan Roos gegeven heb ter gelegenheid van haar huwelijk. Dat ligt nu bij haar.'

Ik troostte hem en zei dat ik hem begreep.

'Hoe heette jouw vader nu precies, ik ben gaan googelen op zijn naam, maar kon hem niet vinden in het persoonsregister van Yad Vashem.'

'Isaäc Asser, met twee puntjes op de tweede a.'

'Ik zal het nog een keer proberen. Ik kom volgende week wel weer, dan praten we verder.'

Hij pakte twee videocassettes uit de kast. 'Die ben ik tegengekomen bij het opruimen tijdens de verhuizing.'

'Wat staat daarop?'

'De getuigenverklaringen van je moeder en mij die we apart afgelegd hebben in het kader van het Shoah-project van Steven Spielberg.'

'Hoe lang duurt zo'n band?'

'Drie uur.'

'Ik heb ze nooit gezien. Mag ik ze meenemen en op een dvd laten zetten? Dan kunnen je kinderen, klein- en achterkleinkinderen ook zien wat jullie verteld hebben.'

'Wil je dat doen?'

'Natuurlijk, heb jij het zelf ooit teruggezien? Heb jij gehoord wat mama gezegd heeft?'

'Nee.'

'Durf je het niet? Misschien kun je het gebruiken voor je boek.'

Ik stopte de banden in mijn tas. We maakten een afspraak voor over een week, die hij keurig in zijn agenda noteerde en ik zei lachend: 'Moet je er wel in kijken.'

Thuis typte ik nogmaals de naam van mijn opa in het zoekprogramma van het nieuwe digitale openbare archief van Yad Vashem.

Ik kon hem niet vinden. Wel mijn vaders moeder en zijn zusje, wanneer ze geboren waren en op welke dag in Auschwitz ze gestorven waren. Na lang puzzelen kwam ik erachter dat ze de naam van mijn opa verkeerd gespeld hadden. In plaats van Isaäc Asser stond er Asher Izaac. Ik wilde dit voor mijn vader rechtzetten en belandde in bureaucratie. Ik kreeg een mail terug met als aanhef: *Dear Isaäc Asser.* Alsof hij nog leefde.

Ik had het willen oplossen, maar na veel heen en weer geschrijf bleken de testimoniums van Auschwitz niet veranderd te kunnen worden. Deze grootvader gaat onder een verkeerde naam de geschiedenis in.

De week daarop deed mijn vader keurig gekleed de deur voor me open. 'Kom binnen.'

'Was je me dit keer niet vergeten?'

Hij lachte. 'Nee, ik ben blij dat je er bent.'

'Ik heb de dvd's voor je laten maken.' Ik gaf hem de

kopieën en de banden terug. 'Je kunt het schijfje in je computer stoppen en er in alle rust naar kijken.'

Hij ging zitten. 'Ik heb besloten het op te lossen. Wij gaan samen de spullen van tante Ro wegbrengen.'

Ik keek hem verbaasd aan. 'Je weet het zeker? Dat je volgende week niet weer wat anders zegt.'

'Ik weet het zeker.'

'Dan doe je me een groot plezier deze afspraak op papier te zetten, met je naam, de datum en een handtekening.'

'Dat is een goed plan.'

Plechtig nam hij zijn vulpen en schreef met krulletters op wat we afgesproken hadden. 'Dat lucht me reuze op,' zei hij en we omarmden elkaar.

We liepen zijn tuintje in. Naast de gipsen kop die Marius van Beek ooit van mijn moeder geboetseerd had, stond een pot met een oranje bloemetje, dat uit dikke groene bladeren probeerde tevoorschijn te piepen. Hij verwijderde een peuk uit de pot en zei: 'Kijk! Nu we dit afgesproken hebben, staat de mooie bloem van Eef weer in bloei.'

'Zullen we de kop terug in de kamer zetten?' stelde ik voor. 'Gips kan niet tegen vocht, als je die buiten laat staan, kun je hem binnenkort weggooien. Dat zou zonde zijn.' Hij tilde de sokkel op. Het kostte hem flinke inspanning.

'Moet ik je helpen?'

'Nee, het gaat wel.' Zorgvuldig zette hij haar tussen de foto's.

'Ik heb nog geprobeerd de naam van je vader te veranderen bij Yad Vashem. Het is niet gelukt.' Met mijn jas al aan zei ik nog maar een keer voor de zekerheid: 'Pap, dit hebben we afgesproken. Wij samen.' Ik hield de brief omhoog.

'Ja, ik heb hem toch ondertekend. Afgesproken. Wij samen.'

Mijn achterachterneef stuurde me een mail waarin stond: 'Niet schrikken, jouw vader heeft niet één maar twee broers gehad.'

Ik pakte de computer en begon te googelen. Ik kwam op Yad Vashem en andere sites waar je informatie over stambomen kunt vinden. En inderdaad: zijn tweede broer heette Philip en was na drie maanden overleden. Zijn vader was na anderhalf jaar van een zekere Esther Kreveld gescheiden en een maand later met Johanna van West getrouwd. Dat was dus mijn oma.

Dit had mijn vader ons nooit verteld. 's Nachts dacht ik aan de overleden baby, zijn broertje. Ik had nog nooit met mijn vader over Jork gesproken. Waren de jongetjes aan hetzelfde overleden? Zou er een erfelijke ziekte in de familie Asser gezeten hebben? Ik moest dit aan hem vragen.

Mijn vader zat aan de eettafel in de Cliostraat. Er hing een fraaie nieuwe lamp boven. Hij zag er vermoeid uit. De blauwe plekken op zijn armen waren donker.

'Ben je daar al mee naar de dokter geweest?' vroeg ik hem.

'Ja, dat is volgens hem normaal als je bloedverdunners slikt. Ik zit midden in mijn boek. Het is moeilijk.'

'Waar schrijf je nu over?'

'Over mijn onderduikadressen. Het verhaal dat ik na de oorlog de man tegengekomen ben die in mijn plaats was opgepakt. Mij hadden ze weggestuurd omdat het gerucht ging dat de Duitsers zouden komen. Ik had een schuilnaam.'

'Hoe heette je?'

'Herman Staal. Na drie weken hebben ze weer een nieuwe onderduiker in huis genomen. Toen de inval kwam hebben ze die meegenomen op mijn naam.'

'Hij had de oorlog dus overleefd.'

'Ja, hij had Auschwitz overleefd. Ik ben hem na de oorlog in de trein tegengekomen. "Ben jij Herman Staal?" vroeg de reiziger. "Ja," zei ik. "Dan heb ik twee jaar in Auschwitz gezeten voor jou."'

Mijn vader begon weer te huilen.

Ik kende dit verhaal, maar hem zo zien lijden deed pijn. 'Pap, ik moet toch iets vragen. Had je behalve Jacques nog een broer?'

Ik wachtte op zijn antwoord. Zijn gedachten waren duidelijk bij zijn eigen boek. Na enige tijd zei hij: 'Ik weet het niet meer precies, ik geloof van wel.'

'Zullen we het op internet bekijken?' stelde ik voor, maar het leek niet tot hem door te dringen. Werd het hem te veel? Het werd stil in de kamer. Het portret van mijn moeder hing toch weer prominent aan de muur.

'Ik heb een moeilijke briefwisseling met je zus. Ze zet me onder druk.'

'Waarom?'

'Ze is heel boos omdat wij beslissen wat er met de spullen gebeurt.'

'Maar jullie hadden daarvoor toch al moeilijkheden?'

Arme tante Ro, die altijd zei: Geen ruzie op mijn begrafenis!

Ik had haar bij de halte opgewacht. Met de tas waarin het koffertje zat, stapte ze uit de bus. Ze was naar het Joods Historisch Museum in Amsterdam geweest in de hoop dat ze haar verzameling in de collectie wilden opnemen. Ze was toen vijfentachtig. Nog altijd flink. Nog altijd zelfstandig. 'Het museum is niet geïnteresseerd,' klonk het teleurgesteld. Weer in haar kamer zette ze het koffertje terug achter in de kast. Waarom heb ik toen niet gevraagd wat er precies in zat?

'Zet die briefwisseling uit je hoofd. Je hebt het beloofd. Vorige week wilde je het nog zo graag. Toen zei je dat je zelf ook nog een paar documenten had. Zullen we die ook overdragen aan het Herinneringscentrum Kamp Westerbork?'

Hij stond op en slofte door zijn nieuwe appartement, dat er keurig uitzag. Hij wenkte me. Op plechtige toon zei hij: 'Dit is de secretaire van Eef.'

'Je bedoelt mama?' zei ik een beetje lacherig.

Hij schoof de ronde klep omhoog. 'Dit was haar bureautje.'

'Weet ik, pap.'

Er lag niets op het gecraqueleerde rode leer. Hij trok aan de twee koperen knopjes langzaam de ondiepe lade onder het bureaublad open. Er kwam een witte plastic map tevoorschijn met op het etiketje: FAMILIEDOCUMENTEN, in lichtgroene hoofdletters. Eronder lag er nog zo een, met hetzelfde opschrift. Hij opende de map en tot mijn verbazing zaten er documenten in die ook in de doos op mijn zoldertje lagen.

‘Kijk, heb ik dat niet keurig gearchiveerd?’

Voedselbonnen, persoons- en andere bewijzen waren tussen doorzichtige plasticfolie gestopt.

‘Maar je hebt de belangrijkste papieren zelf,’ zei ik verbouwereerd, ‘waar heb je nou al die moeilijkheden om gemaakt?’

‘Daar wil ik het niet meer over hebben,’ zei hij. En weer sloeg hij een vel om, legde de map even neer en nam met zijn rechterhand uit de la een zilveren sigarenkoker. Met zijn andere hand wreef hij erover. ‘Kijk, die was van de oude Miller. Er pasten drie sigaren in.’ Weer wreef hij er met zijn linkerhand overheen. En hield me de koker voor. Ik zag een monogram met de A en de M in gotische letters door elkaar geweven. ‘Zijn initialen,’ zei hij. ‘Wil je hem even vasthouden?’

Ik had de koker nooit eerder gezien. Hij legde hem in mijn hand. Het zilver was dofzwart. Ik probeerde het ding dicht te drukken, maar het slotje werkte niet meer. Ook dit had tante haar hele leven bij zich gedragen. Het enige tastbare dat van haar vader restte.

‘Ik ben nu zover gekomen in de onderhandelingen met je zus dat ze instemt met het feit dat wij de doos met documenten samen wegbrengen, maar voordat dat gebeurt wil ze de papieren persoonlijk vasthouden.’

‘Geen probleem, zelfs als wij het wegbrengen, blijft het ons eigendom en kan ze te allen tijde naar Westerbork rijden om ze daar persoonlijk vast te houden.’

‘Nee, ze heeft geëist dat ze ze eerst wil “knuffelen”.’

‘Lijkt me beter dat ze jou knuffelt,’ kwam er spontaan bij me uit.

Hij drukte de sigarenkoker tegen zijn mond en zei: ‘Dit kan je knuffelen.’

Ik stapte op hem af en spreidde mijn armen. Hij ging met gebogen hoofd staan. Ik sloeg mijn armen om zijn lichaam. Het was of ik een blok beton omklemde. 'Huil maar, pap,' fluisterde ik in zijn oor.

'Nee, ik hoef niet te huilen en kan niet huilen.'

Mijn tranen kwamen omhoog, maar bleven steken in een branderig gevoel. Ik drukte hem nog een keer tegen me aan. Kuste hem op zijn wang en liet hem weer los. Er was niets gebeurd tussen ons.

Hij pakte de tweede map en nu herkende ik de dingen die tante indertijd wél had laten zien. Haar Jodenster, die Jelle mee naar school had mogen nemen om de kinderen in zijn klas te tonen hoe de ene mens de andere mens stigmatiseerde.

'Je hebt een Jodenster!'

'Ja,' zei hij en wipte het stukje stof uit het plastic.

'Jouw ster?'

'Ja,' zei hij weer.

Het leek net of hij er trots op was. Ik wist niet wat ik hoorde. Zijn ster? Nee, dit was de ster van tante Ro. Maar wat deed het er in godsnaam toe van wie die ster was? Niemand wilde een ster. Nooit.

Hij schoof de ster tussen het plastic. Sloot de map en legde hem terug in de la.

Diezelfde middag gingen Freek en ik naar een begrafenisbijeenkomst in een volle Naardense kerk. De zoon van de overledene vertelde geëmotioneerd dat zijn vader zijn grote held was geweest en hoeveel hij van hem gehouden had. Hoe zou mijn speech klinken bij mijn vaders begrafenis? Hij had de oorlog overleefd. Maar was hij mijn held? Kon ik zeggen dat ik van hem hield? Ik voelde de harde rug nog in mijn handen. Hij was niet mijn held. Hij was een overlever. Hij was zijn verhaal.

Nu ik zo ver in deze wonderlijke zoektocht was gekomen, wilde ik de dvd die de hele tijd voor mijn neus op mijn bureau lag bekijken. Dat had ik nog niet eerder aangedurfd.

Na negen jaar zag ik het gezicht van mijn moeder weer, het had een zachte uitdrukking, maar rond haar mondhoek zat een gespannen trek. Een journaliste zat naast haar op de bank. Iemand hield een bordje op: *1996 Survivors of the Shoah. Bussum Nederland. Eva Asser-Croiset.*

'Eva, ik zou je graag eerst terug willen voeren naar Amsterdam voor de oorlog, naar het gezin waar je grootgebracht bent. Over hoe het leven toen was, wat je bezigheden waren. Kun je daar iets over vertellen?'

'Ik kan me heel veel herinneren. Ik heb een beetje bijzondere jeugd gehad. Mijn moeder was heel jong, kon het denk ik niet zo makkelijk aan en daarom ben ik opgevoed bij mijn grootouders. Vooral door mijn grootvader. Die heette Miller. Die heeft veel aan mijn opvoeding gedaan en die heeft me al heel jong geleerd rechtop te lopen. Hij zei: "Je houding in het leven, dat bepaalt hoe je je gedragen moet."
En die heeft me dus heel goed geleerd om zo oprecht mogelijk door het leven te gaan. Ze waren heel goed en heel rechtvaardig.
Mijn moeder heb ik altijd wel gezien, die heeft me niet in de steek gelaten. Die hielp mijn grootvader, hij had een loterijkantoor, bij de boekhouding. Ze waren streng, maar heel lief.'

'Eva, als je over het Joodse leven spreekt uit die tijd, kun je daar dan iets over vertellen?'

'Mijn vader Hijman Croiset, die allang was overleden, was een echte anarchist, ik was drie toen hij doodging. Mijn moeder zei altijd: zijn anarchie was zijn godsdienst. Mijn moeder was ook anarchiste. Zonder godsdienst, maar wel met veel levensovertuiging. Mijn grootouders waren daarentegen streng Joods. Iedere vrijdag op sjabbes kwam er een schoon tafellaken op tafel en werd er uitgebreid gegeten. Mijn moeder huurde een huis waar een extra kamer was, die beschikbaar was voor meestal Duitse communisten, die uit concentratiekampen gevlucht waren, daar had ze een illegale verblijfplaats voor. Soms ook Joden. Ik was een heel jong meisje. Ik ben geboren in 1922 en vanaf 1933 had ze zulke mensen in huis. Dat heeft mij al jong geleerd hoe vreselijk oorlog is. Hoe vreselijk concentratiekampen zijn en dat er heel veel Duitsers geweest zijn die Hitler hebben proberen tegen te houden, maar die werden al heel vroeg voor de oorlog in concentratiekampen gestopt en daaruit vluchten was dus al in 1933 heel moeilijk. Ik wist toen al dat ik zulke dingen niet verder moest vertellen. Ook zelfs niet aan mijn grootouders, want die zouden heel bang geweest zijn dat mijn moeder zulke dingen deed. Ik heb dus altijd heel goed begrepen dat je niet in nazi-handen moest vallen en riep dan: "Als ze me willen hebben dan schieten ze me hier maar dood." Niet dat ik moedig ben of graag dood wou, integendeel, maar ik dacht heel sterk vanbinnen: ik ga nooit mee! En dat heb ik gelukkig in praktijk kunnen brengen, maar alleen voor mezelf en voor Eli, die was toen al mijn vriend, vanaf mijn veertiende, omdat ik er zo ontzettend van overtuigd was dat je nooit moest meegaan met enge mannen.'

Diep geroerd zette ik de dvd stil. Ze had zo jong al moeten vechten. Ze is gesprongen. Ze heeft geweten waarom.

Ik spoelde terug en liet haar nog een keer zeggen: 'Ik sprak heel goed Duits.' Ze moet elf geweest zijn. Ik dacht aan het in het Duits geschreven briefje uit Bergen Belsen van haar opa. Een elfjarige sprak niet zomaar goed Duits. Maar over die opa heeft ze mij nooit iets verteld.

Nu ik dit aangedurfd had, besloot ik nog een stap verder te gaan. Na het veelvuldige mailcontact belde ik mijn achterachterneef. Ik had zijn naam op internet gecheckt en zijn verhaal klopte. Er bestond een Jacques en een Philip. Het was bijzonder om met hem door de telefoon te praten. We maakten een afspraak om elkaar te ontmoeten, in een restaurant vlak bij Zorgvlied, want ik wilde daarna nog een keer in mijn eentje naar mijn moeders graf, omdat de tekst die mijn vader in de steen had laten graveren mij ontschoten was.

Het was zondagochtend. Amsterdam was stil. De parkeerplaats was leeg. Het restaurant gesloten. Niet veel later stopte er een auto. Een opgewekte jongeman stapte op me af. We zoenden of we elkaar vaker ontmoet hadden en liepen het terras op. De stoeltjes stonden gekanteld en met kettingen aan elkaar gekoppeld. De ijzeren tafeltjes waren kleddernat van de regen. Aan een ober die de tafels aan het lappen was vroegen we of hij twee stoelen voor ons wilde loskoppelen.

'We zijn gesloten,' zei hij kortaf.

'Dat zien we. We willen hier even zitten. Twee stoeltjes maar.'

Hij opende een ketting voor ons. Ik trok mijn jas stevig dicht, het was koud. We zetten allebei onze laptop op schoot. Hij met zijn stamboom en foto's van zijn kinderen. Een trotse vader. Ik met de documenten uit het verleden en de foto's van de kleinkinderen. Een trotse oma.

'Hoe heb je mij gevonden? Wat zijn we eigenlijk van elkaar?'

‘Onze overgrootvaders van vaderskant waren broers.’

‘Maar waarom hebben we elkaar nooit eerder ontmoet?’

Dat was hem ook niet duidelijk. ‘Familiegedoe.’ Hij haalde zijn schouders op en zei: ‘Ik wil een boekje voor mijn kinderen maken. De toegang tot internet maakt het simpeler om naar je verleden te graven.’ Hij toonde me de stamboom. Die klopte voor zover ik kon zien.

‘Hoe weet je dit allemaal?’

‘Mijn interesse ligt daar, ik heb geschiedenis gestudeerd.’

‘Mijn vader leeft nog, wil je hem ontmoeten? Kan hij met eigen ogen zien dat hij nog familie heeft.’ Hij zou erover nadenken. Ik liet hem de markante koppen van de twee komieken zien. ‘Dit is mijn overgrootvader van moederskant. Volgens mij zijn het broers.’

We stuitten op een foto van marcherende mensen met een spandoek: *We will not allow ourselves to be imprisoned in camp*. Hij keek er ingespannen naar.

‘Weet jíj wat dit is?’ Hij schudde zijn hoofd.

‘Wat zou het met mijn tante te maken hebben? Ze had een wonderlijke verzameling. Dit is zij zelf.’ We keken naar een foto met zes mensen rond een tafel achter een typemachine. Ro uiterst rechts, ster op de borst. Hoogstwaarschijnlijk genomen in het kantoor waar ze vrijwel dag en nacht verbleef.

Inmiddels was het restaurant opengegaan. We pakten onze spullen, gingen de warme ruimte binnen en dronken een kop koffie op onze kennismaking.

‘Heb ik gelukkig toch nog een leuke achterachterneef,’ zei ik enthousiast bij ons afscheid.

Aansluitend reed ik naar Zorgvlied. Bij de balie vroeg ik de bode waar ik het graf van Eva Asser-Croiset kon vinden. Hij gaf me een plattegrondje met een doolhof van paadjes en wees daarin aan waar de kavel lag. Ik volgde de bordjes en voor ik het wist liep ik rondjes en was verdwaald tussen de graven. Ik zag een sloot. Passeerde een vervallen familietombe. Ertegenover stond een nummer dat correspondeerde met dat van het graf van mijn moeder. Maar hier lag een meer dan honderd jaar oude steen plat op de aarde. Ik probeerde de naam te lezen. Het was stil.

Iemand hield mij aan en zei dat hij verdwaald was tussen de graven. 'Weet u toevallig waar Ramses ligt?' De man maakte deel uit van een gezelschap dat op zoek was naar hun held. Ik kon alleen maar uitbrengen. 'Nee, ik ben al een tijdje op zoek naar mijn moeder.' Ik concentreerde me op het kaartje, had geen idee waar ik was en sloeg op goed geluk een paadje in. Na enige tijd passeerde ik het gezelschap weer. De man zei lacherig: 'Die vrouw zoekt haar moeder.'

Ik volhardde en opeens stond ik voor een overwoekerde zerk die ik al een aantal keren voorbijgelopen moest zijn. Het verwaarloosde graf van mijn moeder. Ik schreef op de achterkant van het plattegrondje het gedicht van mijn vader op.

Zeg: Ik hou van je
Ik hou van je
Hoeveel
Alles
Is dat alles
Ja, Eefje
Alles

Alles in gouden lettertjes. Naast haar steen was een lege plek voor mijn vader. De stilte was louterend. Ik las het gedicht nog eens over.

Alles?

Mam, je hebt prachtige achterkleinkinderen gekregen. Daar mag je trots op zijn. Twee meisjes en een jongen. En één op komst. Het oudste meisje is kwetsbaar. Ze heeft rood haar. Ze is heel lief, dapper en stoer. Net als alle vrouwen in onze familie. Ze maakt iedere dag mijn stappen licht. Door haar sta ik hier. Bij jou. Ze heeft me gestuurd. Ze heet Maggie. Dat wil ik je vertellen.

Jij wist wat er zou gaan gebeuren die nacht. Als jij niet gesprongen was, hadden wij niet bestaan.

Ik wil je vragen: gun tante haar plaats. Daar heeft ze recht op. Zij was ook lief en dapper. Dan komt *alles* goed.

Een jaar lang heeft de verhuisdoos op de vliering gestaan. Kwam ik het kantoor binnen, keek ik even naar boven en zag het logo, een haak en een kruis, van het verhuisbedrijf. Af en toe beklom ik het trappetje, pakte de vergeelde envelop en keek naar de ingekleurde foto van de twee mannen.

Komieken? Broers?

Ik nam de foto mee naar beneden en legde hem in de kast tussen de kiekjes van mezelf als kind, die ik uit andere dozen gehaald had die mijn vader bij de vuilnis wilde zetten.

Tijdens een balletuitvoering met mijn eerste lippenstift en opgemaakte ogen. In de kinderstoel met mijn eerste hapje brood.

Zwart-wit.

Na een paar dagen besloot ik de foto van de komieken in het dikke leren album terug te leggen. Ik hoefde hem niet te houden, de komieken stonden op mijn netvlies gebrand.

De ochtend dat mijn vader en ik de doos zouden overdragen aan de directeur van het Herinneringscentrum Kamp Westerbork voelde ik hoofdpijn opkomen. Ik vermande me en moest deze opdracht volbrengen. De herinnering aan tante Ro gaf me kracht.

In een café in de Beethovenstraat had ik met de directeur afgesproken. We dronken een kop koffie, bepraatten wat ons te wachten stond, liepen naar mijn vaders huis en belden aan.

'Komt u verder,' zei hij deftig en stak zijn rechterhand naar de directeur uit.

Ik nam plaats aan tafel naast mijn vader. De directeur ging tegenover ons zitten. Hij begon mijn vader uit te leggen waar ze mee bezig waren. De opbouw van een archief met portretten van mensen die in Westerbork hadden gezeten. In het kader van het project dat *Gun iemand een gezicht* heette. Dat was wat ik tante gunde.

Het gesprek verliep zoals ik verwacht had: mijn vader nam het woord om het niet meer af te staan. Hij sprak in de beleefdheidsvorm. U. Mij keek hij niet aan. Hij stond op en liep naar de secretaire. Opende het laatje op dezelfde plechtige manier als indertijd bij mij.

'Dit heb ik allemaal bewaard,' zei hij theatraal. Hij haalde de map familiedocumenten tevoorschijn, de map met de voedselbonnen, de ster en een pakje dat er de vorige keer niet gelegen had. Hij wikkelde het papiertje eraf.

'Dit is het zijden sjaaltje van Eefje,' zei hij met tranen in zijn ogen. 'Mijn overleden vrouw.' Even ging er een lichtje aan en uit in de kast op de Zandhoek.

'Dit is het poëziealbum van mijn zusje. Ze is twaalf jaar

geworden. Dat had ik aan mijn kleindochter geschonken voor haar huwelijk. Maar ik heb het teruggevraagd. Ik wil het zelf houden, zolang ik er nog ben. Er staat een gedichtje in van mijzelf aan mijn zusje.' Hij aaide over de kaft.

Ik moest slikken en wendde mijn hoofd af. Mijn vader had het, overmand door emoties, Roos tijdens het feestgedruis overhandigd. 'Dit is mijn belangrijkste relikwie. Het is nu voor jou. Zorg er goed voor.' Hij had er Roos mee in verlegenheid gebracht te midden van alle vrolijke bruiloftsgangers. Haar negen maanden oude dochter zat stralend op haar arm. Roos wilde haar opa niet kwetsen.

Hij liet het sjaaltje op de grond vallen en bukte moeizaam om het op te rapen. Ik wilde hem helpen, maar het lukte hem zelf. Hij wikkelde het poëziealbum weer in het papiertje en legde het terug in de la. Hij sloot de secretaire, ging naast mij aan tafel zitten en bleef ondanks zijn hoge leeftijd maar doorpraten over wat hij zijn leven lang bewaard had.

Het is niet van hem, dacht ik voortdurend. Het is van tante. Het is haar verleden, de liefde voor haar vader.

Sinds de dood van zijn vrouw was mijn vader de rechtmatige eigenaar geworden.

Ik hield mijn lippen stijf op elkaar. Voor mijn ouders was tante altijd een last geweest. Zoals ook ik voor hen een last geweest ben. Praat maar raak dacht ik, als tante maar in ere gehouden wordt.

Een jaar eerder had ik mijn vader naar het testament van tante gevraagd. Ik had de ordner met sticker 'Testament Ro Miller' in zijn kast zien staan. Hij beweerde dat er geen testament was. Toch hield ik vol dat ik het had zien staan. Op een dag belde hij dat hij het testament had teruggevonden en dat ik het kon komen halen. Uit een speciale clausule bleek dat tante mijn vader buitengesloten had, wat nogal pijnlijk was.

Mijn hoofdpijn zette door.

Nu flink zijn, hield ik mezelf voor. Geduld.

'Er is nog één probleem,' zei mijn vader op een andere toon: 'Ik heb nog een dochter. Ze heeft me een smeekbede gestuurd. Ze wil samen met haar gezin de familiedocumenten, voordat ze naar Westerbork gaan, op een heilige plek in Amsterdam vasthouden.'

'Een heilige plek? Waar?' vroeg ik.

'Dat moet geheim blijven.'

'Moet je daar niet om lachen?'

Pas nadat Freek de inhoud van de doos bestudeerd had, had ik erin durven kijken. Ik was naar mijn broer in Amerika gegaan om erover te praten, maar die wilde met de familie niets meer te maken hebben. Eenmaal terug werd mij verweten dat ik de familiedocumenten, de bezittingen van onze moeder, gestolen zou hebben en dat ik van plan was geweest de foto's te verkopen. Voor de zoveelste keer was er een onoplosbaar familieconflict ontstaan. De pijn beperkte zich niet meer tot mijn hoofd.

'Maar we hadden toch een afspraak samen? Jij hebt zelf een handtekening gezet. Laten we de spullen nu meegeven, dan ben je van de druk af. Laten we het niet langer uitstellen.'

Ik keek de directeur smekend aan en vroeg in een opwelling: 'Wil jij dat doen? Met mijn zuster en de doos naar een heilige plek gaan?'

'Geen enkel probleem,' sprak hij met een stevig Gronings accent.

We overlegden nog wat details en gingen tevreden uit elkaar. Er werd nog niets getekend, dat zouden de mannen later samen regelen. Mijn vader benadrukte bij de deur dat hij buitengewoon opgelucht was dat we het zo goed afgehandeld hadden.

Thuis kreeg ik zwarte vlekken voor mijn ogen. Ik moest even gaan liggen. Ik sloot mijn ogen en opende mijn handen om positieve energie naar binnen te laten stromen. Langzaam normaliseerde mijn hartslag.

Ik kon tante niet beschermen. Tante heeft mij niet kunnen beschermen.

Ik kan mijn kleindochter niet beschermen. Ik kan haar troosten, maar niet helen.

Ik kan mijn zuster niet veranderen. Ik kan haar niet helen.

Ik kan mijn vaders lafheid niet verklaren. Hij volgt altijd zijn eigen belang.

Ik hoorde voetstappen van Freek op de trap.

'Lig je hier?' Hij kwam binnen en boog zich bezorgd over mij heen. 'Wat is er met je?'

'Er is niets. Mijn taak is volbracht. Ik hou van je.'

Opgelucht overhandigde ik de doos aan een onbekende dame van het Herinneringscentrum. 'We zullen er goed voor zorgen,' zei ze en reed ermee weg. Ik had de spullen zo meegegeven, ze had nergens voor ontvangst getekend. Ik had er niet eens naar gevraagd.

De volgende dag vertrokken we voor een aantal weken naar Frankrijk. Omdat ik een tijd niets meer gehoord had, belde ik mijn vader.

'Hoe gaat het?' vroeg ik.

'Een beetje slapjes. Ik kom net onder de douche vandaan.'

'Heb je een handdoek om?'

'Nee, iedereen kan me vanaf de straat zien.'

'Willen de mensen dat nog wel zien, zo'n oude man?' plaagde ik hem.

'Ik loop wel even naar hiernaast. Fijn dat het goed afgelopen is.'

'Waar heeft mijn zus het vastgehouden?'

'Hier, in mijn huis. De doos blijft voorlopig bij mij staan.'

Bij hem? Was dat de heilige plek?

'Staat hij weer bij jou? Hoe kan dat nou? Hij was bij mij opgehaald!'

'Ja, de directeur heeft hem achter moeten laten op aandringen van je zwager. Ik kan het goed gebruiken voor mijn boek.'

'Ga je maar snel aankleden,' zei ik verslagen tegen hem en legde de telefoon neer.

Maar dit keer ging ik rustig door met ademhalen, pakte een pen en schreef voor tante:

Ik zie vogels. Ik hoor vogels. Ik word gelukkig.

Een buizerd spreidt zijn vleugels en cirkelt erboven.

Plotseling vliegt een kwikstaartje tegen het raam.

Een dof klapje.

Het beestje ligt enige tellen versuft op het terras. Zijn grijze vleugels hangen slap op de tegels. Zijn witte borstkastje met de zwarte bef gaat op en neer. Hij strekt zijn nekje en probeert zijn kopje te bewegen. Zijn snaveltje hapt naar lucht. Ik draai me om en loop naar binnen.

Als ik een paar minuten later terugkom, heeft hij zich omgedraaid en schudt zijn kopje.

Ik haal een kommetje water en zet dat vlak bij zijn snaveltje. Hij blijft zijn kopje schudden.

Het kwikstaartje heeft het grasveld weten te bereiken. Het water is onaangeroerd.

Hij schudt zijn kopje.

Ik loop weer weg.

Als ik terugkom is het vogeltje verdwenen.

De volgende dag vliegt een goudvink de kamer binnen.

Ik probeer haar te bevrijden.

Grijp er met mijn handen naar.

Ze fladdert radeloos rond.

Ze kan de uitgang niet vinden.

Ze vliegt tegen het raam.

Een dof klapje.

Op de drempel ligt het vogeltje.

Bewegingloos.

Haar oranje borstje glanst.

Ik kan niets meer doen.

Ik loop weg.

Teruggekeerd uit Frankrijk en bekomen van de klap dat alle moeite om de inhoud van de doos te redden vergeefs was geweest, belde ik mijn vader. Ik had verloren en nam mijn verlies. Ik wilde hem niet in de steek laten. Behalve aan tante, voelde ik me ook aan hem verplicht. Het bleef tenslotte mijn vader.

'Ik ben blij je stem te horen. Kom langs,' zei hij. 'Je kunt de doos op komen halen. Ik ben moe.'

Ik viel bijna om van verbazing. Wat was er nu weer gebeurd?

Met mijn jas nog aan liep ik door naar de woonkamer. Mijn vader schuifelde achter me aan en hij opende de kast. Naast de stofzuiger stond de doos. Ik tilde hem op en reed ermee naar Muiderberg. Ik passeerde de Joodse begraafplaats. Zou de zaak hiermee gedaan zijn? Ik zette de doos op de vliering in de hoop dat hij nooit meer open hoefde.

Bij de voorbereiding van dit boek blijkt dat de lithograaf, om de foto van het komisch duo zo goed mogelijk af te beelden, het origineel nodig heeft.

Mijn aarzeling om tantes documenten te doorzoeken is even groot als de eerste keer. Mijn vingers glijden langs de mapjes die door de afdeling archivering van het herinneringscentrum Westerbork netjes op volgorde zijn gelegd. Ik pak het verweerde bruine album en zie tot mijn verbazing de witte map familiedocumenten liggen met daar weer onder de tweede plastic map die mijn vader indertijd uit de secretaire tevoorschijn had gehaald. Nadat hij 'zijn' davidster eruit gehaald had, ontbrak mij de moed er verder in te kijken. Toen hij me belde dat ik de doos kon ophalen, had hij niet verteld dat hij zijn eigen documenten eraan toegevoegd had.

Ik open de eerste map en zie een kopie van de stamboom van de Assers. Ik blader verder. Een overlijdensbericht van Rebecca Asser, mijn vaders zusje. Geboren 1930. Overleden 1942 in Auschwitz. In plastic gestoken. Weer sla ik om. Een overlijdensbericht van Esther Kreveld, de eerste vrouw van zijn vader, Isaäc Asser. Puntjes op de tweede a. Volgende pagina: Jacques Asser, overleden in 1942 in Auschwitz. Dus mijn vader heeft geweten dat hij twee halfbroers heeft gehad. Hij heeft het zijn hele leven met zich meegedragen, zonder het te delen.

Ik bel mijn achterachterneef David en nodig hem uit om de documenten met mij te komen bekijken. Hij is historicus, misschien kan hij de nieuwe informatie toelichten.

Met de map op onze schoot zitten we, ook al ken ik hem pas kort, vertrouwd naast elkaar. David slaat een vel om en kijkt naar een verzendbrief. Een pakket voor Bergen-Belsen. Hij klikt zijn computer aan en stelt vast dat het voedselpakket verzonden is nadat opa Miller was overleden. De letters en het gele papier met de rode stempels trillen voor mijn ogen. We kijken elkaar enige tijd zwijgend aan. Hij slaat een pagina om.

'Wist jij hiervan?' Hij wijst naar het woord 'getuigschrift'. Ik lees:

Amsterdam, Juni 1943

Accountantsdienst van den Joodschen Raad voor Amsterdam

Vening Meineszkade 10

GETUIGSCHRIFT

David herhaalt zijn vraag: ‘Wist jij dat, dat je tante voor de Joodse Raad werkte?’

Ik blijf hem aankijken en zeg na enige tijd: ‘Nee.’

Mijn ouders hebben alles geweten maar mij dit nooit verteld. Alles. Dat woordje staat prominent op de grafsteen van mijn moeder. *Alles.* In gouden letters.

Mijn vader schreef zijn grappen eenzaam op zijn kamer, mijn moeder naaide het ene na het andere mantelpakje voor zichzelf zwijgzaam achter de naaimachine en tante hield haar handen op het koffertje. Tot de laatste dag dat ze met haar hoofd op de tafel lag in de conversatiezaal. Vingers gespreid, wang op het laken. Mondje dicht.

Verklaart deze brief de haat van mijn moeder voor de zuster van mijn oma? Wat had tante Ro gedaan voor de Joodse Raad, die bekendstond om zijn twijfelachtige samenwerking met de bezetter?

Ik las verder:

> Ondergeteekende, accountant bij den Accountantsdienst van den Joodsche Raad voor Amsterdam, verklaart hiermede, dat mej. Rosette Mulder (zich noemende en schrijvende Rosette Miller) geboren 18-4-1903 sinds 1942 voor hem werkzaam is als eerste assistente bij de controle der afdeling “Joodsche Centrale voor Beroepsopleiding.”
> Mej. Miller heeft in het byzonder tot taak, de controle, benevens het samenstellen van maandelijksche bedrijfsoverzichten bij de twee belangrijkste bedrijven van bovengenoemde afdeling, n.l. de Schoenmakerij en de Kampkleedingfabriek. Daarnaast is zij belast met de controle der administratie van de bij de “Joodsche Centrale voor Beroepsopleiding” aangesloten Stichting “Joodsche Arbeid”.

> Bij alle door Mej. Miller te verrichten werkzaamheden toont zij te beschikken over groote vak-routine, intelligentie en zelfstandigheid. Haar steeds tactisch optreden komt de vlotte afwikkeling ten goede.

Naast de brief, ondertekend door 'J. Pinkhof, ex-lid N.I.v.Acc.', zit een kaartje met een pasfoto van Rosette Miller en een stempel van de Joodsche Raad voor Amsterdam: 'Verklaring --- Bescheinigung'. Alles in het Nederlands en het Duits.

Tante was negenendertig jaar toen ze het getuigschrift aanvaardde. Ze moet heel goed geweten hebben wat ze aan het doen was. Hoopte ze zo haar vader te redden?

Het was een opmerkelijke collectie, had de directeur bij het bekijken van haar verzameling nadrukkelijk gezegd. Zoveel pakketbriefjes. 'Stuur scheerzeep. Nog een nachtpon voor moeder moeten we hebben.'

Nu wordt me duidelijk waarom ze dat heeft kunnen versturen.

Ik sla nog een pagina om. De gele ster prikt in mijn ogen. Haar ster?

Opeens realiseer ik me dat de foto van tante met ster en schrijfmachine helemaal niet op het kantoor, waar ze 's avonds achter de kast onderdook, genomen moet zijn. Het was ongetwijfeld bij de Joodse Raad, samen met haar collega's achter het bureau. Het riempje dat ze om haar vest droeg, viel me telkens op als ik naar de foto keek. Zo kende ik tante niet.

Wist mijn oma wat haar zus aan het doen was? Lientje heeft een afscheidsbriefje geschreven in dunne gekrulde potloodletters. Waarom heeft tante dat bewaard en niet mijn moeder? Wist Ro dat haar zus Lientje zou worden opgepakt? Had ze het kunnen voorkomen? De duw. De trein. Het einde.

Waarom heeft mijn moeder haar boosheid hierover niet kunnen delen?

'Ik ben moe,' waren de woorden van mijn vader.

Ik voel me verslagen. Het is of ik het vogeltje ben dat met haar kopje tegen het raam gevlogen is.

'Gaat het?' vraagt David. 'Je ziet zo bleek.'

Ik schud mijn hoofd en buig me weer over de doos. Daar ligt het koffertje met het vergane plakband en het kapotte slotje. Het geheim is geen geheim meer. Maar *alles* blijft onverklaarbaar.

Mondje dicht.

'David, wil jij de spullen op zolder terugzetten?'

Hij loopt voor me uit de trap op en schuift de doos met het logo van het verhuisbedrijf, een haak met een kruis, zo ver mogelijk naar achteren.

Als hij weg is, klim ik het laddertje op en ga gehurkt naast de doos zitten. Ik licht de mappen op en haal er een pak vergeelde kaartjes met de stempels *gepruft*, *zensiert* uit en bestudeer de data. Alle pakketten zijn verzonden nadat tante in dienst van de Joodse Raad getreden was. Ik haal het verhaaltje dat ik geschreven had tevoorschijn, leg het boven op het leren album en sluit de deksel.

Op de drempel ligt het vogeltje.
Bewegingloos.
Haar oranje borstje glanst.
Ik kan niets meer doen.
Ik loop weg.

De kracht van het ijs

Via Skype verschijnt Maggie op het computerscherm.
'Oma ik heb de prijsvraag van het ziekenhuis gewonnen.'
'Wat moest je doen?'
'Vraagjes invullen op bed. Dit zat bij de post.' Ze houdt een vel met stickers, een schrift en potloden omhoog. Haar gezicht straalt en ze juicht: 'Ik heb gewonnen!'

Met haar rug tegen opgestapelde kussens in een ziekenhuisbed zat Roos in een groen T-shirt, blote benen en een hemelse uitdrukking op haar gezicht. Ze was moeder geworden. Van een beeldschoon meisje dat op een wit kleedje lag. Bloot, roze. Weerloos in haar nieuwe wereld. Meteen het mooiste, superkleine meisje voor mij, 2390 gram.

Maggie.

'We nemen haar even mee om haar te onderzoeken,' zei de vrouwelijke arts.

Na een halfuur kwam ze terug: 'Je hebt een prachtige baby, Roos, alles is goed.'

Opgelucht kusten we Roos op haar voorhoofd. 'Goed gedaan, dappere. Ga lekker slapen, we zien je morgen.' De trotse vader bracht ons naar de draaideur van het ziekenhuis, we omhelsden hem en liepen de nacht in. We waren opa en oma geworden.

In mijn atelier trok ik een la open en pakte verkreukelde zakjes babypatronen van meer dan dertig jaar oud. Het model dat ik wilde maken was in de jaren niet veranderd. Ik speldde de patroondelen op de teddyberenstof en knipte een mouwtje. Krulletjes dwarrelden op de grond. Ik legde het pluizige lapje onder de naaimachine en mijn handen duwden de stof onder de naald door. Ik wilde voor Maggie een trappelzak maken zoals tante Ro er ooit een voor Roos gebreid had, met grote steken rode wol en gevoerd met dunnere witte.

De zuster had zich destijds bij het verlaten van het ziekenhuis over me heen gebogen en over het wangetje van de pasgeboren Roos geaaid. Roos was in de te grote trappelzak verdwenen. Ik had haar onwennig vastgehouden.

Voor de nog kleinere Maggie moest er zo snel mogelijk eenzelfde warme trappelzak komen. De herfst kwam eraan.

Roos was voor een standaardcontrole naar het ziekenhuis. Ze had Maggie in twee dekentjes gewikkeld. Na afloop zou ze bellen. Ik draaide de zak binnenstebuiten en legde de rits tussen voering en buitenkant.

'Mam, het is niet goed,' zei Roos in haast en klikte de telefoon uit.

Mijn hand wreef over de stof. Freek stak zijn hoofd om de deur.

'Het is niet goed,' zei ik geschrokken.

Hij pakte een stoel, ging naast me zitten en keek hoe ik de capuchon aan de zak speldde. We zeiden niets. Hij stond op en liep terug naar de kamer.

Na het eerste alarmerende telefoontje belde Roos om halfzes weer: 'We gaan naar het AMC, ze zeggen dat er iets niet in orde is.'

'Moeten we komen?'

'Nee, we redden ons wel.'

Het werd akelig stil.

Het wachten was vreemd. Ik liep naar de huiskamer.

Freek stond met zijn rug naar me toe naar de cd's te staren. Hij trok er een uit en stopte hem in de cd-speler. Wat ging er in zijn hoofd om? Het was net of we in het luchtledige beland waren. Een kleinkind, zo anders dan je eigen kind. Het was niet van ons en het was juist alles van ons.

Ik moest denken aan de afgelopen drie weken. De vlekkeloze bevalling. Het te kleine meisje. De negen maanden daarvoor. Kotsend en flauwvallend ging Roos voor de vrucht in haar schoot. Na vijf maanden zwangerschap had ze nog nauwelijks buik. Ik herkende bij mijn dochter het enorme vrouwelijke doorzettingsvermogen. Dat oergevoel. Stoer tegen de klippen op. Je wil het kind vasthouden. Koesteren. Laten groeien. Met je meedragen. Ondanks alle moeite en pijn lag het beeldschone, kleine meisje precies op de uitgerekende datum op het witte kleedje.

Door de kamer klonk de rauwe stem van Rod Stewart: '*Wake up Maggie, it's late september.*'

Ik pakte de telefoon, liep naar mijn atelier en zette de cd-speler aan. Oerwoudgeluiden kwamen uit de speakers. Ik steunde met mijn handen op de tafel en luisterde naar de toon die door een holle buis geblazen werd. Via de spiegel tuurde ik naar de telefoon. Keek mezelf aan en dacht aan het stralende gezicht van Roos. Ik pakte mijn viool en speelde het lijntje dat ik bij deze achtergrondmuziek bedacht had. Ik probeerde het onbestemde gevoel weg te strijken. Ik hield de lage g lang aan, sloot mijn ogen en liet me meevoeren door de melodie. Ik bewoog door de ruimte. Mijn voet gleed weg op een stukje stof. Geschrokken opende ik mijn ogen. Het was alsof ik op het witte kleedje gestapt was.

Halfnegen in de avond. Nog steeds geen telefoon. Wat konden we doen? Ik had van iedereen te horen gekregen dat oma zijn zo leuk was. Maar leuk is een leeg woord. Het was veel meer dan dat, het levende bewijs van het bestaan van liefde had me overrompeld. Maar ik miste de onbezorgdheid.

De onbezorgdheid die ik vlak na de geboorte van mijn eerste kind had gevoeld. Na tien dagen kwam een wijkverpleegster bij ons thuis om te controleren of we het goed deden. Een kleine, gezette vrouw met grijzende haren in een knotje gewrongen, een iets te lange rok en witte sokken in open sandalen. Ze keek met een kennersblik het wiegje in, trok het door tante Ro gebreide spreitje gedecideerd weg en zei: 'Veel te warm ingepakt. En we gaan ook niet met muts op naar buiten.'

Ik was tweeëntwintig jaar, het was eind februari en flink koud. Zwaar onder de indruk van deze kloeke dame deed ik keurig wat ze gezegd had. Piepkleine Roos kreeg geen muts op in weer en wind. Ze moest gehard worden. Ze was en werd een kerngezond kind zonder zorgen. Zindelijk bij achttien maanden. At goed. Begon vroeg met praten. Kende geen angsten. Deze Roos gaf ons Maggie. De eerste week na de geboorte verliep moeizaam. Na drie dagen werd Maggie geel.

'Dat is normaal, mam, dat hebben alle baby's.'

Alleen, Maggie was zo klein. Een jasje dat blauw oplichtte door uv-stralen moest de gele kleurstof afbreken.

Geel, dat herkende ik. Onze tweede baby, Jork, was

ook geel vlak na de geboorte. Hierdoor raakte ik op mijn vierentwintigste veel van mijn onbezorgdheid kwijt. Zijn bloed moest na vier dagen gewisseld worden. Ondanks de herkenning wilde ik geen vergelijking maken. Door de tijd wijzer.

Door wat we met Jork mee hadden gemaakt, had ik leren inzien dat je moest proberen je problemen zelf op te lossen en niemand met jouw onrust te belasten. Het leek me beter hierover te zwijgen en Roos niet onnodig bang te maken.

De taak van de moeder is niet alleen voeden en helpen, je moet wonderlijk genoeg ook vanaf de eerste dag na de geboorte afstand nemen en afstand houden. Je kind meteen haar of zijn eigen leven gunnen. Een bijna niet uit te voeren opdracht.

Maggie moest onder een warmtelamp. Bloot lag ze in een plastic kuipje met een zwarte ooglap over haar gezichtje. Net als Jork vierendertig jaar eerder.

Na een week mochten moeder en dochter naar huis, met als advies: 'Zet de wieg bij het raam in het zonlicht. Dan zal de gele kleurstof sneller afbreken.' Maggie was gezond verklaard.

Halftien in de avond.

Het wachten werd beklemmend. We zaten wezenloos voor ons uit te staren. Ik veronderstel dat Freek en ik dezelfde emoties doormaakten. Negen maanden je dochter zien, die zich verheugt op haar eerste kind. De vreugde bij de geboorte. Haar stralende gezicht. De klus was geklaard. Na een week naar huis. In de kleine, witte wieg met spijltjes lag haar meisje onder dekentjes verstopt, verwarmd door extra kruikjes. En een muts op.

Roos vroeg me haar te helpen Maggie te verzorgen. Drinken aan de borst kostte het kleintje te veel inspanning. Ze moest aan de fles. Ontspannen lag ze in mijn armen. Wat was ze mooi en fragiel. Ik hield haar tegen mijn borst. Het was of ze mijn schouderblad wilde binnendringen. Zachtjes, met haar kopje.

Herkenning. Dat had ik eerder gevoeld. Ik wilde niet vergelijken. Ik wilde mijn bezorgdheid niet benadrukken. Ik moest er voor mijn dochter zijn, haar helpen en haar laten genieten.

Veertig cc melk, meer lukte het de kleine schat niet om binnen te krijgen. Ik hield de fles omhoog. Nog halfvol. In mijn oor hoorde ik haar ademhaling. Haar mondje tuitte en stootte kleine pufjes uit. Haar gezichtje was rood.

Halfelf, nog steeds geen bericht.

Mijn ademhaling begon ook onregelmatig te worden. Wat had ik moeten doen nadat ik die griezelige overeenkomst met Jork had gezien? Had ik met mijn dochter naar het ziekenhuis moeten rijden?

Nee, ik wilde me niet op haar terrein begeven. Ik haatte bemoeizucht. Ik had er alleen bij Roos op aangedrongen een dokter te bellen. Dat had ze op zondagavond gedaan om te zeggen dat Maggie paarse handjes had en na twee weken nog steeds geel en kortademig was.

'Dat hebben alle baby's,' was het antwoord van de dienstdoende arts geweest. Niet: 'Kom maar even naar het ziekenhuis.' Haar bezorgdheid werd niet serieus genomen. Er was in die vierendertig jaar weinig veranderd. Er werd dus nog steeds niet geluisterd. De techniek mocht dan verbeterd zijn, de communicatie was misschien wel verslechterd.

Halftwaalf.

Nog steeds geen telefoon.

Wat hield ik van mijn kinderen.

Maar wat bracht dat een gevaar met zich mee. Ik zou ze kunnen verstikken met overdreven liefde.

Ik had als kind gehunkerd naar de liefde van mijn ouders. Zeker op momenten als deze. Zij waren niet in staat geweest die te geven. Hun oorlogsverleden had hun gevoel geruïneerd. De liefde kapotgemaakt. Dat was de reden dat ik me had voorgenomen mijn kinderen onder alle omstandigheden zoveel mogelijk liefde te geven. Met als risico overdrijving. Maar kun je in liefde geven wel overdrijven?

Ik ging voor het raam staan en keek naar buiten. Alles was zwart. Ik dacht aan mijn dochter, die in de stralende zon in de tuin speelde. Hoe ze vrolijk, onbezorgd, dartelend over de Brink huppelde in haar hockeyrokje. Vanuit de verte zwaaide ze met haar stick naar mij toen plotseling vanachter de bomen de hond van de buren op haar af stoof. Een vals, zwart-wit kreng dat zijn scherpe tanden achter in haar dij zette en aan haar been bleef hangen. Haar witte kousen kleurden rood.

Vanaf dat moment moet ze zich bewust zijn geworden van gevaar en heeft ze nooit meer zonder om zich heen te kijken over de Brink gerend.

Roos en ik hadden als moeder en dochter een bijzondere relatie opgebouwd. Toch bleef het moeilijk om te bepalen of ze mijn adviezen wel op prijs zou stellen.

Zou ik bellen?

Nee, geduld.

Starend in de nacht zag ik Roos als zevenjarige door het dorp lopen. Op weg naar school. Ze leek niet zo opgewekt als anders. Haar hoofd met de blonde haren hing omlaag. Haar stralende blauwe ogen flonkerden even niet meer. Zo kende ik haar niet. Had ik iets fout gedaan? Al pratende kwam eruit dat de juf in de klas vaak boos was en te hard tegen de kinderen schreeuwde. Roos bleek daar overgevoelig voor.

Zou ze nu ook zo verdrietig kijken?

Halfeen.

Telefoon.

'Mam, het is het allerergste.'

Stilte.

Lange stilte.

Hoe stil kan een mens zijn.

En toen het meest erbarmelijke snikken.

Snikken van mijn geliefden.

O, god. Geen vergelijk. Wel vergelijk.

Gezond naar huis. Niets aan de hand.

'Roos, je hebt een prachtige, gezonde baby.'

Waarom hadden ze dit niet eerder gezien?

Maggies hartje had maar één uitgang. Ze miste de verbinding tussen hart en long.

Drie weken oud. Hoe had ze die drie weken kunnen overleven?

Eén uur 's nachts.

Zoveel tranen had ik mijn man nog nooit zien plengen. Hij was de man die alles in één klap overzag. De toekomst.

De toekomst van onze dochter. Hij doorzag dat haar leven voor altijd veranderd zou zijn. De aanblik hem zo te zien huilen maakte dat ik stil werd. Stil vanbinnen. Ik liet me niet meezuigen. Het maakte me rustig. Met zijn tranen legde hij uit wat hij wilde zeggen. De troost die we elkaar konden bieden was anders dan vroeger. We waren heel dicht bij elkaar. Ik streek over zijn haren en over zijn schouderbladen. Ze schokten.

Halftwee.

We konden niets doen en gingen maar naar bed. Het voeteneinde zette ik in de hoogste stand en ik legde mijn handpalmen open, zoals ik bij yoga geleerd had. Je openstellen voor iets wat sterker is dan jezelf. Ik probeerde mijn balans terug te vinden. Maar het lukte niet.

Freeks snikken was overgegaan in snurken. Ik luisterde naar het monotone geluid. Wilde me erdoor in slaap laten wiegen, maar dat lukte niet. Waarom moest de geschiedenis zich herhalen? Waarom moest Roos ook door al die barrières van ellende?

Mijn ongerustheid over Maggie was ontstaan omdat zij dezelfde symptomen vertoonde als Jork. Zijn hoofdje wilde ook mijn schouderblad binnendringen. Hij zocht naar lucht. Had hij ook gebrek aan zuurstof gehad en was hij daarom na drie maanden overleden?

Ik staarde in het niets. Opeens wist ik het. Ik moest ophouden de nergens toe leidende vergelijking te maken. Ik zou gaan helpen. Ik wilde vechten voor dat kleine meisje, dat als door een wonder leefde. Dat troostte mij. Maggie zou blijven leven. De nacht was lang en stil en vol geheimen. Ze behoefde geen tranen. Ze bood kracht. Er kwam rust over me heen.

Voor de kracht die ik die nacht gevoeld heb, wil ik blijven vechten.

De onzichtbare kracht. Als van het ijs dat me gedragen heeft.

De spiegelgladde vlakte ligt voor me. Ongeschonden zwart.

Ik zet mijn voet erop. Het gekraak deert me niet.

Niemand houdt me tegen. Ik zie geen gevaar.

Maggie, de prinses met haar wonderschone dunne, rode haar en ontroerende ogen, zit bij mij op schoot. Ze heeft een kroontje in haar haar. Ze is inmiddels een kleuter van vier. Ze heeft een broertje, Otis, een peuter van twee en een nichtje van dezelfde leeftijd, Milou.

'Handjes op je rug,' fluister ik in haar oor. Ze kriebelt met haar dunne, blauwe vingertjes tegen mijn buik.

'Als ik ja zeg mag je het speldje eruit trekken.'

Ik houd mijn voet op de pedaal en de stof glijdt onder de machine door. De scherpe naald maakt een strak stiksel. Ik druk haar handen tegen mijn lichaam, zodat die niet per ongeluk naar de naald gaan.

'Ja.'

Ze pulkt met haar handige vingertjes de speld uit de stof.

'En weer op je rug.'

Ze doet precies wat ik zeg.

We maken samen een prinsessenjurk voor haar. Ze straalt geluk uit. Ze geeft geluk. Zij wordt de prinses. Ik knuffel haar in haar hals en ze zingt een liedje voor me. We pakken samen de stof onder de machine vandaan en ik zet haar op de tafel voor de spiegel.

'Zullen we hem passen?'

De jurk glijdt over haar hoofd en valt met de vele plooien rond haar tengere lijfje. Ze kijkt in de spiegel, draait een rondje op de tafel. Ze glinstert. Ze is de prinses geworden. Ik geef haar de toverstaf en ze zwaait ermee om haar broertje in een prins te veranderen.

Hij huppelt door de kamer en vraagt: 'Oma, wil je vioolspelen?'

Ik pak de cd met kinderliedjes van de plank. De kinderen wijken geen moment van mijn zijde. Ik pak de vioolkist en open de deksel. Hun handjes trekken aan het rode fluweel.

'Voorzichtig, Otis, anders kan ik niet spelen.'

We halen met z'n drietjes de viool uit de kist. Ik bevestig de steun onder de viool.

'Wat nu?' vraag ik.

'De stok,' roept Otis. Ik pak de stok en draai aan het knopje. Maggie heeft het blokje hars al in haar hand. Ze geeft het aan mij en ik wrijf met de haren eroverheen. Ze opent het vakje van het elektronische stemapparaat, legt het op de rand en drukt op het knopje.

'De a,' zegt ze. Een groen lampje licht op. De toon klinkt door de kamer. Ik stamp met mijn voet. Otis doet me na. Ik zet in en ze beginnen te dansen op 'Zakdoekje leggen'. Maggie zwaait met de staf en tovert haar broer nog een keer om tot haar prins. Hij gaat op de grond zitten en houdt zijn ogen dicht tot het liedje afgelopen is. Hij draait zich om en juichend houdt hij het doekje, dat Maggie achter de prins gelegd heeft, boven zijn hoofd.

'Nog een liedje, oma,' roepen ze allebei.

En ze huppelen op 'Ik zag twee beren broodjes smeren, o, het was een wonder'. En het is een wonder die twee zo te zien scharrelen. Twee kleine vriendjes en een grote vriendin.

Na een rondje is Maggie moe, komt bij me op schoot zitten en spoort haar broer aan grapjes te maken. Hij roept: 'Dames en heren, de lampjes gaan aan!' De prinses geniet.

Wat Freek die nacht voorzag, is bewaarheid. Roos haar leven is vanaf die bewuste nacht rigoureus veranderd. Natuurlijk overkomt dat iedere vrouw na de geboorte van haar eerste kind, maar ouders met een gehandicapt kindje moeten voortdurend ingewikkelde keuzes maken. Roos heeft haar werk opgegeven. Ze is medisch biologe en had een goede baan. Maggie is te kwetsbaar en niemand beter dan de moeder kan de zorg op zich nemen. Het is iedere ochtend een opluchting haar weer wakker te zien worden met een blij gezicht. Roos is afhankelijk van de doktoren geworden. Ze heeft Maggie na drie weken toevertrouwd aan de medische wetenschap, in de hoop dat ze groot zal worden. Inmiddels heeft Maggie drie zware hartoperaties ondergaan en een aantal kleinere, en er zullen er nog vele volgen.

Pas drie weken na Maggies geboorte werd vastgesteld hoe ernstig haar aandoening was, daarna ging haar conditie snel achteruit. Met Roos en haar man stonden we in een ziekenhuisruimte door een plastic scherm naar een heel klein mensje op een veel te grote matras te kijken. Achter me hoorde ik gesnik. Ik draaide me om en huilend zei mijn schoonzoon dat hij Roos zo graag een mooie baby had willen geven. In de hoop dat het hem zou troosten, kon ik alleen maar zeggen: 'Ze is prachtig. Onze prinses.'

Voorafgaand aan de eerste grote operatie moest ze gekatheteriseerd worden. Via de lies werd met een dun slangetje naar haar hart gekeken om een plan te kunnen maken voor de toekomstige medische ingrepen. Onder totale narcose. Een hele aanslag op dat kleine lijfje. Besloten werd de zwevende long door middel van een plastic buisje met het hart te verbinden. Het risico was groot.

Na de operatie ging het slecht met Maggie. Dramatisch slecht. De twintig kastjes met slangen en buisjes die haar in leven moesten houden, klikten en bliepten angstaanjagend. Ze hadden haar bewust op een bedje van ijs gelegd om haar te onderkoelen en hersenschade te voorkomen. De steun die we aan onze kinderen konden geven, bestond uit een hand vasthouden of een arm op hun schouder laten rusten. En samen wachten. Wachten tot de meters van de apparatuur de goede kant op zouden wijzen. Er was weinig hoop, haar saturatie bedroeg nog maar 20 procent, slechts één vijfde van het normale zuurstofgehalte in het bloed.

Wachten op de kracht van Maggie.

Onze schoonzoon staarde treurig over de balustrade in de diepte. Waarschijnlijk zag hij de krioelende mensen op het binnenplein van het ziekenhuis niet. Ik had hem wel tegen me aan willen houden, maar ik durfde dat op dat moment niet. Wat blijft het toch moeilijk om te bepalen wanneer je iemand met rust moet laten of moet troosten, zo lang was hij nog niet bij ons in het gezin.

Nadat Roos hem ontmoet had, was ze binnen zes maanden zwanger van hem. Het liep op een miskraam uit, maar binnen een jaar raakte ze weer zwanger. Dat werd Maggie. Ze waren zielsgelukkig. Ik bleef op afstand naar hem kijken. Hoe kon ik hem bereiken?

We konden onze genegenheid aan hen tonen door samen te wachten op het verlossende woord. We belden met het theater in Heerenveen om de voorstelling daar die avond af te zeggen. We zaten op plastic kuipjes in de hal. Deuren gingen open en dicht. Roos sprong iedere keer op. Er was niet veel tijd meer. De klok tikte door.

Om halfvier kwam de dokter naar buiten. Weer sprong Roos op. Hij sloeg een arm om haar heen. Het wonder was geschied. De waarden begonnen te stijgen net voor het precaire moment dat ze te lang te laag zouden blijven. Maggie was van heel ver gekomen. Ze had gestreden. Het was of ze zichzelf van de slangen had losgerukt. Ze had het gered.

Vijf maanden later moest ze weer geopereerd worden. Dit keer moest de linkerkant van haar hart veiliggesteld worden. De ader werd vervangen door een plastic buisje. We stonden weer in diezelfde gang. Opnieuw gingen deuren open en dicht. De klok tikte even onverbiddelijk. De spanning was groot. We voelden ons van alle kanten gesteund. Er zijn heel wat kaarsjes voor Maggie gebrand. Dat vuur heeft haar warm gehouden.

Een derde operatie volgde toen ze drie was. Ze verbleef eerst een week in quarantaine omdat men vermoedde dat ze de Mexicaanse griep onder de leden had. Mannen in gele pakken gingen haar kamertje binnen om haar te verzorgen. Maar Maggie bleef onverstoorbaar. Ze zong stralend in de microfoon, die ze ondanks haar infuus in bed gekleid had: '*In the jungle the lion sleeps tonight o-wim-o-weh.*'

Het lijkt of Maggie zich bewust is van elke minuut van haar bestaan. Van iedere beweging. Iedere koprol. Ze maakt dat de ander ook bewuster geniet. Door haar aanwezigheid ga je anders naar het leven kijken. Ze laat je weer zingen. Je wilt niets anders dan lief zijn. Het dappere meisje leert je nederig te zijn.

Roos en ik praten over Maggies afhankelijkheid van de medische wetenschap. Ik mag dan wel beweren: ik slik niks, voor Maggie is er geen ontkomen aan. Ze kan geen dag overslaan. Desondanks heeft Roos de vrijheid haar eigen weg te kiezen.

Voor sommige artsen is Maggie een studieobject. Haar hartafwijking is zeldzaam. Haar aandoening was het onderwerp van het promotieonderzoek van een kindercardioloog. Telkens als Roos met Maggie bij hem in het VU ziekenhuis was geweest, was ze van slag. Hij nam geen tijd voor elementaire vragen als hoe in het dagelijks leven met Maggie om te gaan. En of ze een speciaal dieet moest volgen. Of Maggie gewoon onder de mensen mocht komen. Op welk moment er alarm geslagen moest worden. Roos werd er onzeker van en vroeg zich af of het in het belang van Maggie en haarzelf niet beter was over te stappen naar een ander ziekenhuis. Een moeilijke beslissing. Ze leek immers afhankelijk van de kunde van deze kindercardioloog.

'Wees niet bang,' moedigde ik haar aan. 'Het is jouw kindje. Het is haar toekomst en het is jullie toekomst.'

Uiteindelijk heeft ze besloten niet meer naar hem terug te gaan.

Na twee jaar waren de buisjes dichtgeslibd. Een dag na de derde operatie, waarbij de beide plastic buisjes tussen het hart en de longen vervangen waren, mochten we bij Maggie op bezoek.

Voorzichtig liepen we op de intensive care langs de andere bedden naar het hokje waar Maggie achter een scherm lag. Daar lag het kleine lijfje, verdoofd door de morfine in een veel te groot bed aan slangen en buizen. Ze was geen baby meer. Een peuter. We keken naar de tikkende en bliepende kastjes. Haar gezichtje was opgezwollen van het vocht dat ze vasthield. Aangeslagen verlieten we de afdeling.

We namen de lift. De blauwe cijfers versprongen. Tien, negen, acht. Tegenover me in de volle lift herkende ik de hartchirurg die na de eerste operatie een arm om Roos' schouder had geslagen. Hij had zijn witte doktersjas verwisseld voor een zomerjas, een rugzak hing over zijn schouders. De lift gleed door de schacht. We knikten naar elkaar. Ik deed een stap naar voren, gaf hem een hand en zei: 'Het is gelukkig goed gegaan.'

In de stille hoop dat Maggie binnenkort zou ontwaken uit de verlengde narcose en weer even vrolijk als tevoren zou worden.

'Ja,' zei hij, 'we hebben weer twee jaar.'

Er klonk een belletje en de deuren schoven open. Hij stapte uit, groette gereserveerd en wij daalden nog een paar etages.

Twee jaar.

Twee jaar spanning.

Ooit had ik drie maanden in spanning gezeten om Jelle, onze tweede zoon. We hadden toegeleefd naar de dag dat hij ouder zou zijn dan Jork. Drie dagen voor de uitgerekende datum gebeurde waar we voor gevreesd hadden. Jelle werd ziek. Hij kreeg veertig graden koorts. Ik stond naast ons bed en pakte er kordaat de reiswieg onder vandaan. Dat had ik met Jork ook gedaan. Ik was met hem naar de dokter gegaan toen ik voelde dat hij niet in orde was. Maar bij Jork had de dokter mijn ongerustheid niet serieus genomen en mij weggestuurd met de mededeling: 'Niks aan de hand mevrouwtje, gaat u maar lekker met vakantie.' Twee dagen later was Jork in de kinderwagen gestorven. Dat zou me niet nog eens gebeuren. Daarom wachtte ik deze keer niet af, legde Jelle in de reiswieg, dekte hem toe met extra dekentjes en ging rechtstreeks naar het ziekenhuis. Hij werd meteen opgenomen. Er werden longfoto's gemaakt. We stonden erbij te kijken hoe ze hem in een plastic koker aan een vleeshaak ophingen. Met zijn beentjes lang uitgerekt en zijn armpjes strak langs zijn lijfje in de plastic buis. Het leek of hij daar voor de slacht hing. Hij huilde niet. Er werd een longontsteking geconstateerd.

In zijn kleine schedel werd een infuus aangelegd. De borstvoeding moest acuut gestopt worden omdat moedermelk niet goed voor hem zou zijn. Ik mocht hem maar twee keer per dag bezoeken en tegen me aan houden. Mijn borsten hadden het zwaar. Ze wilden voeden. Ze klapten bijna uit elkaar van de pijn. Het was alsof mijn verdriet zich erin verscholen had.

Twee weken later, na het bezoekuur, kwam een co-assistent me in de gang achternagelopen. Hij hield me staande en zei bot: 'De laatste longfoto's van uw baby zijn nog niet in orde. En er is ook een ruisje op zijn hart waargenomen.'

Het was of de tijd teruggedraaid werd. Verward zocht ik de uitgang. Waar was mijn fiets? Mijn borsten begonnen te lekken. Tranen vertroebelden mijn zicht. Ik stapte op en verblind fietste ik door de rode stoplichten. Ik moest naar Roos. Naar Freek.

Na een maand mocht Jelle weer naar huis. Met zijn hart was niks aan de hand.

'We hebben weer twee jaar.'

Deze opmerking werkte op dat moment niet troostend, maar deed pijn en veroorzaakte een merkwaardige opstandigheid bij mij vanbinnen. Hier had ik met Wim op ons dorpsplein over gesproken. Hoe moeilijk het is troost te bieden, maar dat troost ontvangen misschien nog wel ingewikkelder is.

Maar wat verwachtte ik dan van deze chirurg? Dat hij ook om mij een arm heen zou slaan? Ik kon toch niet meer van hem verlangen dan wat hij nu zei. Het was een feit. Maggie had weer twee jaar. Hij had voorlopig het leven van onze kleindochter gered. Dat was groots. Hij was op zijn vakgebied een kunstenaar.

Het liftbelletje klonk. De deuren schoven open. Een meisje in een rolstoel wachtte tot ze naar binnen kon. We stapten opzij. De deuren sloten zich achter haar. Nog één etage. Het belletje. Nul. Deuren schoven open. Het meisje reed met haar handen aan de wielen zelf naar buiten.

Freek pakte mijn hand. We staken het drukke binnenplein over, waar een man hem herkende en lachend zijn duim opstak. Freek knikte terug. We liepen de automatische draaideur binnen. Een man met infuus negeerde het gebod *Niet aanraken* en duwde toch tegen de glazen wand. De deur stopte. We zaten klem. Met tussenpozen kwamen we vooruit. Buiten scheen de zon. De man met infuus haalde een pakje shag tevoorschijn en voegde zich bij de andere rokers. We staken het fietspad over om bij de auto te komen. De chirurg fietste langs. Hij zwaaide.

Er wordt op de deur geklopt. Ik ren de trap af. Het zijn de knuistjes van twee kleine, lachende hummels. Ik hoor geschater en zacht gebonk. Ik doe open en daar staan onze kabouters. Ze komen logeren. Maggie draagt het bruine koffertje dat ze van Sinterklaas gekregen heeft. Ik buk me en beiden vliegen me om mijn nek.

'Zullen we verkleden, oma.'

'Eerst jassen uit.'

Ze gooien hun spullen op de grond en we gaan de trap op. Ze duiken de gangkast in. Maggie schuift een koffer opzij en wijst naar een roze boa. 'Wat is dat?'

Ik trek drie vuilniszakken uit de kast en keer die om. Er verschijnen hoeden, tasjes, jurken en lappen. Ze beginnen te juichen en trekken aan de kleren. Ik houd een paar jurken omhoog. Hele oude jurken die ik in 1983 maakte voor de film *De Illusionist*. Verknipt uit trouwjurken die ik bij een recyclingbedrijf uit afvalbakken vol weggegooide kleding plukte. Tweehonderdvijftig kostuums heb ik indertijd samen met een aantal vrouwen in mijn atelier vervaardigd. Voor mannen, vrouwen en kinderen. De restanten zitten in de drie vuilniszakken.

'Deze vind ik mooi.' Maggie houdt een lichtgroene zijden trouwjurk omhoog met verschillende laagjes tule en een randje gekleurde boa. 'Die wil ik aan.'

Ik zoek een paar veiligheidsspelden en bind de jurk bij elkaar. Otis tovert een hoge hoed uit de zak. 'Kijk, oma.'

Hij houdt de hoed in de lucht precies zoals mijn overgrootvader op de meer dan honderd jaar oude foto.

We vinden voor Otis een pakje van de kleine goochelaar uit *De Illusionist*. Dat weer op het rode kostuum op die foto lijkt. Een jacquetjasje met een pofbroek. Maar dan roze.

'Zullen we schminken?'

Maggie houdt haar lippen getuit en ik smeer er met een rode stift overheen. Op de wangen van Otis schilder ik een sterretje en een zonnetje.

'Oma, ik vind jouw jurk niet mooi. Ik hou niet van zwart,' zegt Maggie. 'De bloemen zijn wel mooi.'

'Wat is jouw lievelingskleur dan?'

'Goud en zilver en roze.'

'Zullen we kijken of ik een gouden jurk heb hangen?'

En we beginnen te zoeken in de klerenkast en vinden

een vrolijke optreedjurk. Maggie aait met haar hand over het gouden stiksel. 'Deze vind ik mooi.'

'We gaan naar beneden, jongens.'

'Ik ben geen jongen. Ik ben de prinses.'

'Sorry, je hebt gelijk. Goed de leuning vasthouden.'

Otis zeilt als een wilde langs de leuning naar beneden. 'Voorzichtig,' zeg ik terwijl ik voor hem ga staan en de hand van Maggie vasthoud, die bedachtzaam tree voor tree naar beneden loopt.

'Kijk, opa.' Maggie draait een paar rondjes in de feestjurk. Otis danst met zijn hoed om haar heen.

'Opa, ken jij de mop van de duizend regendruppels?' vraagt Otis. En meteen krult hij zijn lippen en proest een buitje spuug naar Freek en giert het uit.

'Wat is dat?' speelt opa verbaasd.

'De mop van de duizend regendruppels.' En weer spuugt Otis lachend het water uit zijn mond. Freek zit in zijn ochtendjas aan de tafel.

'Ken jij ook een mop, opa?' vraagt Otis. Freek staat op en doet een wonderlijk dansje.

'Wat is dat? Is dat een mop, gekke opa?'

'Mag je niet zeggen van mama. Je moet zeggen, lieve opa,' zegt Maggie.

Voor de kleintjes weet Freek geen mop te verzinnen, hij kan alleen een gekke dans uitvoeren. En Otis doet hem na. Hij zet de hoed op zijn hoofd, die over zijn ogen glijdt, draait een rondje en ploft op Freeks tenen.

'Otis, ga je mee naar buiten, dan gaan we het toneelstuk van de prins en de prinses opvoeren,' stelt Maggie voor. Ik doe de keukendeur open en Otis rent in zijn te grote verkleedpak naar het speelhuisje. Maggie rent hem achterna maar stopt halverwege. 'Ik ben moe,' zegt ze. Ik til haar op mijn schoot, ga op een stoel zitten en ontspannen hangt ze tegen me aan. Haar ademhaling suist in mijn oor. Otis klimt het trapje van het speelhuisje op. Zijn te grote broek en jasje zitten hem in de weg.

'Moet ik je helpen?'

Maar hij zit al boven in het huisje en roept: 'Maggie, kom je ook?'

'Nee, jij moet beginnen.'

Otis houdt zich vast aan de ijzeren stang en hangt als een aapje in de lucht. Maggie moet vreselijk om hem lachen. 'Kijk uit Otis, op je billen,' roep ik vanaf mijn stoel. Hij pakt zijn hoge hoed en roept: 'Dames en heren,' legt de hoed boven aan de glijbaan en het zwarte hoofddeksel glijdt naar beneden. Maggie springt van mijn schoot, pakt de hoed, zwaait ermee in de lucht en roept: 'Applaus, het toneelstuk is afgelopen.' Glunderend glijdt Otis, terwijl hij in zijn handen klapt, de hoed achterna. Maggie staat onderaan en vangt hem op.

Ze lopen de kamer in, recht op de piano af en tingelen met hun vingers op de toetsen. 'Voorzichtig, met één vinger.' Freek probeert te helpen, maar Otis roept: 'Opa, gitaar.' Hij rent op de speelgoedkast af, trekt een la open en pakt de mondharmonica.

Freek hangt zijn gitaar om en laat Otis aan de snaren plukken. Op de klanken begint Otis te dansen en blaast en zuigt door de mondharmonica.

'Zullen we kleuren?' Maggie pakt een kleurboek uit de kast. 'Jij eerst, oma.'

Met verschillende kleuren vul ik de tulband van de fakir in.

‘Nu ik.’ Maggie pakt mijn boek en neemt de potloden, die ik eerder gebruikt heb, uit de doos en kleurt keurig binnen de lijntjes. Ze is al heel vaardig in het knippen, plakken en tekenen. Ze weet haar lichamelijke tekortkomingen creatief te compenseren.

Ondertussen haalt Otis de speelgoedkast leeg. ‘Stop, Otis.’

‘Otis is de sloper,’ legt Maggie me uit.

Freek pakt Otis bij de hand en neemt hem mee naar het zwembad.

Al vanaf een halfjaar hebben de kinderen met veel plezier gebruikgemaakt van het zwembadje. De temperatuur hebben we voor Maggie flink opgestookt. In het water kan ze zich vrij bewegen en wordt ze minder snel moe. Ze gooien hun kleren op de grond en krijgen zwembandjes om. Otis springt van de kant en verdwijnt als een dolfijn met zijn hoofd onder water. Maggie klimt bedachtzaam het trapje af.

‘Ik heb een streep, opa, mijn hoofd mag niet onder water.’ Ze wijst op haar litteken, spreidt haar armen en glijdt als een elfje door het water.

De zomer ging voorbij.

Er is een vierde kleinkind op komst. Ik sta in mijn atelier, naast mij pronkt de familiewieg op een verhoging. Mijn schoondochter heeft gevraagd of ik er nieuwe bekleding in wil aanbrengen. Ze heeft prachtige witte stof uitgekozen.

Wij kregen de wieg in 1971, na een voorstelling in België, cadeau van de antiekhandelaar Johan Claus, de broer van Hugo. Het was een verroeste, ijzeren wieg met spijltjes.

Freek, geen geboren klusser, heeft de wieg opgeschuurd en geschilderd. Ik heb met een rood-wit geblokt ruitje de binnenkant bekleed. Roos was de eerste bewoner. Ook Jork heeft daarin de eerste drie maanden aan ons voeteneinde gestaan. Voor Jelle maakte ik een nieuwe bekleding. Veel baby's van vrienden hebben erin geslapen. Telkens heb ik de oude stof eruit gesloopt om er nieuwe met een ander motief in aan te brengen. Voor Maggie had Roos een stofje met lichtblauwe bloemetjes en gouden draadjes uitgezocht. Ze was zo klein, haar kopje met het mutsje stak boven het lakentje uit. En nu voor onze toekomstige telg sta ik weer met naald en draad over de rand van de wieg gebogen. De witte stof laat zich moeilijk modelleren. Ik duw de naald erdoorheen en prik me in mijn vinger. Een druppeltje bloed valt op de witte stof. Ik pak een lapje en poets het weg.

Het loopt tegen het einde van het jaar. Ruim twaalf maanden na de laatste ernstige operatie van Maggie. Een jaar van de twee jaar die we gekregen hebben is bijna voorbij. We maken zo mogelijk van elke dag een feest. Maggie ontwikkelt zich naar omstandigheden buitengewoon. Haar vrolijkheid doet je naar haar uitkijken. Eerste kerstdag zullen de kinderen met hun gezinnen bij ons komen eten. We hebben alvast de slee uit de schuur gehaald, een paar dennentakken uit de tuin geknipt en daarmee de paal in de kamer versierd. Eromheen hebben we een tros met lampjes geslingerd. Aan de takken hebben we vier ballen opgehangen. Een kaars in de vorm van een kerstengel brandt voor het raam. Op een houten krukje liggen wat kerstcadeaus voor de kinderen.

De bel gaat.

'Laten we eerst naar de kerststal gaan, jullie hebben nu allemaal je jas nog aan,' stel ik voor. Ik haal de slee en Jelle zet de drie kleintjes erop. 'Hou je vast,' roep ik. Ze pakken elkaars jas en Freek trekt de slee voorzichtig voort.

In de tuin van de katholieke kapel die grenst aan ons huis staat ieder jaar een kerststal. Op kerstavond worden er levende schapen en een ezel bij gezet. Otis klimt van de slee en rent vooruit. Een dik pak sneeuw ligt op het kerkenpaadje. We zien de kaarsjes op de dennentakken branden. In de kribbe ligt een Jezus van steen in het stro. De drie koningen buigen zich eroverheen. Maria knielt ernaast.

'Mijn mama krijgt ook een baby,' zegt Milou en wijst met haar handje naar de door het diffuse licht beschenen buik.

Otis wil over de rand het stro in duiken om Jezus te pakken.

'Nee Otis, dat mag niet. Zing maar een liedje.' En met z'n allen zingen we in een kring: 'Er is een kindeke geboren op aard.'

Naast de stal wacht een stenen engel uitnodigend met in haar handen een bakje met een gleuf.

'Gooi daar maar een centje in.' Om de beurt werpen de drie kleintjes een muntje in de gleuf en de engel knikt tevreden. Otis pakt de hand van Roos en trekt haar mee naar de ezel. Ze tilt hem op en laat hem over zijn neus aaien.

We lopen terug en vieren kerst.

Roos blijft met haar gezin logeren. Om een uur of tien vertrekken ze naar boven.

Wij ruimen beneden de rommel op en ik ga ook naar bed.

De opwinding van de avond houdt me wakker. De hele avond trekt nog eens aan me voorbij. De huppelende kleinkinderen. De dankbaar knikkende vredesengel. De borden met soep. Het glas dat geheven wordt. Freek aan het hoofd van de tafel, die ernaar verlangt dat alles goed is. Dat er vrede is met iedereen. Die hunkering delen wij. Maar tien kilometer verderop slaapt mijn schoonmoeder in een gesloten inrichting, waar ze haar laatste bittere dagen slijt. De kamer naast mij ligt mijn dochter en het meisje van wie we allemaal hopen dat ze groot wordt. Twintig kilometer verderop woont mijn vader, die voortdurend nachtmerries over de oorlog heeft en ze op zijn omgeving afreageert. Vanmorgen heeft hij mij na weken van stilte een mail gestuurd. Hij is ervan overtuigd dat de familiedocumenten bij mij veilig zijn. Hij schreef dat hij een stille wens had en nodigde me uit om te komen praten. Ik zal hem een vredesengel toezenden.

We staan zingend in een halve cirkel bij de kerststal. Ons gezin. Maggie met het roze gezicht met de gouden wimpers neemt vol overgave de leiding. Als een volleerd dirigente slaat ze de maat. Roos en Jelle houden elkaars hand vast. Het bewijs dat de opvoeding gelukt is?

Als we teruglopen, valt me op dat je door de heg onze kamer binnen kunt kijken. Dat kunnen andere mensen dus ook. Moet ik de gordijnen en luiken sluiten? Heb ik iets te verbergen? Nee, kijk gerust binnen.

Freek is stilletjes naast me gekropen. Ik laat niet merken dat ik wakker lig. Hij slaapt onmiddellijk in. Ik strijk over zijn grijze haren. Zijn gerimpelde gezicht. Na zoveel jaar meen ik te weten wie hij is. Hij heeft me geleerd bij mezelf te komen. Het wordt stil in mijn hoofd.

Rillend word ik wakker. Trek aan de dekens. Waar ben ik? Daarnet lag ik nog plat op mijn buik op het ijs boven een groot wak. Mijn handen graaiden in het koude water op zoek naar een kind. Ik had het kind naar het ijs zien lopen. Het was een jongetje. Hij had de schaatsen om zijn schouder hangen. Witte schoenen met gebogen ijzers eronder. Ik stond op een brug en keek over de reling naar de zwarte spiegelende vlakte. Het kind ging aan de rand zitten, deed zijn schoenen uit en wrong zijn voeten in de witte laarsjes. Het jongetje stapte voorzichtig het ijs op en keek om zich heen. Mij zag hij niet. Er was niemand. Hij zette zich af en maakte zwierende bewegingen. Hij spreidde zijn armen als een vogel. Draaide nog een paar rondjes en verdween. Waar was hij gebleven? Ik zocht de horizon af. Geen spoor. Ik begon te rennen. Holde over de brug. Langs zijn schoenen. Ik sprong op het ijs. Probeerde mijn evenwicht te bewaren, maar ik viel voorover en gleed door op mijn knieën. Toen zag ik een handje uit een wak steken. Een handje dat zich vastgreep aan het ijs. Ik duwde me met mijn ellebogen vooruit en stak mijn hand uit.

'Pak me beet!' schreeuwde ik. Het ijs begon af te brokkelen. Het handje was weg. Mijn arm hing tot mijn oksel in het water, mijn hand graaide vergeefs in het rond.

'Help me,' gilde ik. Niemand hoorde me. Het bleef stil.

Ik legde mijn wang op het ijs. Ik huilde.

Ik trek de dekens in een prop om me heen.

'Wat gebeurt er?' Freeks hand graait opzij en trekt het dekbed terug. Hij gromt: 'Ik lig helemaal bloot.' Hij geeft nog een ruk aan het dekbed, draait zich om en slaapt verder.

Vanuit de verte klinkt een kinderstem. Ik houd mijn ogen dicht en probeer na te denken. Wat heeft die droom te betekenen?

Zachte vingertjes kriebelen over mijn wang en ik draai mijn hoofd. Daar staat Maggie met een stralend snoetje. Ik sla het dekbed open, til haar op en leg haar tussen ons in.

'Sst, opa slaapt.' Ze gaat ontspannen tegen me aan liggen. Ze houdt haar speelgoedleeuw boven haar hoofd en begint tegen hem te fluisteren. Haar koude voetjes trappen zacht tegen mijn dij. Af en toe draait ze haar hoofd naar mij toe en wrijft de manen van de leeuw in mijn gezicht.

De scherpe boventonen van het katholieke kerkklokje klingelen Freek wakker. Hij aait Maggie over haar haar. 'Hier, opa.' Ze pakt zijn bril van de plank boven het bed en zet hem op zijn neus.

Na het ontbijt stel ik voor om naar het strand te gaan.

'Dan nemen we de schaatsen mee,' zegt Freek.

'Jij kan de mijne wel lenen,' zeg ik tegen Roos, 'je hebt mijn maat. En jou passen Freeks andere paar vast wel, die zijn hem te klein geworden.' Ik reik mijn schoonzoon de noren aan.

We kleden ons warm aan, trekken de muts van de kinderen over hun oren en lopen naar het IJsselmeer. Otis rent vooruit het kerkenpaadje op en valt voorover in de sneeuw.

'Ik wil een centje.' Hij slaat met zijn knuistjes in de sneeuw. 'Nee, we gaan nu naar het ijs,' zegt Roos en raapt hem op. Hij begint te huilen. 'Ik wil baby'tje Jezus zien,' jengelt hij. 'Nee.' Roos zet hem kordaat op de slee. We lopen het schuine pad langs de hervormde kerk op. De klokken luiden. De ochtenddienst gaat dadelijk beginnen. De poort staat open. Orgelklanken stromen de kerk uit. Dorpsgenoten geven de dominee een hand. We laten de slee zachtjes de berg af glijden. Het is koud. Boven op de gladde dijk loopt meneer Mol te vloeken tegen zijn hond die naar beneden gerend is: 'Rakkerrrr, hierrrr' schalt het over het meer. Meneer Mol is nog een van de weinige authentieke Muiderbergers. Met zijn tandeloze mond loopt hij gebogen over zijn stok. Een paar maanden geleden vonden wij hem bij toeval in het bos, liggend op de grond. Hij was onwel geworden. We belden 112 en na enig wachten werd hij door de ambulance naar het ziekenhuis vervoerd. Zijn hond zwierf weken in het dorp rond op zoek naar zijn baasje. Hij is hersteld en loopt weer ouderwets naar Rakker te schreeuwen. 'Hierrrrr!'

Er komt een andere hond aangerend. Rakker luistert niet naar zijn baas en gaat erachteraan. Er heeft zich om de kaderand een flinke ijskorst gevormd. Daarachter strekt zich de ijsvlakte uit.

Voor Maggie is het op de slee te koud. Haar lippen en handjes tinten paars. Ik til haar op, ga op mijn hurken zitten en zet haar tussen mijn benen. Ik houd haar dicht tegen me aan en blaas mijn adem in haar knuistjes.

Freek, Roos en mijn schoonzoon gaan op de bevroren ijsrand zitten en trekken de schaatsen aan, leggen schoenen en schaatsbeschermers op een hoopje en stappen het ijs op.

Ik houd Otis bij de hand. Een bal rolt over het ijs. Een van de honden stuift vlak langs Otis zijn benen erachteraan. Het beest kan de gladheid niet aan en schuift met gespreide poten over de ijsvlakte. Otis kijkt naar zijn mama en wil haar achternarennen. Hij trekt aan mijn hand. Ik houd hem tegen.

Ik wijs de kinderen het eiland aan. We zien de drie schaatsende figuren steeds kleiner worden. Een zwerm zwanen komt klapwiekend over.

'Kijk oma, net een vliegtuig,' zegt Otis. Hij spreidt zijn armen, zet het op een rennen en laat zich plat voorovervallen. Hij krabbelt overeind en Maggie zegt: 'Otis is een sneeuwpop.' Ik pak een handje sneeuw en vorm er een bal van. 'Hier Otis, laat maar rollen, dan maken we een echte sneeuwpop. Ik rol de buik en jullie het hoofd. Dan gaan we straks een stokje zoeken. Dat wordt zijn neus.'

'Mama!' roept Otis en rent weg. Ik laat hem gaan. Roos is vlak bij de rand. Hij klautert over de ijsbulten en Roos roept: 'Kom maar, Otis.' Hij stapt met zijn laarsjes het ijs op. Zijn benen schieten onder hem uit. Nog voor zijn hoofd het ijs bereikt, vangt Roos hem op. Ze tilt hem de lucht in en draait een pirouette met haar mannetje in haar armen.

Maggie leunt tegen me aan. Ze geniet van het kijken naar alles wat er gebeurt. Ze lacht en zwaait naar papa en mama. Ik houd mijn wang tegen haar zachte, roze huid.

'Oma, wil je een stofzuigerzoen?'

'Wat is dat?' Ze tuit haar mondje en maakt een tsjilpend geluidje. Ik houd mijn lippen voor haar mond.

'Nee, op je wang.' Ze pakt mijn kin en ik voel haar zuigende lippen op mijn huid.

'Hoe komt het dat je zo'n zachte wang hebt?'

'Dat hebben alle oma's.'

Ze slaat haar armen om mijn nek.

We wachten en wagen ons niet op het ijs.